U0095459

中国现代化道路探索的历史考察

谭来兴◎著

实现现代化是近代中国社会的主旋律。站在新世纪历史长河的源头，回顾20世纪探索中国现代化道路历程，我们感慨万千。一个多世纪的历程艰难曲折，一个多世纪的社会变迁巨大，一个多世纪的发展经验宝贵，启示良多。中国不仅要走社会主义的现代化道路，而且要走自己的社会主义现代化道路。新世纪中国社会主义现代化建设，必须以科学发展为路径。

人民出版社

目　录

导　论

　　研究现代化的最大困惑，或许来自对"现代"和"现代化"两个词的理解。"现代化"（modernization）一词是从"现代的"（modern）一词引申而来的。这两个词不仅包容性大、比较含糊，而且内涵与外延是动态的。不过，这种包容的模糊性反而增强了其吸引力。

　　美国著名学者沃勒斯坦根据《牛津英语词典》考证，"现代的"一词直到1585年才开始使用。我们暂且不论人们在何种意义上使用"现代的"这一词，但在历史研究和其他社会科学领域里，"现代的"一般是相对传统而言。所谓传统，是指自古代和中世纪沿革而成的一种文明，它包括政治、经济、文化、艺术和道德观念以及其他意识形态。历史的演变显示，从"文艺复兴"之后，人类社会的历史进程逐步以加速度运转。在短短的数百年的时间里，科学技术的进步和工业革命，彻底改变了人类社会的面貌。为此，人们才用"现代的"这一词汇，以示与传统的区别。

　　"现代的"一词早在 16 世纪就已问世,但是,"现代化"一词则是直到半个多世纪前,才开始为学术界使用并作出相应的界定。20 世纪中叶,人们越来越置身于一个多层次的变化发展的社会中,迫切需要一种新的概念来描述这种现象。美国著名经济学家西蒙·库兹涅茨创建了美国社会科学研究会经济增长委员会,并创办了学术刊物《文化变迁》杂志。1951 年,该杂志编辑部在芝加哥大学举行学术会议,讨论当时有关贫困与经济发展不平衡问题、美国对外政策以及有关的各种理论。与会者感到使用"现代化"一词来说明从农业社会向工业社会的转变比较合适。"现代化"这个术语开始被广泛使用。而率先对现代化的含义和标准进行探讨,则是 1960 年 8 月的日本根箱近代日本研究会议。此次会议提出了 8 条现代化的标准:(1)人口高度集中于城市,整个社会越来越以城市为中心。(2)使用非生命能源的程度比较高,广泛的商品流通和服务设施增加。(3)社会成员在广大的空间的相互作用,以及在经济和事务中的广泛参与。(4)村社和代代相传的社会群体普遍解散,导致个人有更大的流动性,个人在社会中的行为具有更广泛和多种不同的范围。(5)全面推广文化知识以及随之而来的对其周围环境传播的世俗和越来越科学化的倾向。(6)广大和深入的大众交流网络。(7)政府、商业、工业等大规模的社会机构的存在以及在这些机构中日益增多的官僚组织。(8)在一个大的民众团体控制下,各大民众团体加强统一(即国家),这些单位之间的相互作用日益增加(即国际关系)。① 显然,这 8 条标准

----

　　① 〔美〕西里尔·E.布莱克编:《比较现代化》,上海译文出版社 1996 年版,第 216 页。

都是描述性的,比较全面地概括了现代化社会的基本特征,可并不是关于"现代化"的明确定义。此后几十年间,海外学术界试图从各个角度来界定"现代化"。然而,至今未能对"现代化"的含义达成共识。概括起来,海外学界对"现代化"的定义,有如下几类:第一类认为,现代化是由西方工业化引起的,然后又在其他地区兴起工业化的事件。现代化是一种世界性的现象,是较先进社会对较落后社会的冲击而引发的种种变迁过程,它是由国际或社会间的交流所融发的变迁现象,是一个传统社会试图工业化时发生于每一个部门内的一连串变迁。第二类认为,现代化可以被看做安排社会生活和实现行动方式的理性化过程,是人的理性对自然和环境支配的增长。现代化涉及人类对理性目标寻求能力的提高,现代化是社会各层面理性的增长,是生活方式的都市化、价值取向的世俗化、政治生活的民主化。现代化意味着这些新的特质在社会中出现并迅速扩散。第三类认为,现代化是指经济的持续增长并达到一定的水平,即自动进行的水平。具体地说,在现代化起飞中的社会必须有能力抵抗低速,有能力朝气蓬勃地发挥出新主导部门的潜在的扩散效应。第四类认为,现代化可以被界定为一个过程,在这一过程中,历史上形成的制度发生着急速的功能转变——它伴随着科学革命而到来,反映了人类知识的空前增长,从而使人类控制环境成为可能。从全球学的意义上说,这一过程还远没有完成。① 上述定义,都是站在不同的研究立场上,从各门学科中提炼出自己感兴趣的社会事实,只见树木,不见森林。因而,具有很大的片面性,难以就一个简单明了的现代化定义达成普遍的共识。

---

① 　转引自张琢:《国外发展理论研究》,人民出版社1992年版,第16—17页。

　　那么,究竟什么是"现代化"呢?

　　20世纪80年代,以罗荣渠为代表的一批中国学者,以马克思主义为指导,对西方现代化理论进行了"扬弃",理性地反思了中国百年现代化的艰难历程,努力创建马克思主义的现代化理论,给"现代化"以科学的界定:"从历史的角度透视,广义而言,现代化作为一个世界性的历史进程,是指人类社会从工业革命以来所经历的一场急剧变革,这一变革以工业化为推动力,导致传统农业社会向现代工业社会的全球性大转变过程,它使工业革命渗透到经济、政治、文化、思想各个领域,引起深刻的相应变化;狭义而言,现代化又不是一个自然的社会演变过程,它是落后国家采取高效率的途径(其中包括可利用的传统因素),通过有计划的经济技术改造和学习世界先进,带动广泛的社会改革,以迅速赶上先进工业国和适应现代世界环境的发展过程。"①因此,现代化是人类历史发展过程中的一个特定历史阶段,而不是无法把握的无限发展的过程。实现现代化需要利用本国的传统,这就决定了具有不同历史传统的世界各国走向现代化的道路是不同的。

　　工业化为现代化提供必要的物质基础,构成了现代化最主要的、最核心的部分。但是,现代化不等于工业化,这二者不是一个统一的过程。实际上,世界性的现代化进程早在16世纪就开始启动了,而当时根本没有工业化。16世纪,一些西方国家的生产力就已经发展到能够生产出足够的剩余产品去推动城乡商品经济的发展,突破自然经济的局限。在此基础上,农业中出现了农场式经营,手工业中出现了工场式经营,从而促使了人身自由的雇佣关系

---

　　① 罗荣渠:《现代化新论》,北京大学出版社1993年版,第16—17页。

取代原有的农奴制、行会制的人身依附关系。这就是资本主义现代化的开端。此后，在近五个世纪的持续演化中，它历经三个大的发展浪潮。第一次浪潮是从 18 世纪后期到 19 世纪中叶，是由第一次工业革命推动的；第二次浪潮是从 19 世纪下半叶至 20 世纪初，这一时期工业化在欧洲核心区取得巨大成就，并向周围地区、甚至欧洲以外的异质地区扩散；第三次浪潮出现在 20 世纪下半叶，其发展范围已由核心地区飞快地扩散到全球，尤其是新兴工业化国家。由上可见，不能把现代化等同于工业化，或者把现代文明等同于工业文明。

在实现现代化的过程中，不断发生于其中的主要特征，就称为现代性。现代性构成现代化运动的阶段性结果。根据对现代化的理解，现代性主要表现如下：

——生产社会化。生产社会化表示一定高度的生产力（即现代生产力），区别于传统的、小农的和分散的生产及其水平。它是现代化过程中最根本的、最活跃的因素，是决定其他方面进步的第一位因素。根据生产力在不同时期所表现出来的发展水平，可以区分为工业化、信息化、智能化等层次。

——经济市场化。现代经济是一种社会化程度越来越高的经济类型，其基本模式是对社会资源实行市场配置。当然，由于其实际形成中的特点，不同国家的市场经济形式存在种种具体的差异。但在现代化过程中，经济市场化则是其实质的东西。

——城市化。伴随着现代化的进程，传统的乡村或逐步变成现代城市，或为城市化所改造，旧时代遗留下来的城乡差别在逐步消失。城市化不仅是居住地的转变，更重要的是生活方式的转变，是工业化过程所造成的物质生产方式延伸到社会生活、直至精神生活方面的一系列转变过程。

——政治民主化与法制化。社会物质技术的进步和经济结构的变化，也将引起上层建筑发生相应的变化。政治民主化与法制化一步步提上现代社会的建设日程，并成为现代社会的制度规范。随着现代化的进一步发展，未来社会将更加重视政治生活的民主化和法制化，并且在制度文明建设中推进。

——历史活动的主体化。人是历史活动的主体，现代化运动的最终意义，应当是人向其本质的回归和人的全面发展。无论是在物质技术上、经济结构上，还是在社会与政治层面上，现代化的目的都是为了人的现代化，即人在历史活动中主体性的发挥。在现代化过程中，人民群众在不同的社会发展阶段上所起的作用是不同的。但是历史的主体不断由必然王国走向自由王国，则是一个不可逆转的趋势。

实现现代化是近代以来中国社会的主旋律。作为世界上最大的发展中国家，中国的现代化建设牵动着世界发展的进程，备受世人瞩目。基于此，"中国现代化研究"作为一门综合性的交叉学科，一直是中外学者关注的热点。迄今为止，关于"中国现代化研究"的专著已经有近百部问世；至于有关学术论文，更是数以千计。

国外学者对中国现代化的研究，始于 20 世纪 50 年代。海外学者在风靡一时的西方现代化理论影响下，十分重视用这种理论和方法来研究近代以来中国社会的变迁和发展，尤其醉心于探讨中国历史传统与现代化的关系。综合起来，五十多年来的研究情况有如下几类：

第一，在研究中国现代化的起始阶段，即 20 世纪 50 至 60 年代,大多数西方学者倾向于把中国的传统社会看做是一个缺少变化的、稳定的或平衡的社会,即使有变化,也只是"传统内的变化"。在他们看来,中国传统思想和行为的主要形式一旦建立,就具有一种以公认方式进行延续的惯性力量和趋势。只要它们的环境不受西方直接影响,它们就经历着传统内的变化而不是变革。西方学者还认为,中国文化传统与现代化是截然对立的,中国传统社会自身根本不具有进行现代变革的能力。这种观点全盘否定中国的历史传统,其实质就是主张用西方文化来取而代之,是一种十足的"西方中心论"。时至 20 世纪 60 年代末期,尤其是到了 70 年代,这种观点受到严重的挑战,不再占据主流思想的地位。

第二,进入 70 年代以后,许多学者转变了立场,认为中国历史传统与现代化并非完全对立,而是可以互相融合。中国传统社会内部存在着某些有助于现代化的"现代化的潜力"。例如,施拉姆在《毛泽东》一书中提出,尽管跟西方发生接触,使中国的传统从根本上发生了动摇,但这一传统具有两个十分有利于中国"异常杰出地屹立在现代的世界上"的特征。这就是,"珍视历史"和"关心政治生活(把政治视为人类活动的基本内容之一)"。① 虽然这些学者较为客观地分析了中国历史传统与现代化的关系,提出不少有见地的观点,但是由于海外学者的阶级局限性和对中国历史传统了解不够深入,他们没有能够分清中国传统中哪些是有利于现代化的积极因素、哪些成为现代化的阻力。当然,他们也就无法探明中国历史传统与现代化的契合点。

第三,20 世纪 80 年代,西方学者更是系统地运用西方现代化

① 参见[美]斯图尔特·施拉姆:《毛泽东》中译本序言,红旗出版社 1987 年版。

理论来研究中国的现代化,产生了具有总结性意义的成果,从而把中国现代化研究推进到一个新的水平。这一成果体现在美国学者罗兹曼主编的《中国的现代化》一书中。作者在此书中声称,他们研究的目的是要"弄清中国社会中哪些因素有助于现代化,哪些因素阻碍着现代化,并对现代化发生的速率和模式加以评估……通过考察中国现代化的历程,我们希望勘定它在哪些方面遵循了其他进行现代化的国家所经历的基本路线,在哪些方面它又闯出了自己的独特道路"。① 基于此,作者较为公正地描述和分析了中国近二三百年来的历史,对 1949 年以后中国现代化建设所取得的成就和出现的波折进行了比较客观的分析。该书在分析问题时,主要运用了结构功能主义、行为主义理论。由于这两种理论本身存在着很大的缺陷,所以给《中国的现代化》一书带来了两个致命的弱点:一是它不仅忽视中国近代史上的革命运动、多处批评所谓"激进主义",而且把经济现代化视为近代中国唯一的进程,否认了争取和维护民族独立与主权完整等正确目标;二是在比较俄国、日本与中国的政治结构时,始终围绕着"集权与分权",而不是围绕着专制与民主的问题进行分析。正因为如此,该书忽视了孙中山领导的南京临时政府的民主改革精神、"五四"新文化运动对"民主"、"科学"的倡导,更回避了 1949 年以后中国社会主义民主政治建设不断发展的事实。其实,民主的旗帜在中国近代的政治现代化中发挥了巨大作用。

第四,20 世纪 90 年代以来,西方学者研究中国现代化的重

---

① [美]吉尔伯特·罗兹曼主编:《中国的现代化》,江苏人民出版社 2003 年版,第 4 页。

心,转移到中国的儒家传统与现代化的关系上来。罗兹曼主编的
《东亚地区的儒家传统及其现代转变》是其中的代表作。在罗兹
曼看来,在整个东亚地区,人们普遍认识到,每个国家的传统在相
当程度上都有一个共同的"中国根",从那里借用过来的文化资源
都有一个儒家内核。因此,东亚各国,不管它们是社会主义还是资
本主义,其发展都贯穿着一定的"共同的因素"。接着,罗兹曼较
为详细地分析了儒家传统的诸多内涵,并且力图揭示儒家传统是
如何渗透到当代中国的社会生活和决定着中国现代化道路的。诚
然,儒家文化在东亚各国源远流长,极大地影响着该地区的现代化
发展。但是,作者据此而抹杀中国社会主义现代化和资本主义现
代化的差别,这无疑是错误的。至于该书对儒家文化与中国社会
生活与现代化关系的分析,也失之偏颇。此外,此书的概念使用存
在着问题,如作者把中国社会主义称为"儒家社会主义"等。

　　第五,通过研究毛泽东领导中国革命和社会主义建设的历程,
来探讨中国的现代化。学者们充分肯定了毛泽东力图摆脱苏联模
式、探索中国自己的建设道路的最初尝试。他们认为,"不论在思
想上还是在作风上,毛泽东是中国领导人中最少苏联化倾向的人
物。五十年代中期,他就发动大家齐心协力使中国摆脱苏联发展
模式的束缚"。[①]　此外,学者们还批驳了一些人凭空指责毛泽东不
注重经济建设和枉言毛泽东没有现代化思想的观点,指出:"在毛
掌握中华人民共和国命运的四分之一的世纪里,他从未停止过对
迅速的经济增长以及用数量词来界定的进步的号召:吨钢,吨粮,

───────────

　　① ［美］费正清、罗德里克·麦克法奈尔主编:《剑桥中华人民共和国史(1949—
1965)》,上海人民出版社1990年版,第332页。

以及所有的这些。工业化和现代化也是毛主义非常好的思想。""毫无疑问,科学技术的现代化是毛的现代化思想中主要和关键的一部分。"①遗憾的是,这些学者未能把毛泽东的现代化思想及其实践予以全面地论述和展开,故而也就不能客观全面地评价新中国现代化建设的成就与挫折。

不可否认,西方学者站在旁观者的立场上,以不同的视角来探讨中国现代化问题,观点新颖、独特,具有极大的参考价值。但是,西方学者把中国现代化的成功与失败都归咎于中国的历史传统,有意无意地忽视西方列强的侵略对中国现代化所造成的阻碍,则不能不说是他们研究的一个误区。此外,由于文献资料的限制,西方学者对新中国成立之初的社会主义现代化的研究还不够深入;至于对中国特色的社会主义现代化建设的研究则尚未全面展开。

国内的中国现代化研究于 20 世纪 80 年代后期启动。以罗荣渠为代表,一大批学者从不同的角度对"中国现代化"这一历史性课题进行了深入的探讨和研究。20 余年来,学者们通过辛勤的耕耘,出版了一大批专著,获得了可喜的研究成果:

一是突破了以阶级斗争为纲的史学框架,提出了关于中国社会变革的新思路。在这方面,罗荣渠作出了开创性的贡献,填补了中国现代思想史上的空白。罗先生的研究成果集中在他的两部传世之作《现代化新论》和《现代化新论续篇》之中。罗荣渠以他所创立的"一元多线历史发展观"为指导,详细地论述了中国近代变

---

① [美]斯图尔特·施拉姆:《施拉姆集》,天津人民出版社 1993 年版,第 107—108 页。

革中的四大趋势(衰败化、半边缘化、革命化和现代化)交织和三种基本矛盾(侵略与反侵略、资本主义生产方式与小农/手工业相结合的生产方式,现代工业/商业文明与农耕文明的矛盾)重叠而体现出来的复杂性;强调从鸦片战争到如今中国发生巨大变化的过程,包含着许多取向不一致甚至互相冲突的分过程。罗荣渠强调,中国的现代化是世界现代化进程的组成部分,要把一个世纪以来的中国历史置于资本主义的全球扩张、世界性的资本主义发展危机、新工业革命的大趋势、殖民主义体系的瓦解和全球经济一体化等趋势相继出现、不断变化的世界大环境中考察,在纵向与横向(即国际的)比较中探讨和定位中国的现代化道路。

二是探讨了中国现代化的模式和道路。罗荣渠认为中国现代化模式具有不同于其他国家的特点。在研究东亚现代化进程时,他把东亚现代化总结为三大类型:日本型、韩国型和中国型,指出中国型的特点是"经历内部严重衰败化与帝国解体,但边缘化的程度不如第二类国家深重,通过革命化的重组过程,走向工业化—现代化的道路"。① 有的学者还分析了中国现代化道路的不同特点及其成因。例如,严立贤通过研究中日工业化的不同道路,指出产生中日两国现代化差异的根本原因,必须到两国的社会经济结构中,即从自下而上的发展道路中去寻找。他认为,西欧、日本和中国分别代表自下而上、自上而下与自下而上相结合和缺乏自下而上的道路,从而使自上而下道路也走不通这样三种不同的现代化类型。

---

① 罗荣渠:《现代化新论续篇——东亚与中国的现代化进程》,北京大学出版社1997年版,第69页。

三是分析了中国传统文化与现代化的关系。传统文化问题是现代化进程中的最深层次的问题。在中国现代化建设全面推进的新形势下,怎样处理传统与现代、西学与中学的关系,仍然不容忽视。为纪念五四运动 70 周年,《中国社会科学》刊登了一系列文章,首次提出了全部中国文化都必须现代化的历史课题。耿云志的"五四新文化运动的再认识",批评了把"五四"运动说成是"欧化"或"西化"运动,把陈独秀、胡适、鲁迅等新文化运动领袖说成是"全盘性反传统主义者"或"全盘西化论"者的观点。文章提出,新文化运动不仅是民族文化的批判运动,而且是民族文化的振兴运动,是中西结合、创造中国新文化的运动。文章认为新文化运动的最大功效,是它的科学启蒙作用,即为民主、科学的发展开辟先路。而新文化运动之所以难以持久,是因为没有随后而起的政治经济条件的支撑,而最终陷于失败的境地。因此,不能把民主不能实现、科学不发达、中国现代化的延误归咎于新文化运动。在"对全部中国文化的现代化追求"一文中,王富仁提出新文化运动的历史意义,要从与洋务运动、维新运动的联系和区别中来认识。他认为中国的新文化从洋务运动已经开始。但洋务派、维新派都割裂了现代化的整体性和统一性,民主革命派也没有作出全面、完整和独立的文化理论贡献。"五四"新文化运动并没有否定洋务派、维新派和革命派所追求的目标。新文化运动的独特贡献是提出了精神文化的改造,其思想旗帜是人的精神解放。

此外,罗荣渠在《现代化新论续篇——东亚与中国现代化的进程》一书中,也讨论了传统文化问题。在论证传统向现代转型时,罗先生指出,就整体而言,传统的儒家文化是反现代化的。历代积淀下来的"道统"观、"夷夏"观等构成变革的巨大障碍。这使得现代化只能在维护皇权正统与儒学道统的范围内启动。这一启动源自经世致用思潮，经历了"师夷长技"、"中体西用"等多种演变，都没有超出传统的儒学思想的框架。但是自强运动的失败不能归咎于"中体西用"的指导方针，而应从制度与政治层面去寻找。针对传统儒学如何适应现代化的问题，罗荣渠先生提出了"改革儒学"的主张。他认为传统儒学具有适应时代变化的内容和"实践理性"的内涵，所以在新的条件下有可能推陈出新，起到积极作用。

四是系统、深入地研究了中国早期的现代化。中国早期现代化的研究集中在三个方面：其一，重新评价了洋务运动的性质和历史地位。自 1980 年起，史学界就开始就重新评价洋务运动的问题展开了热烈的讨论，现已初步达成共识：洋务运动是中国资本主义现代化的开端，也是中国从闭关自守的封建社会走向改革开放的开端；同时，对洋务运动反动消极的一面，也不宜全面肯定。其二，自 20 世纪 90 年代后，对清末"新政"的研究有了新的突破。代表之作是朱英所著的《晚清经济政策与改革措施》。该书分析了甲午战争以后清政府奖掖工商、振兴实业的政策，指出这些政策和改革措施促使了中国社会由传统走向现代化；认为"新政"是清代最具深度和广度，产生较大社会影响的一次重要改革。其三，与研究晚清自上而下变革相呼应，对来自社会的现代化努力的研究有了新的拓展。最为突出的是，对近代以来工商社团（主要是商会）的研究正在从兴起走向高潮。虞和平所著《商会与中国早期现代化》代表着这一新领域的成果。虞和平认为，商会随着早期现代化的兴起而产生，是清政府实行新政、鼓励兴办商会以及资产阶级自身要求的二重驱动力的产物。商会作为资产阶级社团，因为其本身的组织规模而成为早期现代化的主角,在促使资产阶级自身现代化和近代中国的资本主义工业化、民主化、民族化这三个方面发挥了重要作用。同时,由于政府腐败无能、商会自身软弱与政治素质低下以及帝国主义侵略等内外原因,商会致力于现代化的努力没有收到理想的效果,成为早期现代化的失败者。

五是对中国的区域现代化进行了研究。胡福明等所著《苏南现代化》是这一领域的主要研究成果。该书通过跟踪研究苏南现代化,比较全面、系统地揭示了中国特色的社会主义现代化道路的内涵和主要特征;分析指出了由发达地区的超前所显示的中国现代化进程中的地区性和阶段性。该书把现代化的理论、现代化的历史进程、现代化的指导思想和现代化的战略选择的研究融为一体,是一部极具特色的区域现代化研究著作。

国内的中国现代化问题研究也存在明显的不足。学者们主要以鸦片战争或 19 世纪初为研究的起点,对 17—18 世纪的历史涉及不多,下限则只写到 1949 年。研究对象,主要指向政府、资产阶级、企业家、科学家、思想家、教育家及其聚集的城市,对基层尤其是乡村社会则重视不够。对于政治、经济、文化的研究,仍然是先根据已有的观念判定了一个政权的性质,依据有关条文加以解释,再在史实或实例上找出实施后的效果;忽视了许多中间环节和过程,尤其是整体的或相关的结构的相互作用等因素。此外,在讨论传统文化与现代化的关系时,也存在着求文索句或刻意求新的倾向。至于对 20 世纪后半期中国社会主义现代化建设的研究则比较薄弱。到现在为止,虽然有了数量不少的学术论文,但是还没有出现全面反映新中国五十多年社会主义现代化建设的权威专著。

以上"中国现代化研究"的概况充分表明,中外学界还没有从

"现代化道路的探索"的视角,来研究近代以来中国现代化道路的转化和演变,从而在分析论证的基础上揭示出这种转变的必然性。

然而,综观世界各国的现代化实践,不难发现:选择什么样的现代化道路,不仅影响着现代化推进的速度,而且关系到能否实现现代化。中国现代化的百年历程也充分说明了这一点。正因为如此,本书将尝试着突破以上所提到的局限性。本书共分为六个部分。

本书导论、结束语的侧重点在于对中国现代化的道路选择问题作一些研究。在势不可当的全球化浪潮中,中国的现代化建设既面临着难得的机遇,又面临着严峻的挑战。中国的现代化建设必须坚持社会主义的价值取向。

本书在第一章对马克思主义现代化思想和西方现代化理论进行了梳理,并对两种现代化理论进行了比较,强调考察中国现代化道路探索的历程必须以马克思主义现代化思想为指导,同时要借鉴西方现代化理论。

第二章回顾了中国早期现代化艰难起步和曲折的历程。中国早期现代化以 19 世纪中叶的"洋务运动"为起点,以南京国民党政府的垮台为终点。在此期间,先进的中国人尝试了种种方案,企图走资本主义的现代化道路,然而都以失败而告终。这种失败有着深刻的历史必然性。

第三章考察了探索和拓展中国社会主义现代化道路的历程。资本主义现代化道路走不通,新中国选择了社会主义的现代化道路。但是,中国不仅要走社会主义的现代化道路,而且要走自己的社会主义现代化道路。为此,几代中国共产党人进行了不懈的探索。在探索的过程中,中国的社会主义现代化道路经历了由"传统的社会主义现代化道路"到"中国特色的社会主义现代化道路"、由一度只关注社会主义现代化建设的"速度"到社会主义现代化建设的"速度与质量"并重的转化。这种转化展示出"继承—超越—创新"的传承关系。

第四章站在新世纪的起跑线上,以新的思维和视角对中国社会主义现代化建设中的若干问题作一番理论思考。

总而言之,探索中国现代化道路的历程是艰难坎坷的。这一漫长的历史进程,既给我们留下了丰富的经验,也留下了许多惨痛的教训。我们认真加以研究和总结,其意义无疑是十分巨大而深远的。

第 一 章

两种现代化理论的比较研究

谈到现代化理论,不少人就把现代化理论等同于西方现代化理论。其实不然。现代化理论包括两大形态,即马克思主义的现代化思想和产生于欧美的西方现代化理论。虽然这两种理论形态具有质的差别,但是也存在着一些共同点。

比较研究这两种现代化理论,有助于我们正确把握和运用现代化理论,正确地考察中国现代化道路探索的历程。

第一节 一个需要破除的理论误区

马克思主义理论中蕴涵着丰富的现代化思想。但是长期以来,学界存在着一种误解。不少学者认为,"马克思早已形成关于'现代'的科学概念,对现代工业社会的特征也有深刻的认识,但却没有提出过'现代化'的范畴和理论"。[①] 学者们之所以认为马

---

① 罗荣渠:《现代化新论》,北京大学出版社 1993 年版,第 20 页。

克思"没有提出过'现代化'的范畴和理论",主要是如下两种原因所造成的:一是直接原因,即"现代化"作为一种理论学说,是在第二次世界大战,尤其是20世纪60年代后,才率先在以美国为代表的发达资本主义国家流行开来,并逐渐传播到世界各地的。在此之前,无论马克思还是其他学者都既未曾对当今学界的专业术语——"现代化"一词作出严格的界定,又没有撰写过"现代化"的专著或论文。据此,中外学者断言,马克思主义理论中没有现代化思想,如果有的话,其"现代化"指的就是"资本主义现代化"。二是根本原因,即不少学者无视马克思对活生生的社会现代化进程的研究,看不到社会现代化的生产方式属性或社会经济形态属性,认为马克思主义理论中只有社会发展思想,如果有现代化思想,也只能作为其社会发展思想的一部分。正因为如此,不仅西方学者很少论及马克思主义的现代化思想,就是国内从事马克思主义理论研究的学者也缺乏系统的研究。

众所周知,马克思和恩格斯很早就开始使用"现代"、"现代化"的概念。《共产党宣言》一文中,就已经多次出现了"现代资产阶级社会"、"现代大工业"、"现代生产力"、"现代生产关系"等概念。在《资本论》第二版的跋中,马克思谈到德国的历史条件时说:"……妨碍资本主义生产方式发展、因而也妨碍现代资产阶级社会建立",明确地把资本主义生产方式作为现代资产阶级社会的基础和特征,把资本主义生产方式和资产阶级社会并称,并视其为现代社会。接下来他又说,"在德国的现实中没有现代的经济关系",[①]使用了"现实"和"现代"两个概念。这里所说的"现代"

①　《马克思恩格斯选集》第2卷,人民出版社1995年版,第105—106页。

明显具有现代化的意义。在《费尔巴哈》一文中，马克思更是明确使用了"现代化"这一词，把大工业所造成的发达的世界市场和城市称为"现代化的世界市场"和"现代化大工业城市"。不仅如此，马克思和恩格斯的一些观点被西方现代化学者公认为是关于落后国家的发展道路和工业化问题的重要提示。美国出版的《国际社会科学百科全书》刊载的"现代化"条目中，就赫然引用了马克思在《资本论》第一卷第一版序言中的一句话："工业较发达的国家向工业较不发达的国家所显示的，只是后者未来的景象。"①该书还以马克思的这句话作为阐述现代化含义的第一根据。诚然，上述事实还不足以证明马克思和恩格斯已经形成了比较系统的现代化思想，否则，这样的理论探讨就过于肤浅。那么，马克思主义理论体系中是否包含有现代化思想呢？

回答当然是肯定的。总的说来，马克思一生所从事的理论研究，并不是为了建立某种理论体系，而是为了论证共产主义的必然实现。正因为如此，马克思以唯物史观为指导，把他一生的精力主要用于政治经济学研究，通过对资本主义社会这一复杂的机体进行深刻的剖析，阐明了资本主义所包含的内在矛盾及其发展、灭亡的必然趋势。由于资本主义社会主要是由现代大工业和现代大商业所造成的，"采用机器生产以及实行最广泛的分工"，②从而发展了人的能力，"把物质生产变成对自然力的科学统治"，③把人类社会从农业文明社会带入工业文明社会，使整个社会生活呈现出前所未有的现代色彩。可见，从世界现代化

---

① 《马克思恩格斯选集》第2卷，人民出版社1995年版，第100页。
② 《马克思恩格斯选集》第1卷，人民出版社1995年版，第113页。
③ 《马克思恩格斯选集》第1卷，人民出版社1995年版，第773页。

的起源及其发展的一定阶段的角度上看,资本主义和现代化是一种"重合"的世界历史进程。在一定意义上也可以说,资本主义是世界现代化发展一定阶段的"代名词"。所以,马克思对资本主义生产方式和资本主义社会的总体起源及其演变发展过程的考察,也就是对世界现代化的起源及其发展过程的考察。在马克思那里,"现代社会"主要是指资本主义社会。马克思在许多地方谈到"资本主义社会"时,往往在其前面冠以"现代"二字,称之为"现代资本主义社会",有时就直接称为"现代社会"。他说:"'现代社会'就是存在于一切文明国度中的资本主义社会,它或多或少地摆脱了中世纪的杂质,或多或少地由每个国度的特殊的历史发展而改变了形态,或多或少地有了发展。'现代国家'却随国境而异。它在普鲁士德意志帝国同在瑞士不一样,在英国同在法国不一样。""但是,不同的文明国度中的不同的国家不管它们的形式如何纷繁,却都有一个共同点:它们都建立在资本主义多少已经发展了的现代资产阶级社会的基础上。"[①]在马克思看来,"现代社会"这一术语是资本主义社会或资本主义现代化的通用语,它熔铸了整个资本主义的文化价值体系。当然,现代大工业生产力和科学技术及其发展并不能与资本主义生产关系及其发展画等号,但是,20世纪初以前,资本主义生产关系毕竟是大工业和科学技术及其发展的唯一的社会载体,它规定了世界现代化的性质。从逻辑上看,当马克思把现代大工业生产力和科学技术与资本主义生产关系纳入同一个科学范畴——"资本主义生产方式"时,他就把对大工业生产力和科学技术的考察与对资本

---

① 《马克思恩格斯选集》第3卷,人民出版社1995年版,第313页。

主义的研究有机地融为一体了。马克思正是通过对资本主义生产方式起源及其发展的剖析,揭示出了世界现代化形成的前提条件、历史起点、内在动力以及实现途径等。换句话说,马克思主义的现代化思想主要体现在对世界现代化和资本主义生产方式的系统考察中。

由于"辩证法在对现存事物的肯定的理解中同时包含对现存事物的否定的理解,即对现存事物的必然灭亡的理解;辩证法对每一种既成的形式都是从不断运动中,因而也是从它的暂时性方面去理解;辩证法不崇拜任何东西,按其本质来说,它是批判的和革命的",①因此,马克思主义的社会现代化思想并没有停留在考察现代化的起源和发展的层面上。事实上,马克思对社会现代化及其发展趋势的研究,总是与社会形态及其演变发展的考察紧密联系在一起的。通过对资本主义生产方式的运行规律和发展机制的考察,马克思提出了"资本生产力发展极限"的思想:社会生产力在资本主义形态内的发展极限是由资本的价值生产所规定的,在这一规定的范围内,即便是最完备的资本主义社会制度也挽救不了整个资本主义社会形态的灭亡。因此,马克思认为,社会主义(共产主义)是社会现代化或资本主义现代化的最终结果。可以说,马克思从社会形态相继更替的角度对社会现代化与社会主义的关系进行考察,其内容就是马克思主义关于社会主义现代化的思想。

由上可见,国内外学术界因为马克思没有集中阐述过"现代化"这一概念、没有写过有关"现代化"的专著,就得出马克思主义

---

① 《马克思恩格斯选集》第 2 卷,人民出版社 1995 年版,第 112 页。

中没有现代化思想的结论,显然难以立足。

第二节　马克思主义现代化思想的主要内容及基本特征

为了进一步澄清认识,展示马克思主义现代化思想的本来面目,本节力图对马克思主义社会现代化思想形成的历史条件、基本内涵和基本特征予以阐述。

一、马克思主义现代化思想形成的历史条件

任何思想理论都不可能凭空产生。一种思想理论的形成需要有特定的时代背景,需要继承前人的理论成果,并且受到创始人的文化水平、心理素质等因素的影响和制约。马克思主义现代化思想的形成也不例外。

（一）古典市民社会理论和工业革命理论是马克思主义现代化思想形成的理论前提

一方面,马克思主义现代化思想的形成,深受古典市民社会理论的影响。欧洲古典市民社会理论是伴随着西欧现代化的进程而出现的,是反映商品经济发展、社会与国家分离等现代工业社会萌芽的理论。该理论的创立者是洛克、卢梭和黑格尔等自然法哲学家。这一古典市民社会理论对马克思和恩格斯产生了巨大的影响。毋庸置疑,当时的现代化实践是马克思主义现代化思想形成和发展的基础。与此同时,马克思主义创始人还批判地继承了古典市民社会理论。他们认为:"'市民社会'这一用语是在 18 世纪产生的,当时财产关系已经摆脱了古典古代的

共同体。"①这里的"市民社会",指的就是古典市民社会理论中的"市民社会"。

马克思通过研究世界历史,认清了国家与市民社会的关系问题。对波旁王朝历史的深刻分析,使马克思认清了市民社会或所有制对国家的决定作用。马克思指出:"在路易十八时代,宪法是国王的恩赐(钦赐宪章),在路易菲利浦时代,国王是宪法的恩赐(钦赐王权)。一般说来,我们可以发现,主语变为谓语,谓语变为主语,被决定者代替决定者,这些变化总是促成新的一次革命,而且不单是由革命者发动的……因此,当黑格尔把国家观念的因素变成主语,而把国家存在的旧形式变成谓语时——可是,在历史真实中,情况恰恰相反:国家观念总是存在的[旧]形式的谓语——他实际上只是道出了时代的共同精神,道出了时代的政治神学。"②在马克思看来,社会结构中的这种实际上的内在联系在每个国家都是普遍存在的现象,而且随着社会的向前发展,这种情况会表现得更加突出。

生活在黑格尔之前的思想家,如洛克、卢梭等就已经论述了财产和市民社会的经济活动。不过,他们只是透过政治来谈经济,而且把政治国家与市民社会相混淆,认为市民社会的主旨是政治自由。与洛克等人不同,黑格尔借助于市民社会这一术语,把市民社会的研究重心转向经济活动。之所以会发生这种转移,是因为当时市场经济得到发展、资产阶级革命以及古典经济学日臻成熟。黑格尔首次把市民社会看成是政治国家的对立物。在黑格尔看

---

① 《马克思恩格斯选集》第 1 卷,人民出版社 1995 年版,第 130 页。
② 《马克思恩格斯全集》第 40 卷,人民出版社 1982 年版,第 368 页。

来,市民社会是一种与国家相分离的社会自治组织状态,是伴随着西欧现代化的社会变迁而出现的,是指社会中各种私人利益关系的总和,是国家政治生活之外的所有社会程序和社会过程。"在市民社会,每个人都以自身为目的,其他一切在他看来都是虚无。"①"市民社会是个人私利的战场,是一切人反对一切人的战场,同样,市民社会也是私人利益跟特殊公共事务(即政治国家)冲突的舞台。"②黑格尔认为由市民所构成的社会,各个私利个人的无节制物质追求会引发道德缺陷,需要国家的强制统合才能弥补,同时他把这种国家看成是伦理理念的实现,因此,国家高于社会,决定社会。黑格尔最大的贡献在于发现了市民社会的经济本质,看到了国家同社会的分离。马克思对此深表认可,指出:"法的关系正像国家的形式一样,既不能从它们本身来理解,也不能从所谓人类精神的一般发展来理解,相反,他们根源于物质的生活关系,这种物质的生活关系的总和,黑格尔按 18 世纪英国人和法国人的先例,概括为'市民社会'"。③ 在国家与社会分离的问题上,马克思也认为,"黑格尔的出发点是作为两个固定的对立面、两个真正有区别的领域的'市民社会'和'政治国家'的分离。当然,在现代国家中这种分离实际上是存在的"。④

在继承的基础上,马克思又对古典市民社会理论进行了批判。首先,通过批判黑格尔个人联合为社会的抽象性,马克思找到了研究现代化的出发点。黑格尔认为,"各个社会成员作为独立的个

---

① [德]黑格尔:《法哲学原理》,商务印书馆 1961 年版,第 197 页。
② [德]黑格尔:《法哲学原理》,商务印书馆 1961 年版,第 309 页。
③ 《马克思恩格斯选集》第 2 卷,人民出版社 1995 年版,第 32 页。
④ 《马克思恩格斯全集》第 3 卷,人民出版社 2002 年版,第 90—91 页。

人的联合,因而也是在抽象普遍性中的联合"。马克思赞同黑格尔所持的"实际需要、利己主义是市民社会的原则"①。然而,马克思指出,在市民社会中,私利个人不是他们自己或别人想象中的那种人,而是现实中的个人。这样,马克思找到了研究现代化的出发点,即作为历史主体的人(私利个人)及其所从事的物质生产活动。现代工业社会是作为历史主体的人的一系列物质生产活动所创造出来的。其次,马克思批判了黑格尔的"国家决定市民社会"这种"头足倒置"的"逻辑的、泛神论的神秘主义"。② 他认为正是这种倒因为果、倒果为因,把决定性的因素变成被决定性的因素,把被决定性的因素变为决定性的因素,致使黑格尔始终无法挣脱唯心史观的泥潭。据此,恩格斯也指出:"决不是国家决定和制约市民社会,而是市民社会制约和决定国家。"③

可见,如果我们撇开黑格尔的结论,而只关注他对市民社会性质、特征的分析和把握以及对社会历史的解释,那么完全可以说,黑格尔的历史观给新唯物主义观提供了理论前提,而历史唯物论本身就是一种现代化理论。

另一方面,马克思主义的现代化思想,还直接批判地吸收了19 世纪上半叶的资产阶级工业革命理论和空想社会主义工业革命理论中的合理成分。工业革命不仅是工业文明、现代化发展以及作为制度的资本主义在世界范围内得以建立的历史起点和逻辑起点,而且是推动工业文明和作为制度的资本主义发展的巨大动力。19 世纪上半叶,资产阶级和空想社会主义的理论,率先从不

---

① 《马克思恩格斯全集》第 3 卷,人民出版社 2002 年版,第 194 页。
② 《马克思恩格斯全集》第 3 卷,人民出版社 2002 年版,第 10 页。
③ 《马克思恩格斯全集》第 21 卷,人民出版社 1965 年版,第 247 页。

同角度对工业革命及其给人类社会带来的前所未有的变化作出了逻辑反映。资产阶级的工业革命理论,集中在约翰·司徒亚特·穆勒、罗雪尔、西尼尔,特别是德里西·李斯特的著述中。李斯特是近代第一个较为系统地探讨经济落后的国家如何实现向先进工业强国转变的资产阶级思想家。在李斯特的著述中,他以德国这样一个经济相对落后的国家转变为先进的工业强国的问题为研究的切入点,用大量的篇幅论述了关于工业进步(在李斯特那里,"工业进步"有时就是工业革命的同义语)与人和社会间相互作用的一般规律及其演变发展的趋势和导向的问题,从而构筑起自己的国民经济学体系。除李斯特之外,19世纪上半叶的其他一些资产阶级经济学家也从其他侧面考察了工业革命的问题。如工业进步与人和社会的发展、工业革命与国家(这里主要指政府)在经济社会发展中的作用、工业革命与开放体系,等等。与此同时,以傅立叶为代表的空想社会主义者,创立了空想社会主义工业革命理论。空想社会主义工业革命理论主要有三个方面的内容:一是工业革命与社会发展阶段;二是工业革命与社会冲突和变迁;三是工业革命与未来社会的构想。

作为同一个时代的产物,19世纪上半叶的资产阶级工业革命理论和空想社会主义工业革命理论,是两种既相互对立又相互影响(主要在方法论上)的理论。虽然这两种理论都是围绕着当时共同的问题,即围绕着工业革命与人和社会间相互作用的一般规律及其演变发展的趋势和导向展开探讨的,但是它们毕竟是两种不同形态的工业革命理论,故而其主旨和着眼点完全不同:前者主旨是完善甚至美化资本主义社会,后者则旨在批判资本主义社会的过程中勾画出未来社会的蓝图。因此,资产阶级工业革命理论的着眼点放在对资本主义时代的广义的"技术经济"的考察上，以从总体上论证作为大工业生产力的社会存在形态的资本主义社会的优越性；而空想社会主义的着眼点则放在对资本主义社会的丑恶方面的批判上。因此，这两种理论形态在马克思主义现代化思想形成的过程中所起的作用是截然不同的。在现代化思想形成的过程中，马克思批判地吸取了资产阶级工业革命理论从广义"技术经济"角度上来考察资本主义历史时代的合理成分和空想社会主义工业革命理论在批判资本主义社会的丑恶方面和对未来社会构想的合理成分。它们共同构成马克思创立科学的社会历史观、建构现代化理论所不可缺少的重要逻辑环节。

（二）相继发生于西欧的政治革命和产业革命是马克思主义现代化思想得以形成的现实依据

任何一种科学理论都是时代的精华，都以社会现实为坚实基础。毫无疑问，马克思主义现代化思想的形成，受到了当时相继发生的政治革命和产业革命的直接影响。

西欧的政治革命首先发生于英国。英国成为资产阶级革命的发源地，是与其发达的商品经济密切关联的。得天独厚的自然地理条件、土地制度的彻底变革，以及统一的民族国家的形成，使英国的商品经济在 14、15 世纪时就发展到了相当高的程度。在商品经济的驱动下，英国以伦敦为中心，逐步形成了一个全国性的完整的城市体系和市场体系，形成了由土地贵族——中产阶级——下层劳动者构成的三层式社会结构。但是，在消除了封建割据，形成了独立、统一国家之后，英国专制王权开始走向反面，成为资本主义经济向纵深发展的障碍。于是，因商品经济的充分发展而拥有较强经济实力的城乡资产阶级，在共同利益的驱使下结成政治同盟,极力反抗封建王权。封建势力与新兴资产阶级之间的冲突最终导致了内战的爆发。经过几十年的对抗和较量,英国资产阶级取得了革命的最后胜利,议会于1688年成为英国政坛的权力中心。

英国资产阶级革命揭开了世界资产阶级革命的序幕。法国首当其冲,被卷入了这场社会大潮之中。中世纪末期,法国在驱逐外敌、统一国家的战争中逐步形成了高度集权的君主专制政体,并形成了与之相适应的庞大的官僚体系。国王凭借官僚体系拉拢贵族,实行专制。但是,官僚体系的恶性膨胀却耗尽了国家的财富,成为侵蚀社会机体的致命毒瘤。官僚机构的腐败、不合理的封建赋税制度严重阻碍了国内外贸易和工商业的发展,封建贵族利用专制工具在农村进行残酷压榨,激起了广大农民对国家机器乃至君主政体的强烈不满与仇恨。国家重商主义政策的实施本意是为了解决国王的财政困难,却推动了法国工商业的初步繁荣,促使资产阶级初步成长起来。资产阶级所代表的社会进步势力与封建专制王权之间的矛盾和冲突日趋尖锐,达到顶点,革命随之爆发。法国大革命用暴力解除了封建制度对农业生产的束缚,法国农业生产开始摆脱自给自足经济的状态,转向市场。大革命还扫除了一切封建特权,取消了束缚工商业发展的商会和行会,扩大了统一的民族市场。

1640年和1688年的英国资产阶级革命以及1789年的法国大革命,使"资产阶级把它在封建主义统治下发展起来的生产力掌握起来。一切旧的经济形式、一切与之相适应的市民关系以及作为旧市民社会的正式表现的政治制度都被粉碎了"。[①] 传统的

---

① 《马克思恩格斯选集》第1卷,人民出版社1995年版,第152页。

政治国家被粉碎了,新的政治国家演变为现代民族国家,成为推动现代化发展的前提和有力后盾。在现代民族国家中,市民社会与政治国家相分离。与政治国家相分离的市民社会,从政治国家那里收回了本来属于自己的部分权利,大大提高了社会自主性程度。社会自主性程度的提高适应了市场经济中的自由交换和自由竞争的需要,因而极大地促进了社会生产力的发展。始于英国的产业革命正是在这种背景下发生的。这次工业革命以蒸汽机的发明和运用为标志,引起了各行各业的连锁反应,使生产技术得到了全面的改造。纺纱机和织布机的发明与完善使纺织业最早进入了机器大工业阶段。随后,蒸汽动力机的出现使冶金、采矿、机器制造、交通运输等行业相继发生了技术革命,工厂制迅速取代了家庭作坊和手工工场。生产技术和生产组织形式的变革使社会生产力发生了前所未有的飞跃,而生产力的突破性发展又引起了社会政治、经济结构的急剧变化。近代工业社会取代了传统农业社会,城市文明成为历史舞台的主宰。这是一次典型的社会现代化运动。

由上可见,西欧政治革命所造成的现代民族国家以及产业革命所引发的现代化运动,为马克思正确认识社会现代化的起源及运动规律等奠定了基础。

(三)对德国古典哲学的批判继承为马克思主义现代化思想的形成提供了科学的世界观和方法论

诚然,西欧的政治革命和产业革命为马克思主义现代化思想的形成提供了客观依据,但是要把这些感性的认识上升为理性认识,使之理论化、系统化,则需要科学的世界观和方法论的指导。正是通过批判地继承德国古典哲学,马克思主义现代化思想的形成才有了科学的世界观和方法论的指导。

黑格尔和费尔巴哈是德国古典哲学的一代大师。他们的学说对马克思产生了最为深刻的影响。在黑格尔看来,现实世界是为"绝对精神"所支配着的,是一个有机互动的辩证发展过程;这个世界是相互联系、矛盾发展的、可认知的。费尔巴哈是机械唯物主义者,他承认世界的物质性,但认为现实世界是彼此孤立的、毫无关联的、不可知的,在社会历史领域陷入了唯心主义。为此,马克思批判了黑格尔辩证法的唯心主义立场、费尔巴哈唯物主义的机械性、不彻底性。在此基础上,继承了费尔巴哈唯物主义的"合理内核"和黑格尔辩证法的"合理内核",创立了唯物辩证法和辩证唯物论。

正是在唯物辩证法和辩证唯物论这一科学的世界观和方法论的指导下,马克思对市民社会进行了研究。诚如恩格斯所云,马克思是以 1844 年的"市民社会制约和决定国家"的原理为出发点,才得以成功地发挥他的历史唯物主义理论。唯物史观是世界近代工业革命和科学技术进步的产物,它客观地反映了现代化的实际进程及其运动规律,是对社会现代化进程的高度抽象和理论概括;它深刻地揭示出了由市民社会和政治国家所组成的社会结构,由传统向现代变迁和发展的态势及运动规律、发展趋势等。这一唯物史观的产生是马克思主义现代化思想形成的标志。而马克思运用这一唯物史观对其他社会问题进行分析所形成的一般理论原则,就是所谓的"新历史唯物主义",即生产力与生产关系、经济基础与上层建筑的辩证关系原理。

(四)马克思主义创始人的文化水平、心理素质和不懈追求使马克思主义现代化思想最终得以形成

不可否认,马克思主义的现代化思想有古典市民社会理论和

工业革命理论提供理论契机、有政治革命和产业革命提供现实依据、还有德国古典哲学提供科学的世界观和方法论,但是,如果马克思主义的创始人不具有洞察一切、怀疑一切的深邃智慧,缺乏不懈追求的拼搏精神等主观条件,那么上述的客观条件就不可能起到应有的作用,或者说是决不会迸发出现代化思想的火花。而他们完全具备了这些主观条件:首先,他们系统而深入地研究了历史学、经济学和哲学。马克思主义经典作家通过研究和比较各国历史,认清了社会历史的内在联系和本质;从异化劳动理论出发,深入地研究了当时各种经济现象形成的原因及其本质,探明了它们对于形成广泛社会联系的重要作用。尤为重要的是,马克思系统而深入地研究了黑格尔历史哲学,得到了黑格尔思想理论体系的影响和熏陶。这些研究为马克思主义现代化思想的形成提供了充分的理论准备。其次,马克思主义创始人具有超乎寻常的精力,意志坚强、信念坚定,不崇拜任何东西,"怀疑一切"。"斗争即是幸福,屈服就是不幸",是马克思主义创始人的座右铭。再次,马克思主义创始人积极投身于社会实践,参加了如火如荼的 1847 年至 1848 年欧洲革命运动,积累了丰富的社会经验,实现了理论与实践的有机结合。

总之,由于具备上述主客观条件,马克思主义现代化思想的形成就是理所当然、水到渠成。

二、马克思主义现代化思想的主要内容

马克思主义现代化思想具有广义和狭义两个方面的内容。广义的马克思主义现代化思想论述了现代化的前提、动力、实质、实现途径和发展趋势,等等。具体说来:

（一）现代化启动的前提是现代民族国家的形成

马克思主义认为，一定的分工形式和社会经济形式，是由一定的生产力水平所决定的。由于生产力的发展，一种不同于自然分工的社会分工产生和发展起来了。而随着社会自发分工的普遍和商品生产的繁荣，出现了市场经济的形式。"市场经济"这个概念，在当时被称为"商品生产这种特殊形式"。市场经济的发展客观上要求私人的物质生产、交换和消费不再受政府过多的干预，使追求利润挣脱封建伦理、宗教和政治的羁绊，成为一个自主的、合法的经济活动。显然，市场经济的这种要求与封建政治国家的专制统治方式是相冲突的。政治革命是迅速而彻底地解决这一冲突的有效方式。"政治革命打倒了这种统治者的权力，把国家事务提升为人民事务，把政治国家组成为普遍事务，就是说，组成为现实的国家；这种革命必然要摧毁一切等级、同业公会、行帮和特权，因为这些是人民同自己的共同体相分离的众多表现。于是，政治革命消灭了市民社会的政治性质。"①可见，传统政治国家构成了社会现代化的主要障碍，政治革命通过剧烈的方式把这一障碍彻底清除，使市民社会从政治国家中分离出来，为现代化的启动铺平道路。

当然，市民社会与政治国家分离，并不是市民社会完全脱离政治国家而自我发展。事实表明，问世之初的资本既需要借助于经济关系的力量，又需要凭借国家政权的力量，才能得到榨取最大限度剩余劳动量的权利。此外，市民社会还有赖于国家政权来维持社会秩序，保障社会现代化的有序进行。可见，完全脱离政治国家的控制是不可能的，而继续传统政治国家的专制统治也行不通。

---

① 《马克思恩格斯全集》第3卷，人民出版社2002年版，第187页。

这是因为国家本身是"从社会中产生但又自居于社会之上并且日益同社会相异化的力量"。① 它同社会有着不同的运动规律,它不可能真正代表社会的普遍利益,也不可能切实反映社会的普遍意志。可见,社会现代化的正常进行还需要一个前提,即需要一个不同于传统政治国家而又适应现代化要求的现代政治国家。这也就是马克思后来所说的"现代民族国家"。

传统政治国家向现代民族国家转变的过程,其实也就是政治现代化的过程。而政治现代化的核心问题是,一个社会将固执于传统的政治领导转变为热心于彻底现代化的政治领导的过程。现代化的这一客观要求,促使现代民族国家不断提高自为性程度,以确保自身的生存;而其有效途径是通过政治民主化,规范国家的政治行为,使国家对社会的管理有合法的依据并依法受到约束。与传统的政治国家相比,现代民族国家的合法性来源和管理方式有了很大的变化。在合法性来源上,前者主要依靠暴力强迫公众接受,而后者主要依靠权威,即公众自愿接受和服从的合法化权力。在管理方式上,前者依靠君主的专制统治来管理社会,而后者是通过代议制民主来管理社会。这种代议民主制首先是一种代表制,代表制是民主制的基础。其次,代议制民主是一种选举制,选举制是代表制的核心内容,"选举是市民社会对政治国家的非间接的、直接的、不是单纯想象的而是实际存在的关系。因此显而易见,选举构成了现实市民社会的最根本的政治利益"。②

总之,现代民族国家的形成是市民社会发展的必然结果以及

---

① 《马克思恩格斯选集》第 4 卷,人民出版社 1995 年版,第 170 页。
② 《马克思恩格斯全集》第 3 卷,人民出版社 2002 年版,第 150 页。

进一步发展的客观要求,是现代化顺利启动的前提。而此前的一切社会变革和经济发展,只不过是为政治革命的爆发、为现代民族国家的形成奠定了基础。充其量是社会现代化的最初萌芽,还谈不上是真正意义上的社会现代化。

(二)现代化的历史起点是工业革命

对于工业革命所引起的巨大社会变革,马克思曾作了精辟的论述:工业革命"创造了交通工具和现代的世界市场,控制了商业,把所有的资本都变成了工业资本,从而使流通加速(发达的货币制度)、资本集中……它首次开创了世界历史,因为它使每个文明国家以及这些国家中的每一个人的需要的满足都依赖于整个世界,因为它消灭了各国以往的自然形成的闭关自守状态。它使自然科学从属于资本,并使分工丧失了自己自然形成的性质的最后一点假象。它把自然形成的关系一概消灭掉,只要在劳动范围内有可能做到这一点,它并且把所有自然形成的关系变成货币的关系。它建立了现代的大工业城市——它们的出现如雨后春笋——来代替自然形成的城市。凡是它渗入的地方,它就破坏手工业和工业的一切旧阶段。它使城市最终战胜了乡村……大工业到处造成了社会各阶级间大致相同的关系,从而消灭各民族的特殊性。最后,每当一个民族的资产阶级还保持着它的特殊的民族利益的时候,大工业却创造了这样一个阶级,这个阶级在所有的民族中都具有同样的利益,在它那里民族独特性已经消灭,这是一个真正同整个旧世界脱离而同时又与之对立的阶级。大工业不仅使工人对资本家的关系,而且使劳动本身都成为工人不堪忍受的东西"。[①]

---

① 《马克思恩格斯选集》第 1 卷,人民出版社 1995 年版,第 114—115 页。

在《资本论》及其手稿中,马克思又从"工艺生产方式"的角度考察了工业革命的问题。由于大机器的运用,直接导致了生产组织方式的根本变革,从而产生了以工厂制度为基础的现代化机器大生产方式。在工场手工业中,单个的或成组的工人,必须用自己的手工工具来完成每一个特殊的局部过程,而机器生产中,这个主观的分工原则消失了。在这里,整个过程是客观地按其本身的性质分解为各个组成阶段,每个局部过程如何完成和各个局部如何结合的问题,由力学、化学等等在技术上的应用来解决。由上可见,工业革命使社会生活发生了空前的变化:一是工业革命使人类社会进入了前所未有的发展时期:大工业生产方式和现代资本主义生产关系的最终全面确立,社会生产力的迅猛、跳跃式的发展,包括人们的思想观念在内的社会生活各个领域发生了急剧的变化,整个社会生活处于不断的变革之中。二是工业革命是历史向"世界历史"转变的起点。它所开创的"现代化的世界市场"和现代化交通日益把各个民族和国家联结成为一个有机的整体。三是工业革命本身标志着科学技术已经成为对生产力和整个社会发展产生直接性影响的"革命性力量"。四是工业革命使西方国家跃居到世界历史发展的前列,从而确立了"中心——半外围——外围"的这一资本主义历史时代的国际格局。可见,工业革命成为人类社会历史的重大转折点,当然也就成为世界现代化的历史起点。

(三)现代化产生和发展的内在动力是最大限度地获取利润和社会效益的需求

马克思主义创始人从分析经济关系入手,通过剖析现代资本主义社会找到了现代化的内在动力,那就是最大限度地追求利润和社会效益。在《资本论》中,马克思入木三分地刻画了资产阶级追求利润的本性:虽然资本逃避动乱和纷争,它的本性是怯弱。这是真的,但还不是全部真理。资本害怕没有利润或利润太少,就像自然界害怕真空一样。一旦有适当的利润,资本就胆大起来。如果有 10% 的利润,它就保证到处被使用;有 20% 的利润,它就活跃起来;有 50% 的利润,它就铤而走险;为了 100% 的利润,它就敢践踏人间的一切法律;有了 300% 的利润,它就敢犯任何罪行,甚至冒绞首的危险;如果动乱和纷争能带来利润,它就会鼓励动乱和纷争。正因为如此,恩格斯说:"鄙俗的贪欲是文明时代从它存在的第一日起直至今日的起推动作用的灵魂;财富,财富,第三还是财富,——不是社会的财富,而是微不足道的单个的个人的财富,这就是文明时代唯一的、具有决定意义的目的。"①在这里,"财富"指的是以货币为表现形式的剩余价值或利润,尤其在"现代工业社会发展的预备时期,是以个人的和国家的普遍货币欲开始的"。②这是因为只有对货币的追求才是一种永恒的追求。货币既是致富欲望的对象,又是致富欲望的源泉。在马克思看来,货币欲或者说致富欲"不同于追求特殊财富的欲望,例如追求服装、武器、首饰、女人、美酒等等的欲望,它只有在一般财富即作为财富的财富个体化为一种特殊物品的时候,也就是说,只有在货币设定在它的第三种规定上的时候,才可能发生"。③ 所以,这种欲望具有极大的特殊性。"到各地区追逐黄金使一些地区被发现,使新的国家形成;首先使进入流通的商品的范围扩大,这些商品引起新的需要,把遥远的大陆卷进交换和物质变换的过程。因此,从这个方面来看,作

① 《马克思恩格斯选集》第 4 卷,人民出版社 1995 年版,第 177 页。
② 《马克思恩格斯全集》第 30 卷,人民出版社 1995 年版,第 177 页。
③ 《马克思恩格斯全集》第 30 卷,人民出版社 1995 年版,第 174 页。

为财富的一般代表,作为个体化的交换价值,货币也是一种双重手段,它使财富扩大到具有普遍性,并把交换的范围扩展到整个地球。"①所以,货币是发展一切生产力即物质生产力和精神生产力的主动轮。无止境地追求利润催生出了现代工业社会,它是文明时代唯一的具有决定性意义的目的。因此,马克思指出:"资本按照自己的这种趋势,既要克服把自然神化的现象,克服流传下来的、在一定界限内闭关自守地满足于现有需要和重复旧生活方式的状况,又要克服民族界限和民族偏见。资本破坏这一切并使之不断革命化,摧毁一切阻碍发展生产力、扩大需要、使生产多样化、利用和交换自然力量和精神力量的限制。"②与此同时,只有讲求社会效益才能最大限度地攫取利润。随着社会生产的发展,国内市场不再能够满足销售的需要,阻碍着资本的运转。这样,获取更多的剩余价值欲望,不断扩大产品销路的需要,驱使资产阶级奔走于全球各地,到处落户,到处开发,到处建立联系,突破国内市场走向世界市场。由此可见,追求最大限度的利润成为科技革命的动机,成为海外殖民掠夺和国内剥削的动机,它强劲地驱动着现代化的产生和发展。

资产阶级在拼命追求物质财富的同时,又极力主张"节欲"。资本家"节欲"主要是为了把所获得的货币再转化为资本,从而增加投资,扩大再生产,实现最大限度地追求利润和社会效益的愿望。因此,资产阶级的"节欲"只是暂时的,而且是有限度的。

(四)社会现代化的实质是生产力以"指数级"发展

资产阶级对利润和社会效益的无止境的追求,客观上推动了

---

① 《马克思恩格斯全集》第30卷,人民出版社1995年版,第177—178页。

② 《马克思恩格斯全集》第30卷,人民出版社1995年版,第390页。

生产力的巨大发展;而现代生产力如"指数级"般地迅猛发展,则是现代社会与前资本主义时代的根本区别所在,是现代化的实质。

生产力是人类社会发展的最终决定力量。生产力是一种客观的物质力量,"人们不能自由地选择自己的生产力——这是他们的全部历史的基础,因为任何生产力都是一种既得的力量,是以往的活动的产物"。① 生产力是最革命、最活跃的因素,它总是变动和发展的。随着生产力的发展,人们在生产中所形成的各种社会关系也就相应地发生变化。"人们在发展其生产力时,即在生活时,也发展着一定的相互关系;这些关系的性质必然随着这些生产力的改变和发展而改变。"②

生产力的高速发展是现代社会与前资本主义社会的根本区别。总的说来,前资本主义社会的各个国家、民族的生产方式大同小异,实行的几乎是处在同一水平线上的自然生产方式。这种生产方式把人类世世代代束缚在狭小的土地上,过着闭塞、简单的生活,整个社会毫无活力可言。在现代社会,"资产阶级在它的不到一百年的阶级统治中所创造的生产力,比过去一切世代创造的全部生产力还要多,还要大。自然力的征服,机器的采用,化学在工业和农业中的应用,轮船的行驶,铁路的通行,电报的使用,整个大陆的开垦,河川的通行,仿佛用法术从地下呼唤出来的大量的人口,——过去哪一个世纪料想到在社会劳动里蕴藏有这样的生产力呢"?③ 在现代社会,生产力之所以能够发展得如此迅猛,主要有两个方面的原因。首先,"新大陆"的发现,扩大了世界交往。

---

① 《马克思恩格斯选集》第 4 卷,人民出版社 1995 年版,第 532 页。
② 《马克思恩格斯选集》第 4 卷,人民出版社 1995 年版,第 536 页。
③ 《马克思恩格斯选集》第 1 卷,人民出版社 1995 年版,第 277 页。

"新大陆"发现以后,交往的主渠道由陆路转向海路,加强了全世界的整体联系,也促进了世界市场的形成和发展。"随着美洲和通往东印度的航线的发现,交往扩大了,工场手工业和整个生产运动有了巨大的发展。从那里输入的新产品,特别是进入流通的金银完全改变了阶级之间的相互关系,并且沉重打击了封建土地所有制和劳动者;冒险的远征,殖民地的开拓,首先是当时市场已经可能扩大为而且日益扩大为世界市场,——所有这一切产生了历史发展的一个新阶段。"①世界市场一旦形成,就对资本主义社会生产力产生巨大的推动作用。一是世界市场使资源能够在世界范围内得到有效的配置。市场竞争通过供求关系的变化和价值规律的作用,使资源流向效益好的部门、地区和国家,从而迫使那些效益不好的部门、地区和国家不断提高劳动生产率,提高经济效益;二是世界市场有力地保证整个资本主义生产的顺利运转。一方面,生产发展不仅要求从国内,而且从国外取得工业原料和粮食以满足自己的需要。"如果一个国家自己不能把资本积累所需要的那个数量的机器生产出来,它就要从国外去购买。如果它自己不能把所需数量的生活资料(用于工资)和原料生产出来,情况也会如此。"②另一方面,国内生产的大量产品,除了国内销售之外,还需要通过贸易销售到世界市场,"如果某个国家闭关自守,那么,它的剩余产品就只能以这一剩余产品的既有的实物形式消费掉。在这个国家中,剩余产品可以交换的范围就会受到不同生产部门的数量的限制。这种限制通过对外贸易才能消除"。③ 可见,离开

---

① 《马克思恩格斯选集》第 1 卷,人民出版社 1995 年版,第 110 页。
② 《马克思恩格斯全集》第 34 卷,人民出版社 2008 年版,第 556 页。
③ 《马克思恩格斯全集》第 48 卷,人民出版社 1985 年版,第 147 页。

世界市场,资本主义生产就根本无法进行。其次,生产力也因普遍的交往和竞争获得了空前的发展。换句话说,生产力的巨大增长和高速发展,是以世界性的普遍交往为前提的。因为在封闭的环境里,且不说大力发展生产力,就是保存已经创造出来的生产力都相当困难。"某一个地域创造出来的生产力,特别是发明,在往后的发展中是否会失传,完全取决于交往发展的情况。当交往只局限于比邻地区的时候,每一种发明在每一个地域都必须单另进行;一些纯粹偶然的事件,如蛮族的入侵,甚至是通常的战争,都足以使一个具有发达生产力和有高度需求的国家处于一切都必须从头开始的境地……只有当交往成为世界交往并且以大工业为基础的时候,只有当一切民族都卷入竞争斗争的时候,保持已创造出来的生产力才有了保障。"①

随着生产力的高速发展,市场的竞争更为残酷,社会的变革和动荡更为剧烈。这是因为在现代社会里,"资产阶级除非对生产工具,从而对生产关系,从而对全部社会关系不断地进行社会革命,否则就不能生存下去"。而"生产的不断变革,一切社会状况不停的动荡,永远的不安定和变动,这就是资产阶级时代不同于过去一切时代的地方"。②

(五)实现社会现代化的有效途径是充分利用一切能够推动生产力高速发展的方式和手段

马克思主义创始人认为,现代社会推动生产力发展的方式和手段主要有三种:

---

① 《马克思恩格斯选集》第1卷,人民出版社1995年版,第107—108页。
② 《马克思恩格斯选集》第1卷,人民出版社1995年版,第275页。

第一,提高人的素质。这是发展生产力的关键。人的现代化是社会现代化的关键,人是主要的生产力。生产力决不可能自发地发展,只有作为历史主体的人的存在才能创造出生产力。提高人的素质,主要是要提高人的科学文化水平。因为,"我们把劳动力或劳动能力,理解为人的身体即活动的人体中存在的、每当人们生产某种使用价值时就运用体力和智力的总和"。[①] 提高人的素质,还要努力扩大人的"普遍交往"。这是因为:首先,只有普遍交往,才能扩大人的自由发展程度。人的自由发展并非意想中的自由发展,而是现实中的自由发展。在现实生活中,人的自由度和发展程度不仅仅受社会关系的制约,而且受人与自然关系的制约,即受生产力发展水平的制约。伴随着生产力的发展和环境、条件的改变,封闭、孤立的状况也会逐步改变。但是,从总的历史发展趋势来看,如果一个国家、民族长期游离于世界历史之外,长期缺乏普遍交往,那么,就无从实现"生产力的巨大增长和高度的发展"。而"如果没有这种发展,那就只会有贫穷、极端贫困的普遍化;而在极端贫困的情况下,必须重新开始争夺必需品的斗争,全部陈腐污浊的东西又要死灰复燃"。[②] 不难想象,在普遍贫困的条件下,在各种陈腐的东西死灰复燃的情况下,人的自由发展、新因素的滋生萌发无疑是痴人说梦。其次,只有自由普遍的交往,才能克服"狭隘地域性"的个人局限性。狭隘地域性的生活方式必然造成狭隘地域性的个人。这种狭隘地域性的个人由于失去了广泛的交往和联系,因而其视野受到限制,观念受到传统束缚,其发展不是

---

① 《马克思恩格斯全集》第 23 卷,人民出版社 1972 年版,第 190 页。
② 《马克思恩格斯选集》第 1 卷,人民出版社 1995 年版,第 86 页。

与现代文明相融,而是与愚昧保守共存。要克服这样的局限性,必须冲破地域性的限制,扩大交往,使"地域性的个人为世界历史性的、经验上普遍的个人所代替"。①只有成为"世界历史性的"个人,才有可能成为全面发展的个人。再次,只有普遍交往,才能充分利用人类文明成果来发展自己。人的发展往往是通过文化的生产和消费来实现的。特定的文化成果是人的劳动创造的产物,这些产物凝结着前人的智慧和力量,因而对后人来说具有客观性,成为文化发展和人的发展的前提与起点。而文化产品(包括物质产品与精神产品)也会在主体的活动中被消费,转化为主体新的本质力量,进而在主体的对象性活动中被加以新的创造,获得新的存在形式,形成新的文化成果。人的发展就是在这种文化生产和消费的不断作用过程中进行的。在以往狭隘的地域性的存在中,人们对全球文化生产和消费的利用是非常有限的,因而获取的智慧和力量也必然是有限的,其发展的程度肯定也不会很高。只有扩大普遍交往,才能广泛参与全球性的文化生产和消费,实现"文明共享",从而使自己得到丰富和发展。"只有这样,单个人才能摆脱种种民族局限和地域局限而同整个世界的生产(也同精神的生产)发生实际联系,才能获得利用全球这种全面的生产(人们的创造)的能力。"②最后,只有普遍交往,才能造成人与人之间的全面依存关系,从而达到互相补充、互相促进。人的本质在其现实性上是社会关系的总和。人要全面发展,当然离不开对社会关系的调整和利用。近代以来,由商品交换建立起来的世界性普遍交往,改

---

① 《马克思恩格斯选集》第1卷,人民出版社1995年版,第86页。
② 《马克思恩格斯选集》第1卷,人民出版社1995年版,第89页。

变了那种建立在血缘关系基础上的狭小范围内的联系,形成了商品经济充分发展基础上的国家、民族以及各个人之间的全面依存关系,使人的社会关系得到了丰富和发展,同时也使人的素质、能力和才能得到了全面的提高。"这种物的联系比单个人之间没有联系要好,或者比只是以自然血缘关系和统治从属关系为基础的地方性联系要好。"①

第二,广泛运用科学技术。在现代社会,社会生产力随着科学技术的不断进步而突飞猛进。且不说"大工业把巨大的自然力和自然科学并入生产过程,必然大大提高劳动生产率",科学技术在农业生产领域也广泛应用。"修筑巨大规模的排水工程,采用圈养牲畜和人工种植饲料的新方法,应用施肥机,采用处理粘土的新方法,更多地使用矿物质肥料,采用蒸汽机以及其他各种新式工作机等等,总之,耕作更加集约化就是这一时期的特点。"②马克思主义创始人把科学看成是历史有力的杠杆,是最高意义的革命力量。这是因为:首先,科学技术在生产力发展中起决定性的作用。在他们看来,所谓社会的劳动生产力,主要是指科学的力量。劳动生产率的提高取决于科学水平和技术进步,或者说取决于科学在生产中应用的程度。其次,科学技术可以直接物化为生产力,成为创造物质财富的有力手段。"科学这种既是观念的财富同时又是实际的财富的发展,只不过是人的生产力的发展即财富的发展所表现的一个方面,一种形式。"③

第三,实行分工与协作。分工与协作能够创造出新的生产力。

---

① 《马克思恩格斯全集》第30卷,人民出版社1995年版,第111页。

② 《马克思恩格斯全集》第23卷,人民出版社1972年版,第742页。

③ 《马克思恩格斯全集》第46卷下,人民出版社1980年版,第34—35页。

与资本主义社会的形成和发展的三个阶段相适应,现代社会经历了三次社会分工。其中,大工业发展阶段的分工,是"把自然力用于工业目的,采用机器生产以及由此实行最广泛的分工",历史由此而掀开了崭新的一页。广泛的社会分工和机器生产的普遍实行,极大地提高了大工业的实力,"大工业创造了交通工具和现代的世界市场,控制了商业,把所有的资本都变成工业资本,从而使流通加速(货币制度得到发展)、资本集中"。在这一发展阶段,大工业"使分工丧失了自己自然形成的性质的最后一点假相。它把自然形成的性质一概消灭掉,只要在劳动范围内有可能做到这一点,它并且把所有自然形成的关系变成货币的关系"。[①] 不仅社会分工能够促进生产力的发展,协作同样也能够创造出新的生产力。"结合工作日的特殊生产力都是劳动的社会生产力或社会劳动的生产力。这种生产力是由协作本身产生的。劳动者在有计划地同别人共同工作中,摆脱了他的个人局限,并发挥出他的种属能力。""这里的问题不仅是通过协作提高了个人的生产力,而且是创造了一种生产力,这种生产力本身必然是集体力。"[②]

(六)现代化是一个世界历史的进程

资本的可增值性赋予了资本极其强烈的扩张性。这是因为资本要获取最大限度的利润和效益,客观上需要一个原料产地和商品销售市场。"资本一方面要求摧毁交往即交往的一切地方限制,夺得整个地球作为它的市场,另一方面,它又力求用时间去消灭空间。就是说,把商品从一个地方转移到另一个地方所花的时

---

① 《马克思恩格斯选集》第1卷,人民出版社1995年版,第113—114页。
② 《马克思恩格斯全集》第23卷,人民出版社1972年版,第366、362页。

间缩减到最低限度。资本越发展，从而资本借以流通的市场，构成资本流通道路的市场越扩大，资本同时也越是力求在空间上更加扩大市场，力求用时间去消灭更多的空间。"①只要这个世界还没有完全开发，只要这个世界存在相对落后的地区，资本家就会不遗余力去建立联系，去探险、去"践踏人间的所有法律"来达到目的。于是，在资本本性的驱使下，资产阶级以发现"新大陆"为契机，推动了现代化由一个区域向整个世界传播，极大地促进了社会生产力、分工和交往的发展。资产阶级因此而充当了历史的不自觉的工具，在历史上曾经起过非常革命的作用。但是，资产阶级的这种历史作用具有极大的局限性。它开创世界历史，是为了占领世界市场，使整个世界服从它的统治，从来不敢进一步提出推翻旧世界建设新世界的任务。不仅如此，资产阶级在开创世界历史、创建现代社会的过程中，是以血腥的手段开路的，是用火与剑载入人类编年史的。它在无情地斩断封建羁绊的同时，"使人和人之间除了赤裸裸的利害关系，除了冷酷无情的'现金交易'，就再也没有什么别的关系了"。②

　　日益发展的生产力、分工和社会交往，使局部的、区域性的市场转变为世界市场。伴随着世界市场的形成，世界交往不断深入，世界联系日益密切，世界历史也就逐渐取代了民族国家的历史。"各个相互影响的活动范围在这个发展进程中愈来愈扩大，各民族的原始闭关自守状态则由于日益完善的生产方式、交往以及因此自发地发展起来的各民族之间的分工而消灭得愈来愈彻底，历

---

① 《马克思恩格斯全集》第 46 卷下，人民出版社 1980 年版，第 33 页。
② 《马克思恩格斯选集》第 1 卷，人民出版社 1995 年版，第 275 页。

史就在愈来愈大的程度上成为全世界的历史"。① 世界历史的出现,开辟出一个与以往任何历史时代截然不同的时代,整个社会的发展呈现出一副崭新的面貌。首先,"资产阶级,由于开拓了世界市场,使一切国家的生产和消费都成为世界性的了。不管反动派怎样惋惜,资产阶级还是挖掉了工业脚下的民族基础。古老的工业被消灭了,而且每天都还在被消灭"。一个国家的经济想要正常运转,就必须适应世界性的生产和消费的需要。这样,建立新工业就成了一切文明民族生死攸关的重大问题。这些工业不同于古老的工业:"这些工业所加工的,已经不是本地的原料,而是来自极遥远的地方的原料;它的产品不仅供本国消费,而且同时供世界各地消费……过去那种地方和民族的自给自足和闭关自守状态,被各民族的各方面的互相来往和各方面的互相依赖所代替了。"其次,世界市场的形成,世界交往的进一步扩大,使得社会生活以至文化精神生活都出现了世界性的渗透与交叉。由于过去那种地方的、民族的自给自足和闭关自守的状态被各民族的相互往来和互相依赖所替代,因而,"各民族的精神产品成了公共的财产。民族的片面性和局限性日益成为不可能,于是由许多种民族的和地方的文学形成了一种世界的文学"。② 此外,世界历史的出现,使得各个国家的经济关系也日益复杂化了。伴随着对外交往和世界市场的建立,每个国家的经济关系都冲破了原有的界限,具有一定程度的世界性。

民族国家的历史转变为世界历史,是一个不以人的意志为转

---

① 《马克思恩格斯选集》第 1 卷,人民出版社 1995 年版,第 51 页。
② 《马克思恩格斯选集》第 1 卷,人民出版社 1995 年版,第 276 页。

移的客观历史过程。"历史向世界历史的转变,不是'自我意识'、宇宙精神或者某个形而上学怪影的某种纯粹的抽象行为,而是完全物质的、可以经过经验确定的行动,每个过着实际生活的,需要吃、喝、穿的个人都可以证明这种行动。"①世界历史的形成不是一向都存在,而是现代化发展的必然结果,即历史之中生产力自身运动的结果。

民族国家的历史转变为世界历史,决不意味着世界"大同",形成了一个"地球村",这是因为各个国家、各个民族都有不同的特点、都有各自的特长。世界走向一体化的同时,必定保存着社会的多元化,社会现代化就是一体化和多样化的辩证统一。

（七）世界现代化发展的最终逻辑结果是社会主义

马克思主义创始人在充分肯定资本主义现代化给人类社会带来了空前的巨大进步的同时,揭露了现代资本主义社会的基本矛盾。由于资本主义现代化的社会生产与生产资料私人占有之间的矛盾,使"社会上文明过度,生活资料太多,工业和商业太发达。社会所拥有的生产力已经不能再促进资产阶级文明和资产阶级所有制关系的发展;相反,生产力已经强大到这种关系所不能适应的地步,它已经受到这种关系的阻碍"。② 随着资本主义社会基本矛盾的日益尖锐化,阶级与阶级之间的矛盾、国家与国家之间的矛盾、民族与民族之间的矛盾、人与人之间的矛盾、人与社会之间的矛盾、社会与其生存的自然环境之间的矛盾愈演愈烈,从而致使人和社会处在一种极端畸形发展的状态。"只有在伟大的社会革命

---

① 《马克思恩格斯选集》第 1 卷,人民出版社 1995 年版,第 89 页。
② 《马克思恩格斯选集》第 1 卷,人民出版社 1995 年版,第 278 页。

支配了资产阶级时代的成果,支配了世界市场和现代生产力,并且使这一切都服从于最先进的民族的共同监督的时候,人类社会的进步才不会再像可怕的异教神怪那样,只有用被杀害者的头颅做酒杯才能喝下甜美的酒浆。"①因此,在资本主义现代化发展的一定阶段上,作为制度的社会主义的选择就必将出现在世界现代化发展的进程中。对于社会主义取代资本主义的含义,马克思主要是指废除资产阶级的所有制和政治统治;对资产阶级所创造的"全部资本"、"一切生产工具"则不仅要集中到"无产阶级手里,并且尽可能快地增加生产力的总量",②使大工业进一步发展,使社会进一步现代化。当然,无产阶级夺取政权后,在继承和发展资本主义现代化一切肯定成果的同时,要限制、克服和避免资本主义现代化的弊病,巩固和发展已取得的社会主义现代化的成果,从而全面实现社会主义取代资本主义,这将是一个漫长、曲折的世界历史进程。

马克思主义现代化思想还包括狭义的一面。狭义的马克思主义现代化思想主要包括:

第一,对落后国家的现代化进程作出了科学的历史定位。马克思主义创始人有关落后国家现代化的历史定位的论述,是其狭义现代化思想的逻辑基础。经典作家认为,落后国家的现代化是在"历史向世界历史转变"过程中发生的。所谓"历史向世界历史转变",首先是指历史向资本主义世界历史时代转变。这是因为,资本主义大工业"使每个文明国家以及这些国家中的每一个人的

---

① 《马克思恩格斯选集》第 1 卷,人民出版社 1995 年版,第 773 页。
② 《马克思恩格斯选集》第 1 卷,人民出版社 1995 年版,第 293 页。

需要的满足都依赖于整个世界。……凡是它所渗入的地方,它就破坏了工业和手工业的一切旧阶段"。当然,资本主义作为一种特定的国际关系体系,它的发展是不平衡的。无论是在资本主义国家还是在整个世界,这一不平衡规律都使大工业的发展呈现出极端不平衡的状态。而资本主义正是按照这条规律将其统治覆盖全球。"大工业发达的国家(或多或少)影响着非工业国家,因为非工业国家由于世界贸易而卷入普遍竞争的斗争中。"①"资产阶级,由于一切生产工具的迅速改进,由于交通的极其便利,把一切民族甚至最野蛮的民族都卷到文明中来。……它迫使一切民族——如果它们不想灭亡的话——采用资产阶级的生产方式;……正像它使农村从属于城市一样,它使未开化的和半开化的国家从属于文明国家,使农村的民族从属于资产阶级的民族,使东方从属于西方。"②但是,马克思主义认为在资本主义世界历史时代,落后国家的现代化进程不能只是简单地模仿发达资本主义国家的现代化。

第二,阐明了落后国家在资本主义世界历史时代结构中的地位。马克思主义创始人根据资本主义世界历史时代的基本矛盾,用翔实的材料科学地分析并论证了资本主义世界历史时代的"中心"—"外围"结构。资本主义世界体系并非完全由于自由贸易和自由市场而产生的。事实上,在资本原始积累的过程中,对殖民地的征服、掠夺起到了决定性的作用。从殖民地所掠夺到的大量财富在宗主国转化为资本。因此,通过殖民统治而建立起来资本主

---

① 《马克思恩格斯选集》第 1 卷,人民出版社 1995 年版,第 114—115 页。
② 《马克思恩格斯选集》第 1 卷,人民出版社 1995 年版,第 276—277 页。

义世界体系必然是不平等的。马克思将这种不平等的体系视为对立的两极。而且,随着资本主义的发展,这种对立逐渐固定化,全世界变成了一个"中心"与"外围"即宗主国与附属国构成的体系。马克思指出,资本主义生产是以国际分工为基础的商品生产。"机器产品的便宜和交通运输业的变革是夺取国外市场的武器。机器生产摧毁国外市场的手工产品,迫使这些市场变成它的原料产地。……大工业国工人的不断'过剩',大大促进了国外移民和把外国变成殖民地,变成宗主国的原料产地,例如澳大利亚就变成了羊毛产地。一种和机器生产中心相适应的新的国际分工产生了。它使地球的一部分主要成为从事农业的生产地区,以服务于另一部分从事工业生产的地区。"①被卷入资本主义世界体系的外围国家,受到"中心"国家的控制、剥削和压迫,处于为其输出劳动力和原材料的从属地位。不仅如此,"美洲金银产地的发现,土著居民的被剿灭、被奴役和被埋葬于矿井,对东印度开始的征服和掠夺,非洲成为商业性地猎获黑人的场所:这一切标志着资本主义时代的曙光。这些田园诗式的过程是原始积累的主要因素。跟踵而来的是欧洲各国以地球为战场而进行商业战争"。② 可见,殖民统治不仅不能使落后国家实现现代化,而且成为落后国家在资本主义历史时代中不断贫困化的罪恶根源。

第三,指明了在资本主义世界历史时代,发达资本主义国家对落后国家影响的双重性。一方面,发达资本主义国家在亚洲造成了一场前所未有的、规模最大的一次社会革命,播下了"现代化的

① 《马克思恩格斯全集》第 23 卷,人民出版社 1972 年版,第 494—495 页。
② 《马克思恩格斯全集》第 23 卷,人民出版社 1972 年版,第 819 页。

种子"。在分析英国对印度的统治时，马克思指出："工业巨头们发现，使印度变成一个生产国对他们大有好处，而为了达到这个目的，首先就要供给印度水利设备和国内的交往手段。现在他们正打算用铁路网覆盖整个印度。他们会这样做。其后果是无法估量的。"①由于印度的运输和交换各种生产品的工具极端缺乏，它的生产力处于瘫痪状态；自然物产是丰富的，但是由于缺少交换的工具而非常贫穷。印度的这种情形比世界上其他任何一个地方都严重。"农村的孤立状态在印度造成了道路缺少，而道路缺少又使农村的孤立状态长久存在下去。在这种情况下，公社就一直处在很低的生活水平上，同其他农村几乎没有往来，没有推动社会进步所必需的愿望和行动。现在，不列颠人把农村这种自给自足的惰性打破了。铁路将造成互相交往和来往的新的需要。""你一旦把机器应用于有铁有煤的国家的交通运输，你就无法阻止这个国家自己去制造这些机器了。"②所以，英国人在消灭旧的亚洲式的社会的同时，在亚洲奠定了西方式社会的物质基础。但是，由于国际资本的强行侵入而产生的资本主义生产关系和现代化因素，并不能直接或自发地给落后国家带来进步。"英国资产阶级将被迫在印度实行的一切，既不会使人民群众得到解放，也不会根本改变他们的社会状况，因为这两者不仅仅决定于生产力的发展，而决定于生产力是否归人民所有。"③在资本主义历史时代，东方落后的非资本主义国家，只有摆脱殖民统治，才有可能将随着国际资本的强行侵入而带来的现代化因素转化为现实的动力，求得自主的发展。

① 《马克思恩格斯选集》第 1 卷，人民出版社 1995 年版，第 769 页。
② 《马克思恩格斯选集》第 1 卷，人民出版社 1995 年版，第 770 页。
③ 《马克思恩格斯选集》第 1 卷，人民出版社 1995 年版，第 771 页。

"在大不列颠本国现在的统治阶级还没有被工业无产阶级取代以前,或者在印度人自己还没有强大到能够完全摆脱英国的枷锁以前,印度人民是不会收获到不列颠资产阶级在他们中间播下的新社会因素所结的果实的。"①另一方面,西方列强又给东方国家带来了深重的灾难。就印度而言,英国殖民者给印度人民带来的灾难,"与印度斯坦过去的一切灾难比较起来,毫无疑问在本质上属于另一种,在程度上不知道要深重多少倍。"②"当我们把目光从资产阶级文明的故乡转向殖民地的时候,资产阶级文明的极端伪善和它野蛮的本性就赤裸裸地呈现在我们面前,它在故乡还装出一副体面的样子,而在殖民地就丝毫不加掩饰了。"③

三、马克思主义现代化思想的基本特征

马克思主义现代化思想与同处一个时代的其他思想体系相比较,无论是研究的出发点、内容还是研究方法论,都具有与众不同、独具特色的理论品质。

首先,从研究的出发点看,马克思主义注重物质生产发展同人的全面发展的统一。在马克思生活的时代,西方其他社会学家有的从现代工业生产所带来的物质成就出发,对现代工业文明大加赞颂,认为现代资本主义制度是最好的制度;有的则从人的全面发展的要求出发,针对现代工业所带来的种种弊病,认为现代工业导致人的畸形发展,不利于人的全面发展,认定现代资本主义制度是最坏的制度。马克思则从历史主体的人及其所从事的物质生产活

---

① 《马克思恩格斯选集》第 1 卷,人民出版社 1995 年版,第 771—772 页。
② 《马克思恩格斯选集》第 1 卷,人民出版社 1995 年版,第 761 页。
③ 《马克思恩格斯选集》第 1 卷,人民出版社 1995 年版,第 772 页。

动出发,把物质生产发展和人的全面发展有机统一起来,站在一个全新的高度上,论证了资本主义制度不是人类历史上最好的制度,然而也不是最坏的制度。

马克思主义认为,物质资料的生产是社会发展的最终决定力量,现代工业文明所带来的文明成果不仅为人的全面发展奠定了坚实的物质基础,而且为人提供了一个全面锻炼的机会。首先,人的全面发展是人的劳动能力的发展。人只有通过劳动才能使自己的本质力量外化为对象性产品,而人的能力也就得到了确认与发展。现代大工业则为每个人提供了全面发展和展现自己劳动能力的机会与场所。其次,人的全面发展是人的社会关系的全面发展。社会关系实际上决定着一个人能够发展到什么程度。现代工业社会则为个人积极参与各种社会生活领域和世界交往,以及同整个世界的物质生产和精神生产进行普遍的交换,逐步摆脱个体、地域和民族的狭隘性,形成丰富而全面的社会关系创造了条件。再次,人的全面发展是人的个性的全面发展。"有个性的个人与偶然的个人之间的差别,不是概念上的差别,而且是历史事实。"①"有个性的个人",指的是与社会关系、交往条件相适应,对社会关系有自主性的人;"偶然的个人"则完全相反。随着现代工业不断地扩大社会联系和广泛交往,"有个性的个人"也因此而不断代替"偶然的个人"。单纯的物质生产会导致人的畸形发展、道德沦丧等恶果,这是"历史进步的代价"。但是,决不能据此而全盘否定现代工业生产以及资本主义制度。

其次,关于研究的内容,强调现代化进程的普遍性与特殊性的

---

① 《马克思恩格斯选集》第 1 卷,人民出版社 1995 年版,第 78 页。

有机统一。马克思主义经典作家从现代化的起源、前提、动力、实质、实现途径和发展趋势等方面出发,充分论证了现代化的发生及其在各民族之间传递的必然性,即现代化是市场经济发展壮大、市民社会充分发育的必然产物,是社会分工和世界交换的必然结果。一方面,由于整个世界相互交往、相互联系,即使是最不发达的国家也会被卷入到文明中来,并受到深刻影响;另一方面,由于整个世界相互联系,一个国家的发展不仅由自身的矛盾所引起,而且也受到国际矛盾的制约。同工业比较发达的国家进行广泛的国际交往而引起的竞争,完全能够使工业比较不发达的国家内产生类似的矛盾。不管人们承认与否,意愿如何,它都是客观存在的并以不可抗拒的趋势由中心向边陲传播着,这就是社会现代化发展的普遍性,这种普遍性来源于其发展的客观规律性。"问题本身并不在于资本主义生产的自然规律所引起的社会对抗的发展程度的高低。问题本身在于这些规律本身,在于这些似铁的规律性发生作用并且正在实现的趋势。工业较发达的国家向工业较不发达的国家所显示的,只是后者未来的景象。"①这表明,不管各国家、各民族之间发展的差距有多大,最终都将走向现代化,这是具有"铁的必然性"的历史发展大趋势。

社会现代化是不可阻挡的历史潮流,现代化的实现只有先后之别,而没有可能与不可能之分。但是,由于各国家、各民族具有不同的历史文化积淀,其特长和现实条件迥异,因此各民族、国家走向现代化的道路、实现现代化的方式也必然是多种多样的。这就是社会现代化的特殊性,即实现现代化方式的多样性。马克思

① 《马克思恩格斯全集》第 23 卷,人民出版社 1972 年版,第 8 页。

晚年极为关注东方社会的发展道路,认为俄国社会现代化的历史起点与西方资本主义国家有很大的差别。他通过分析俄国农村公社的性质、特点等后,认为俄国极有可能跨越资本主义"卡夫丁峡谷"而实现其现代化。"如果革命在适当的时刻发生,如果它能把自己的一切力量集中起来以保证农村公社的自由发展,那么,农村公社就会很快地成为俄国社会新生的因素,变为优于其他还在资本主义制度奴役下的国家的因素。"①这说明,东方后发型现代化与西方早发型现代化之间的差异非常之大。事实上,就是同属于早发内生型的西方国家,其现代化的发展模式也是大同小异,而并不是如出一辙。

再次,在运用研究方法论方面,马克思主义以唯物史观为指导,坚持科学原则与价值原则的有机统一。在唯物史观的指导下,马克思、恩格斯从社会存在决定社会意识的基本原理出发,认为在生产过程中所形成的人与自然之间、人与人之间的物质交换关系,是客观的、不以人的意志为转移的;并从分析商品着手,先后发现了价值规律和剩余价值规律。以此为基础,马克思主义创始人把研究进一步引向深入,找到了社会现代化的动力、实质、实现途径、发展趋势,等等。所有这些,都充分体现了马克思主义的科学原则。

然而,单凭科学的实证原则,还不能够全面地弄清社会现代化进程中的所有问题,例如,伴随着物质生产和科技发展而来的价值危机、道德危机问题;最大限度的利润和社会效益是社会现代化动力系统的核心内容,但是如果没有人的主观动机,它也不能自发地起作用。这就涉及人的伦理价值观。正因为马克思在研究现代化

---

① 《马克思恩格斯选集》第 3 卷,人民出版社 1995 年版,第 773 页。

时运用了价值原则,所以成功地解决了科学原则所不能解决的上述问题。由上可见,科学原则和价值原则是互为补充的。如果只是采用一种原则来研究现代化,就可能要么导致唯生产力论,要么导致唯意志论。由于马克思把物的发展同人的发展有机统一起来,作为自己研究的出发点,从而在其现代化思想中把科学原则和价值原则有机地统一起来,实现了它们的互补。

在这里,需要特别指出的是,我们在肯定马克思主义现代化思想的前提下,必须看到无论是在内容上还是在形式上,马克思主义现代化思想都具有一定的局限性,有待于进一步的修正、完善和发展。马克思主义现代化思想是世界现代化实践的产物,随着现代化实践的发展,它的个别结论或部分内容会与变化的实际不相吻合。这是很自然的事情。马克思主义现代化思想的局限性主要表现在:其一,对现代化的整体发展进程认识不深。其二,对民族性现代化模式的论述不充分。其三,对现代化建设中的环境问题、自然资源等问题没有完整的论述。

第三节 西方现代化理论述评

西方现代化理论的内容非常丰富,有关著述可谓汗牛充栋。但是,迄今仍未出现公认的范本。研究西方现代化理论,首先要了解西方现代化的历史进程。只有以此为出发点,才能够在马克思主义的指导下,对西方现代化理论作出正确分析和评价。

一、对西方现代化运动的历史回顾

西方现代化运动始于18世纪的英国工业革命。工业革命是迄今为止人类社会发展的最大分水岭,是"创新率的加速器"①。工业革命改变了历史前进的方向,引导人类社会由古老的农业文明时代迈入崭新的工业文明时代。"这个大转变过程……是生产力形态和社会形态的大转变,是一个整整的过渡时代。"②

在第一次工业革命以来的"过渡时代"里,西方社会先后出现了三次现代化大潮。

西方的第一次现代化浪潮从18世纪后期持续到19世纪中叶。这次现代化大浪潮是一个从英国发端,接着向欧洲大陆和北美局部地区扩散的工业化过程。这次工业革命以蒸汽机的发明和广泛应用为主要标志,以使用非生物能源(蒸汽)、粗质量的机器大生产和不太高的技术水平为特征,以煤和铁为物质技术基础。这次工业革命从纺织部门开始,机器的发明和运用在国民经济各部门引起连锁反应,导致了生产技术的全面革新。纺纱机和织布机的发明与完善使纺织业最早进入机器大工业阶段。随后,蒸汽动力又使冶金、采矿、机器制造、交通运输等各个相关部门都发生了技术革命,工厂制取代家庭作坊与手工工场成为一种不可遏止的趋势。英国工业革命在18世纪80年代达到高潮。法国在19世纪初开始了工业革命。美国18世纪末把水力用于棉、毛的纺织生产;在19世纪产生了一批制造蒸汽机的工厂,开始了迅速工业化的过程。

在新式纺织机和蒸汽机的推动下,以英法为代表的欧洲资本主义经济社会发生了一系列前所未有的变化。在此过程中,一种

---

①　[美]道格拉斯·诺斯:《经济史中的结构变迁》,(上海)三联书店1991年版,第180页。

②　罗荣渠:《现代化新论》,北京大学出版社1993年版,第131页。

人类历史上从未有过的新文明,在西欧露出了曙光。首先,生产技术和生产组织形式的变革使英国的社会生产力发生了空前的飞跃。其次,工业革命促使世界按照崭新的生产方式进行国际分工,逐步形成了资本主义世界经济格局。工业革命使英国经济发展从第一产业逐步转向第二产业,并把第一产业的某些部分转移到其他地区,把拉丁美洲变为自己的热带作物和采矿基地,把非洲和东南亚地区变为贸易殖民地,甚至变成自己的海外领地。通过海外扩张所建立的国际经济格局,在很大程度上克服了西欧自身的诸多局限性(如:市场、资源等),极大地推动了其现代化的进程。总之,工业革命第一次拉大了世界文明区域的发展差距,形成了自农业革命以来的第二次大分化:世界的一端是新兴工业国和现代工业文明,那里的现代生产力在新技术革命的基础上持续增长。另一端是传统农业国和古典文明,那里的农业仍然在原始状态中停滞与徘徊,或者被外来的现代生产力造成扭曲的增长。

西方第二次现代化大浪潮自 19 世纪下半叶延续至 20 世纪初。工业化在西欧取得巨大成就,随后向欧洲的其他区域和北美扩散,由此形成了第二次现代化浪潮。这次工业化的物质技术基础是电力与钢铁。铁路和银行的发展成为这一时期现代化的主要动力和标志。铁路建设成为这一时期工业化的中心,银行和国家在推进现代化方面发挥了前所未有的作用。铁路不仅促进了工业国生产规模的扩大、技术和投资量的增长,并且开始将各个地区的发展联结到世界经济体系之中。内燃机和电动机所推动的"电工技术革命",促使了以电器工业为中心的一系列新兴工业的出现,经济增长的速度大大超过了蒸汽机带动的第一次工业革命。到20 世纪初,西欧北美已经初步完成了现代化,从事农业生产的人口一般都降到40%以下,成为资本主义工业化的核心地区。在此期间,世界上最年轻的现代工农业大国——美国后来居上,经济实力超过英国,跃居资本主义各国之首。1900年,英国制造业占世界总产量的18.5%,而美国却占23.6%。美国的崛起标志着资本主义世界体系的单一格局被打破,资本主义世界经济体系呈现出多中心的趋势。

在西方现代化第二次浪潮和第三次浪潮之间,出现了30年的停滞和徘徊。欧美各国在获得巨大发展的同时,内部滋生着深刻的社会危机。首先,工业集团之间争夺市场的斗争白热化,加之军国主义兴起和经济军事化,引发了世界大战。其次,20世纪30年代爆发了席卷全球的生产过剩的危机,造成了极大的破坏;随后,法西斯主义作为自由资本主义的反动而猖獗一时。这些因素阻碍了现代生产力的发展,延缓了现代化推进的势头。

西方第三次现代化的大潮从20世纪下半叶持续至今。这次西方现代化浪潮,越出了西方世界向异质文化地区扩展,成为全球性的变革大潮。西方现代化的第三次大潮基本上是在第二次工业革命的基础上发展起来的,而第二次世界大战也起到了巨大的推动作用:一是战争打断了资本主义世界的第一次发展性危机,并带动了快速的技术更新;二是战争造成了新经济增长的巨大物质需求和精神需求。这次工业革命的物质技术基础是石油能源、人工合成材料、微电子技术。高科技、新能源、新材料与人工智能相结合,使科学技术直接转化为第一生产力。而巨型跨国公司和全球产销网络的出现,则引起了现代发展的结构性变化。1953—1973年,西方工业总产量相当于1800年以来一个半世纪的工业总产量之和。新的工业革命把旧的基础工业升级为高技术工业,那些20

世纪前实现工业化的国家,随之相继进入工业化的高级阶段,形成发达的资本主义文明。这一次工业革命还使西方国家的社会结构也发生了重大变迁。1950—1970 年间,西方国家的城市人口平均增长率在 21%—25% 之间;到 1980 年,西方国家的城市化率则已高达 71. 66%。①

在上述三次现代化大潮中,西方国家采用的是现代资本主义生产方式。三次西方现代化浪潮是,"从远古创造农业、冶金术、书写文字、城市和国家以来人类史上最巨大的转变,这个革命已经改变了并继续改变着整个世界"。② 然而,长期以来,由于只关注高速经济增长和高科技发展,而忽视了经济社会的协调全面发展,给西方社会造成了破坏性的负面效应。因此,在现代化进一步发展的过程中,如何消除所谓的"文明病",成为西方国家亟待解决的重大课题。

二、西方现代化理论的产生

伴随着工业化的进程,西欧的一些社会学家就已经以欧洲工业社会为对象,着手于研究人类社会由传统农业社会向现代工业社会转变的规律。但是,真正意义上的、比较系统的现代化理论则是直到第二次世界大战后才在美国兴起。现代化理论的产生有着特定的历史背景和厚重的理论渊源。

---

① 转引自王怀超:《社会发展理论研究》,中共中央党校出版社 2002 年版,第 130 页。

② [英]艾瑞克·霍布斯鲍姆:《革命时代:1789—1848》,江苏人民出版社 1999 年版,第 17 页。

（一）西方现代化理论产生的历史背景

如前所述,18 世纪末到 19 世纪初,席卷欧美的工业革命给人类社会带来了空前剧烈的变迁。工业革命带来了科学、民主、民俗主义和理性主义的胜利,人们由此而对西方社会产生了种种美妙的幻想,认为"西方文明"是人类文明的顶峰。特别是到 19 世纪末 20 世纪初,资本主义工业的发展如日中天,工业化不仅在西欧和美国取得了决定性的胜利,而且在全球不断地扩张和渗透着。这使得人们坚信非西方社会必定要以西方世界为榜样而被"西方化"。然而,好景不长。20 世纪上半叶的两次世界大战所带来的危机严重动摇了人们对西方社会的信心,甚至有人认为西方文明逃脱不了"死亡"的命运,有人认为现代西方文明隐藏着深刻的危机。这一危机不仅表现为革命、动乱与战争,而且表现为科学与技术的弊端,宗教价值的减弱,社会的变态,西方文化感性系统的解散,总之,现代工业文明走入了歧途。但是,战后西方资本主义世界的新的科技革命不仅迅速抚平了它们战争的创伤,而且带来了生产力的飞跃发展、资本主义经济的高速增长和经济的结构性变化。这就不仅恢复、增强了人们对西方文明的信心,而且使人们深信,两次世界大战的危机并不是西方社会所固有的,而是一种非常偶然的现象。尤其是第二次世界大战后,美国一跃而成为西方资本主义的中心和领导者,包括美国自己的许许多多的西方学者都对美国充满新奇和崇拜,就连帕森斯也不自觉地陷入了"美国第一"的幻觉之中。现代化理论就是在这种背景下在美国兴起的,其目的之一就是要论证西方社会制度的优越性和合理性,满足西方社会特别是美国的自我陶醉心理和"救世主"心态。

另一方面,"现代化理论的起源大致可以追溯到美国政治统治阶层和知识分子对第二次世界大战以后国际环境的反应，特别是冷战的影响，以及在欧洲殖民帝国解体下第三世界社会的同时出现，并在世界政治舞台上成为杰出的角色。所有的这些现象在同一个时期聚合在一起——而且确实是有史以来第一次——使知识界的兴趣和精力超过了美国甚至是欧洲的界限，转向对亚洲、非洲和拉丁美洲的社会进行大量研究"。① 在二战后初期，世界面临的许多问题都是从为战争引起的剧烈变动的现实生活中提出来的。其中极为重要的问题之一就是，战后摆脱殖民统治的新兴的独立国家，为巩固政治上的独立，迫切需要发展经济、与外部世界打交道，以确立它们在整个世界体系中的地位，走向真正自主发展的道路。这不仅关系到这些新兴发展国家的存亡，而且关系到国际社会的发展方向和前景，因而也是全世界普遍关注的问题。与此同时，这些国家的人民和领导人看到了自己与发达国家在发展上的巨大差距，产生了强烈的发展要求，努力在实践中和理论上摸索实现现代化的道路。在这种背景下，以美国为首的西方资本主义集团，对"自己在先前殖民地的影响丧失而感到忧虑"，②力图把众多新独立的国家纳入资本主义体系。为适应这一政治战略需要，在美国政府和财团的授意和支持下，美国新一代的年轻政治学家、经济学家、社会学家、心理学家、人类学家和历史学家开始热衷于研究新独立国家的发展问题。他们分别从各自不同的角度和学科进行了探讨，开出了各自不同的"药方"，发表了大量论文并出版了多部专著，这样"跨学科的现代化理论在五十年代诞生了"，

---

① ［美］西里尔·E.布莱克编：《比较现代化》，上海译文出版社1996年版，第94页。

② ［英］安德鲁·韦伯斯特：《发展社会学》，华夏出版社1987年版，第2页。

成为西方社会科学研究的一个新领域。

现代化理论一产生，就立即为西方发达国家所接受，并且很快扩张到许多非西方不发达国家。这是因为该理论在论证了西方社会制度的优越性和合理性的同时，又为非西方社会展现了美好的前景：只要向我们学习，就会像我们一样发达。这对非西方不发达国家来说，无疑具有一种巨大的诱惑力。"50年代的西方和非西方之所以特别能接受现代化理论，乃是因为该种理论使西方国家满意，而使非西方国家充满希望。"①

（二）西方现代化理论的思想渊源

现代化理论的理论来源可以追溯到启蒙思想的社会科学本身，尤其是19世纪中期的E.迪尔凯姆、M.韦伯关于现代社会问题的思想。"现代化理论主要是在E.迪尔凯姆和M.韦伯的思想基础上发展起来的。"②现代化理论一整套的理论、概念均可从经典社会学中看到它们的原型。

迪尔凯姆在他1893年出版的《社会的劳动分工》一书中提出了"传统社会"和"现代社会"这两种基本社会类型的概念。这两种社会的成员有着不同的社会结合形式。迪尔凯姆把传统社会称为"机械联系"的社会。这种社会以其成员的相似性为基础；农业社区以乡村居民点的家庭群体或宗族集团为基础，人们承担着简单农业社区的类似既定任务，群体内的成员按其能力进行劳动分工。这样，社会成员有着共同的生活经历、行为规范和价值观念，而共同的传统是每个社会成员生活的指南。这种以相似性建立的

---

① 陈鸿瑜：《政治发展理论》，台湾桂冠图书股份有限公司1987年版，第6页。
② ［英］安德鲁·韦伯斯特：《发展社会学》，华夏出版社1987年版，第24页。

社会联系就是一种"机械联系","机械联系"把整个社会的成员联系在一起。现代社会则是一种以"有机联系"为基础的社会。"有机联系"的社会是以劳动分工为基础的社会。人口数量和人口密度的增加使传统生活方式遭到破坏,导致了人们对有限资源的竞争。迪尔凯姆根据进化论的观点,指出在竞争异常激烈的情况下,只有社会劳动分工的日臻完善,才能逐渐解决问题。人们分别承担生产者和非生产者的角色,就能产生出新的资源。社会分工越来越复杂,于是人们之间内在的依存性就日益增强。与此同时,社会也在发生分化,人们逐渐建立起各种特殊的社会组织去满足各种需要。这样,由于互相求助和互相依赖而建立了一种新的社会成员之间的联系,即"有机的联系"。现代社会就是依靠这种"有机联系"把全体社会成员联系在一起,实现社会的整合。此外,由于现代社会体系产生了新的道德模式和规范体系,"现代的"个人在总的道德限度内有着更多的行动自由,但是,如果个人的期望和要求超出了总的道德法则的限度,就有可能给社会带来危害。所以,必须鼓励个人服从社会的集体道德,这对于个人本身也是有好处的。

韦伯也对"现代社会"的出现进行了探讨。韦伯没有明确使用过传统社会和现代社会的概念,他把"现代社会"称为"工业化社会",并致力于解释为什么资本主义"工业化社会"会首先在西方兴起。韦伯认为,资本主义工业发展的一个关键因素是,企业活动的合理组织,并以此保持稳定的利润和资本积累。虽然合理的经济行为无疑将带来更大的利润,但是挣钱并不是刺激这种行为的主要因素。单纯挣钱的动机转变为从事大规模企业活动的动机,需要一种特别的动力,也就是所谓的合理化的"资本主义精神"，即注意勤奋进取，并通过审慎的投资稳步地积累资本。而促使西方"资本主义精神"产生的一个重要因素不是经济，而是宗教。韦伯在《新教伦理与资本主义精神》一书中指出，正是由于新教伦理在西方的传播，产生了与这一伦理相适应的资本主义精神，两者的结合就导致了现代资本主义在西方的发展。

与迪尔凯姆一样，韦伯也根据自己的观点指出了传统社会与现代社会的差异，并从这种差异中看到两种思想和两种价值观的根本对立。他们都预见到"现代化"的来临。到那时，个人将作为相对自由的分子而诞生，不受刻板的传统的约束，不会无条件地服从昔日的旧规矩。与迪尔凯姆不同的是，韦伯不是用思辨分析的方法，而是用历史的证据来解释他的构想。

现代化理论家在构建他们的理论时，吸取了迪尔凯姆、韦伯等社会学家的观点。与迪尔凯姆的"传统社会"和"现代社会"的社会类型划分相对应，"传统"和"现代"成了现代化理论中最基本的一组概念。现代化理论把社会发展的阶段抽象、浓缩为"传统"和"现代"两个阶段，并以此为基础展开它的全部理论。宾德说："在历史的过程中，有一个中心点，自此以后，事物才有歧异发生。此点可称之为起点，它可以是一个单一事件或一大堆事件。透过历史，不同的国家在不同的时间点经过此点，有些国家迅速，有些国家缓慢，有些国家甚至倒退，有些国家似乎毫无希望地停滞不前。假如此点被看做是正合时宜的一点，则将此点划分为传统和现代两个阶段，并以此二分法来理解此一世界。"①现代化理论强调传

---

① 转引自陈鸿瑜：《政治发展理论》，台湾桂冠图书股份有限公司1987年版，第34页。

统的作用,认为在"传统"与"现代"两种社会中,起作用的行为规范与价值观是不同的,它们的转变是社会变革的条件。正如迪尔凯姆所说,从传统社会的狭隘经济关系向革新了的、复杂的现代经济联合的转变,有赖于人们事先改变价值观、态度和规范。现代化理论家 P. 鲍尔指出:"经济能否取得成就和进步,在很大程度上取决于人们的能力和态度,取决于根据能力和态度而建立的社会政治制度和采取的组织措施,还取决于历史经验;而外部联系、市场机会和自然资源等因素的作用则是次要的。"①韦伯在对新教和儒教、道教的比较研究中得出了现代化"只产生于西方",东方不能产生现代化的结论。这一内容在帕森斯那里则表现为"美国中心主义"。

(三)西方现代化理论演变的历史轨迹

半个多世纪以来,与现代化实践在全球范围内的推进一样,西方现代化理论的发展和演变也经历了一个曲折反复的过程,呈现出多样化的发展态势。总的说来,西方现代化理论的发展和演变经历了三个阶段。

20 世纪 50 年代至 60 年代中期,是现代化理论的形成时期,也"可以称之为这一理论的第一阶段"。② 在这一阶段,社会学家们主要以西方资本主义国家从中世纪传统社会转变为现代工业社会的历史经验作为立论的基本依据,以近代西方经济学理论和社会进步理论为基础,分析了西方国家,特别是英、美、德、法等国的历史经验,在探讨非西方发展中国家民主化的条件与现代化的道

---

① [德]P. 鲍尔:《关于发展问题的争论》,(伦敦)韦登非尔德出版公司 1976 年版,第 11 页。

② 罗荣渠:《现代化新论》,北京大学出版社 1993 年版,第 36 页。

路、动力、模式等问题的同时，对近代世界发生急剧社会变迁的性质及其过程进行了全面的反思。

美国著名的经济史家罗斯托率先从经济学领域展开了对现代化问题的研究。1960 年，罗斯托出版了《经济成长的阶段：非共产党宣言》一书，提出了著名的经济成长阶段论。这是一部从经济史的角度探索从传统社会向现代社会转变过程中经济增长问题的开山之作。罗斯托指出："成长阶段论的目的是要解决很多种问题。传统的农业社会在何种力量的推动下开始现代化的过程？正常的成长在什么时候和如何成为每个社会的内在特征？何种力量推动持久的成长过程向前发展和决定它的轮廓？在每一阶段，我们可以看出成长过程有哪些共同的社会和政治特征？在每一阶段，每一个社会的特殊性是在哪些方面表现出来？"①在罗斯托看来，任何社会迟早都会经历经济增长，"经济增长的过程最好是理解为，在大约二三十年的比较短暂的时期内，社会以及作为社会一个部分的经济所发生的带有自动性质的自行转变"，而经济增长一般都可分为五个阶段，即"传统社会"、"为起飞创造前提条件"、"起飞"、"向成熟推进"和"高额大众消费"五个阶段。一个国家的经济"起飞"后，就会进入经济持续增长的阶段；美国不仅是现代化的国际榜样，而且它的责任就是靠它"影响事态发展的资源和能力所及，在世界许多地区帮助维护现代化进程中的国家主权完整和独立自主"。② 罗斯托的现代化论点也被称为"传播论派"，

---

① ［美］W. W. 罗斯托：《经济成长的阶段：非共产党宣言》，商务印书馆1962 年版，第 8 页。

② ［美］W. W. 罗斯托：《从第七层楼上展望世界》，商务印书馆1973 年版，第 84 页。

反映西方现代化流派中资产阶级右派的观点,就是在西方也遭到猛烈的抨击。

除了从经济发展过程的角度来研究现代化之外,研究政治现代化也是这一时期研究的重要内容。美国著名政治学家阿尔蒙德是从事这方面研究的代表人物。就研究方法而言,60年代对政治发展的研究,至少有三大流派:一是系统—结构功能研究法,主要受帕森斯理论的支配;二是社会过程研究法,这种方法不是从政治体制和社会体制出发,而是从与现代化某个部分有关的社会过程出发,如工业化、城市化和商业化等;三是历史比较研究法,对两个或两个以上的社会演变进行比较。虽然研究方法有所差别,但是政治现代化研究主要集中在两个方面:其一,将"传统性"和"现代性"的概念用于政治分析之中;其二,把政治体系的一般概念用于非西方国家的政治研究,依此构造一个单一的、全面的分析框架来比较西方的和非西方的政治体系。

20世纪60年代末至70年代初,是继续探索时期。有的学者认为20世纪60年代末到70年代初,是现代化研究的批判和反思阶段。其实,这种说法值得商榷。因为无论是批判,还是反思,都是为了更进一步分析问题、解决问题,所以都属于继续探索。60年代末到70年代初之所以会出现批判与反思局面,主要是因为当时的世界形势发生了一系列变化:西方工业国的战后经济开始衰退,石油价格飞涨,特别是越南战争和民权运动的兴起改变了美国战后初期的形象,对美国的繁荣、霸权、威望与信心都日益动摇。在美国国内,对美国帝国主义对外政策的群众性抗议引发了社会骚动。右翼的保守主义和反共思潮受到严重的挑战,左翼的激进主义甚至革命思潮大为抬头。批判资本主义、帝国主义、种族主义的新左派思潮对70年代美国以及西方的社会科学产生了极大的影响。在这种形势下,现代化理论由于受到来自各方面的批判而趋于冷落,至少可以说失去了60年代那种势头。

20世纪80年代至今,是现代化理论的自我修正与自我变革的阶段。在70年代,来自各方面的批判和冲击,促使现代化理论的创立者们反思、修正这一理论的缺点和不足。通过批判和修正,现代化理论的研究提升到了一个新的水平。这种提高主要表现在:第一,在接受来自各方面的批评意见之后,现代化理论进一步扩大了研究范围。以历史研究为例,西方的新政治史、新社会史、新经济史、新人口史等,都在不同程度上出现了用现代化理论框架来开拓自己的研究领域的迹象。不仅用现代化理论来研究第三世界的历史,而且运用它来研究欧洲和美国的历史,已取得一批学术成果。第二,发展与现代化问题在第三世界发展中国家的重要性日渐凸显,现代化理论开拓的新领域正适应了时代的要求。第三世界的一大批学者努力研究本国的具体情况,总结经验,探索规律,建立理论,逐渐成为开拓现代化研究新领域的新兴力量。这样,就改变了现代化理论昔日的"西方化"特征,打破了以欧美发达国家为唯一模式,转向世界不同国家的现代化的多元模式。第三,由于现代化理论的研究具有广泛的涵盖性,所以它在拓展自己研究领域的过程中,也就带动了相关的新理论、新学科分支的发展。如:从现代化(工业化)引出后现代化(后工业化)理论;从经济增长引出关于现代增长极限问题的探讨;从现代化世界性进程中的复杂多边国际关系引出新兴的"世界系统学"、"全球学";从研究现代化的发展趋势转向"未来学"的研究等。以上充分说明,现代化理论的研究与运用正在不断地向前推进。

三、西方现代化理论的主要内容

自 20 世纪 50 年代以来,西方学者或者从史学的角度,或者从社会学的角度,或者从发展学的角度,或者从跨学科的角度从事现代化的研究,提出了各自不同的理论见解。西方现代化理论经过数十年的演变和发展,逐渐形成了五种主要流派。

(一)政治学流派

"二十世纪五十年代比较政治学的新发展包括把关注的地理范围从西欧及其有关区域扩大到非西方的'发展中'国家。政治学家们不再忽视变革。确实,他们似乎在倾注全部精力去研究亚洲、非洲和拉丁美洲正在现代化的社会中所发生的许多变化。政治科学家们接受了现代化理论,他们从现代化背景来注视比较政治学。"[①]从政治学方向来研究现代化理论的主要有:亨廷顿、阿尔蒙德、利普塞特、阿尔布等人。其中,阿尔蒙德的研究最突出。这些学者认为政治现代化是国家现代化的核心,现代化最显著的特征是国家政治制度的现代化;国家的政治体制、民主制度的演化与变迁是这一研究方向的支撑点;提出政治现代化的过程也是一个同质化、革命化、进步化、全球化与不可逆化的过程;主张政治民主化、自由化、分权化与秩序化,强调政府权威的合理性与政府能力的有效性。上述研究成果主要体现在阿尔蒙德的《发展中地区的政治分析》、利普塞特的《政治人》、亨廷顿的《文明的冲突与世界秩序的重建》和阿尔布的《现代化的政治分析》等著作中。

---

① [美]西里尔·E. 布莱克:《比较现代化》,上海译文出版社 1996 年版,第 41 页。

（二）经济学流派

现代化研究的经济学方向以罗斯托、弗兰克、库兹涅茨、格尔申克隆等为代表。这些学者主要从物质层面对现代化进行历史考察，认为现代化的核心内容是经济现代化，而经济现代化的主体是工业化与城市化，保证经济持续增长是实现现代化的关键。这一方向注重探究经济增长与政治、文化、宗教与意识形态的变迁之间的内在规律；注重不同类型经济现代化成长模式与动力机制的研究；注重经济现代化成长阶段特征的研究，以及经济现代化成长不同阶段之间跃迁变化条件的研究。

（三）社会学流派

现代化研究的社会学方向以帕森斯、列维、勒纳和穆尔等为代表，以社会进化论思想为指导，以社会结构功能的转换与变迁为着力点。学者们认为工业化是现代化的始发原因，现代化是工业化的最终必然结果；现代化是一个从传统社会的传统性向现代社会的现代性转变的过程，现代社会与传统社会的根本区别是社会结构的层次化与精细化、社会功能的专门化与多样化、社会运行机制的市场化与法制化、社会阶层的流动化与平民化、国家制度的理性化与权威化、政府能力的综合化与集约化。该研究方向的代表作有帕森斯的《现代社会体系》和《社会行动论》、列维的《现代化与社会结构》等。以帕森斯为代表的结构功能学派被认为是现代化理论的先驱。

（四）人文心理学流派

现代化研究的人文学方向以英格尔斯、麦可勒兰德等为代表。这些学者认为现代化的核心是人的现代化，人的现代化是实现由传统社会向现代社会转变的最根本保证，并指出人的现代化是现代化社会稳定、持续与健康发展的基石。一个国家现代化历史进程的演化就是人的价值观、心理素质、行为特征的转变与培育的过程,它尤为强调人的参与意识、开放意识、进取精神、创新精神、独立性与自主性。尤为突出的是,英格尔斯等人提出了现代化的 10 项标准,为传统工业时代现代化的实证研究与定量评价开拓了新思路,成为国际社会广泛用于评判发展中国家的现代化水平的标准。这一研究方向的学术成果体现在英格尔斯的《人的现代化》和《社会主义与非社会主义国家的人的现代化》、麦可勒兰德的《选贤社会》等著作中。

(五)制度比较流派

现代化理论的比较研究或制度学方向以布莱克和艾森斯塔特等为代表。这一流派主要从人类历史发展演化的角度,对不同国家的现代化历程进行比较实证研究,提出现代化发展模式多样性的观点,并对多样化的模式进行深入诠释与剖析;在研究方法上,提出了定性研究与定量研究相结合的多变量分析方法,应用其基本思想构建指标体系,对现代化发展水平进行评估。这一方向的研究成果有:布莱克的《比较现代化》和《现代化的动力:比较历史的研究》、艾森斯塔特的《现代化:抗拒与变迁》等。

尽管上述各个流派的现代化理论家在具体的理论观点上,有这样或那样的不同,但是在研究方法和结论上有许多相同的地方。他们的许多概念均出自进化论,认为社会是一个进化着的有机体,它要经过一系列有秩序的、不可逾越的阶段,而且每一个阶段总是比前一个阶段更进步,在进化中越来越相似;社会进化是一个单向渐进过程,不可逆转;以一定的社会文化传统为基础的价值观念和行为取向对社会进化的速度起着决定性的作用;社会的发展也被看做是一种进化,认为不发达状态是穷国与富国的暂时差距,而发展是一种内生过程,所以未实现现代化的国家其原因在其内部,在于其内部的传统性;一切社会都可以从其原始"胚胎"进化为它的现代形态,而当代以美国为首的西方国家早已进入现代形态,因此,现代化就是西方化。基于上述思想方法,现代化理论家们就现代化问题提出了一整套理论:

第一,将人类社会的发展过程抽象概括为"传统社会"与"现代社会"两个阶段,认为现代化就是由"传统社会"进化到"现代社会",而非西方不发达国家未能突破传统和现代的界限,仍然处于"传统社会阶段"。但是,对于什么是"传统社会"和什么是"现代社会",现代化理论家们并没有作出明确的界定,而只给人一个大致的轮廓描绘,即西方的社会特征就是现代的,反之便是传统的。由此出发,现代化理论认为一个非西方社会,如果在其特征上比较接近西方社会,就是接近于现代社会;相反,其特征越是不同于西方社会,就是越偏离现代社会。一个社会与西方社会的偏离程度就是该社会与现代社会的偏离程度。

第二,认为现代化就是西方化的过程,非西方不发达国家要想实现现代化,唯一的途径就是照搬西方的模式。现代化理论认为,西方的现代化是由其本身的政治制度、社会结构和文化传统促成的,是一个自发的过程,或者说是"内源性现代化"。而对于非西方不发达国家来说,其社会内部的因素无力促成现代化的发端,只有靠外力的冲击才能引发现代化的因素,这种现代化是一种被动的他化过程,称为"外源性现代化"。M. 韦伯就认为东方的儒家文化产生不了资本主义精神,即使资本主义精神能在这个地方发芽,也无它的生存环境,很快就会夭折。所以必须引进、输入西方的文明机制,把它们消化、吸收成为自己文明的一部分。因此,非西方国家的现代化过程,先是表现为"英国化",而后又表现为"美国化"。总之,必须"西方化"。

怎样才能"西方化"呢? 现代化理论认为,西方文明是一个以合理的现代科学技术和经济制度为基础的文化丛,输入西方文明的最有效方法是,输入西方文化丛中的科技经济。西方的"经济科技结构必然带有西方社会既有的、非经济结构要素的繁殖细胞"。①

第三,把非西方不发达国家未能实现现代化的原因归咎于这些国家的社会内部因素,而"传统性"是最重要的因素。前面已经论及,现代化理论认为,对于非西方不发达国家来说,阻碍其发展的原因在于,这些国家内部缺乏进步动力的推动,即缺乏"追求现代化的意志"。而缺乏这种意志的原因何在呢? 现代化理论家认为,在于其自身的传统性。英格尔斯从人的因素中去寻找"现代性",构成了其"人的现代性"理论。在《人的现代化》一书中,英格尔斯对"现代性"作出了解释。在他看来,所谓"现代性"就是那种有助于现代化的人的价值观念和行为取向,它是以一定的文化传统为背景的。英格尔斯强调了人的"现代性"对现代化的影响,认为这种价值观念和行为取向的"现代性"程度是至关重要的。那么"人的现代性"包括哪些内容呢? 英格尔斯认为:"个人的效率感,对新经验的开放程度,尊重科学和技术,承认严格划分时间的必要性,积极取向于未来计划等等,每一个特征,我们都把它定义

---

① 萧新煌:《低度发展与发展》,台湾巨流图书公司1985年版,第66页。

为现代人的内涵。"①英格尔斯认为,西方人大多具备现代性,西方人都是"现代人",所以他们实现了现代化;而在非西方不发达国家中,这些国家内部传统的文化背景无法造就人的"现代性",所以它们仍停留在传统社会中。虽然近代资产阶级的殖民扩张刺激了某些不发达国家现代化的发展,但由于其内部的"传统性",其"现代性"也往往半途而废。

艾森斯塔德则用社会结构和文化的变形能力去探寻西方国家能够进入现代社会,而非西方不发达国家不能进入现代社会的原因。他认为造成这种既成事实的根本原因,在于西方国家的社会结构变形能力较强,而非西方不发达国家则较弱。什么是社会变形能力呢?艾森斯塔德所作的定义是,应付和解决由于结构分化和社会流动所引起的各种问题的制度结构的形成能力。西方国家由于新教主义促进了社会的重新组合,从而增强和促进了社会变形的能力,抢先进入了现代社会。非西方不发达国家的政治与文化的一体化现象,即一个社会的文化不具独立性而依附于政治,大大降低了变形能力。

第四,认为社会发展变化是单线的。现代化理论家认为,无论哪个社会都经历同样的发展过程,不同的是西方国家先走了一步;而非西方不发达国家由于其内部的原因起步较晚,而落后于西方国家。只要非西方不发达国家积极输入和引进西方文明,沿着西方发达国家走过的路前进,就一定能够赶上西方国家的发展水平,与西方国家齐头并进。现代化理论还从西方国家的历史经验出发,将西方国家的发展模式套用于非西方不发达国家,认为非西方

---

① 萧新煌:《低度发展与发展》,台湾巨流图书公司1985年版,第104页。

不发达国家在发展战略上也应像西方国家一样,把经济发展尤其是国民生产总值的增长放在第一位,实施"增长第一"战略。"增长第一"战略的实施,虽然会在初期阶段引起财富分配的不均和社会的不平等,但这是经济发展和现代化过程的一个必要阶段。因为在现代化的最初阶段,必须将资本迅速地积累起来和集中起来,为经济起飞准备前提条件。而一旦经济得以起飞,由经济起飞所带来的利益便会以更平等的形式进行再分配。

四、西方现代化理论评析

如前所述,西方现代化理论是特定历史条件下产生的、具有特殊历史作用的理论。"概而言之,现代化理论是乐观的社会进化论思潮的产物,是西方资产阶级社会思潮的产物,甚至可以说是战后'美国第一'的自大狂思潮的产物。"[①]正因为如此,现代化理论的基本观点与马克思主义是根本对立的,在学术观点上也存在着严重的片面性。西方现代化理论离开社会经济基础对观念文化和整个上层建筑的基础性、决定性作用,片面主张"文化决定论"与"文化原动力论"。这就决定了西方现代化理论无法真正理解现代化运动与人类历史命运的关系,不能站在历史与逻辑相统一的高度上科学、深刻地揭示现代化的发展规律与趋势。

第一,意识形态的"西方中心"论与文化多元性原理背道而驰。现代化最初是在西欧孕育,然后通过殖民侵略而扩展到世界各地。正因为如此,早期的现代化理论家把现代化定义为"西欧和北美产生的制度和价值观念从十七世纪以后向欧洲其他地区的

---

① 罗荣渠:《现代化新论》,北京大学出版社 1993 年版,第 29 页。

传播过程,十八世纪至二十世纪向世界其他地区的传播过程"。①
西方现代化理论家把这一"传播过程"归结为是"挑战—回应"的
过程。所谓"挑战",是指来自外部的现代西方文明的挑战,西方
工业化的冲击是其核心所在;所谓"回应"则是受挑战与冲击的各
国传统产生的种种反应,其中心是进行适应性的变革。这些学者
都是从西方社会中抽象出现代社会的基本属性,然后用它作为标
准来衡量非西方国家的现代化程度。他们认为,在民主、自由、理
性这些现代性要素框架下构筑的经济繁荣和政治稳定的图景是多
么令人神往;他们认为西方国家尤其是美国发展模式是普遍适用
的,欠发达国家只要按照西方的民主、自由、理性等基本精神及有
关制度架构去推行现代化,一定可以迎头赶上。不存在发展道路
上的分歧,在发展模式的选择上也应该是一致的。这种论调,只能
是一种幻想。就连有的西方学者都认为,"这种幻想就是把西方
先进的资本主义社会奉为理想类型,或者说它们代表了新的乌托
邦"。②

众所周知,一定社会的文化,是与该社会特定的环境和历史联
系在一起的,是该社会的人们与自然、社会长期斗争的产物。而各
个国家、民族所面临的自然环境和所处的社会环境都是大相径庭
的,因此,它们的文化形态(无论内容、现象还是本质)都是千差万
别的。这种差异不仅存在于西方社会和非西方社会之间,而且存
在于西方社会和非西方社会的内部各民族之间。随着社会的进步
和发展,文化的环境会越来越复杂、越来越多样化,文化之间的差

---

① 转引自西里尔·E.布莱克:《比较现代化》,上海译文出版社 1996 年版,第 1
页。

② 西里尔·E.布莱克:《比较现代化》,上海译文出版社 1996 年版,第 133 页。

异会越来越大。西方文明只是人类众多文明之中的一个类型,现代化理论无视这种文化多元性原理,认为西方文明是唯一的先进文明,要求其他社会都"化"为西方型,这无异于把各种不同类型的文明都纳入西方模式中去。除非现代化论者能够把西方社会以外的文化环境和历史都改造成同西方社会如出一辙,要不然,这种现象根本不可能发生。其实,即使是所谓"西方化"的道路也是多种多样的,美国、英国、德国、法国所走过的现代化道路并不完全一样,西欧、北欧、北美的现代化模式也各有特点。何况发展中国家的地理历史、文化传统、经济基础等与西方发达国家差异很大,更不可能搬用西方现代化模式,走西方国家走过的道路。

第二,主观臆想的理论架构严重偏离了社会史实。前文已述,西方的现代化理论把人类社会的发展抽象地概括为"传统社会"与"现代社会"两个阶段。

这种把传统社会与现代社会二分法,是与人类社会的历史发展不相符合的。首先,将人类社会归纳为传统社会和现代社会,是一种简单化了的抽象,是一种僵死的教条主义,带有极大的片面性。从纵向方面来看,延续至今的人类社会,经历了无数次变革,仅仅用传统社会和现代社会两种类型根本不可能包括整个人类的历史。如果把工业革命以后的人类社会叫做现代社会,工业革命以前的社会叫做传统社会,那么,我们就会发现,无论在传统社会中还是在现代社会中,仍然存在着有本质的差异的、可以作为社会类型划分的阶段,而且这种本质差异的程度决不比由工业革命所产生的本质差异程度小。农业革命给人类历史所带来的巨大变迁就足以证明这一点。从横向来看,在空间上并列着的西方各社会之间和非西方各社会之间的差异程度,决不比西方社会和非西方社会之间的差异的程度小。现代化理论把西方社会视为现代社会,把非西方社会定位为传统社会。但是我们发现,现代社会和传统社会内部各个国家之间的差异程度,甚至比现代社会和传统社会之间的差距更大。把同一社会作纵向的类型划分本来就已经是失之偏颇,那么把不同社会作横向类型的划分就近乎于荒唐。一种理论为了分析上的方便可以作方法论上的抽象,但这种抽象必须符合逻辑,即被抽取的内容对于客体来说,比没有被抽取的内容要本质一些。现代化理论把人类社会抽象为传统社会和现代社会两种类型,不符合这一原则,不是科学的抽象法,而是一种简单的抽象。西方现代化理论家们并不是不知道这一点,他们之所以这样做,其目的就是将西方社会划为现代社会而将非西方社会全部划为传统社会。其次,传统社会和现代社会的二分法,武断地把社会发展的某一时期分为"传统"与"现代"阶段,割裂了传统社会和现代社会的有机联系,造成了二者之间的对立是不科学的。现代化理论从现代社会的否定意义上去理解传统社会,实际上是否定了传统社会和现代社会之间的过渡性关系,从而在二者之间划出了一条不可逾越的鸿沟。其实,现代社会并非是凭空产生的,而是从传统社会内部发展、演化出来的,它们之间的关系固然有对立的性质,但并不是一种否定的关系,而是一种一脉相承的关系。但是,按照现代化理论的传统的"否定式"定义法,似乎除了传统和现代两种截然对立的社会形式之外,就别无其他内容了。这种定义方式一方面否认了由传统社会到现代社会的过渡时期中那些由传统演化过来,但还没有蜕变为现代的东西的存在;另一方面否认了传统社会中也有现代的成分,现代社会中也有传统成分的事实。很难想象一个社会是绝对的"传统社会",而另一个社会则完全现代化了。实际情况应该是"传统"社会孕育了"现代"社会的因子，"现代"社会也包含有"传统"观念。现代化理论的这一种定义方法，在论证非西方国家实现现代化只有靠"西化"当然是极为有效的，但是在解释西方社会是如何从传统社会过渡到现代社会时则是力不从心。

第三，概念界定以偏赅全。西方现代化理论对"现代化"的理解，大致有如下几种：一是把现代化等同于"经济现代化"；二是把现代化等同于"欧化"、"西化"，如帕森斯就是这样认为的；三是认为现代化就是"合理化"。另外，还有一种观点认为，现代化就是"人的现代化"。这些观点从经济学、政治学，或者是从社会学的角度来看，都有其合理性。但是缺陷也很明显，即从某学科的单向视角出发，却又企图一言以蔽之，概括出现代化的宽泛内涵。对现代化的狭隘理解，无疑妨碍着他们去完善各自的现代化理论框架。事实上，现代化是一个包括若干不同层面的发展过程，其中有物质层面的发展过程、制度层面的发展过程，以及思想与行为模式的发展过程。因此，对现代化的定义也应有广义和狭义之分。

第四，理论立足点错误。现代化理论家力图把众多不相同的、发达或不发达的社会都安置在一个统一的社会进化过程中。在这种进化序列中，由进化的初始阶段到进化的高级阶段，位次排列顺序是最不发达国家→次不发达国家→中等发达国家→最发达国家。那么，如今位于进化最高阶段的西方发达国家所经历过的历史，就是一切不发达国家实现现代化的必由之路，而非西方不发达国家目前所处的状态相当于西方国家实现现代化以前的某一个阶段。这种观点显然是错误的。现代化是人类历史发展过程中一个不可逾越的重要阶段，在现代化进程中具有带普遍规律性的原则、要求，人们必须自觉遵循。而西方发达国家是现代化的先行者，自然积累了许多宝贵的经验教训，值得后来者学习与借鉴。但是，这不等于世界各国、各民族的现代化发展只能走西方发达国家所走过的道路。事实证明，非西方不发达国家目前所处的状态是西方国家所未经历过的，它们现代化所面临的问题是西方国家所未面临过的。首先，西方国家不仅现在，就是实现现代化以前也没有遭受过殖民主义侵略，没有遭受过殖民掠夺和殖民统治，在其发展的过程中不存在外来竞争问题。其次，非西方不发达国家在其现代化启动时候，根本没有随心所欲地侵占别国市场、掠夺别国资源的可能，只能是同拥有发达的制造业的工业化国家进行竞争。再次，19世纪时的西方国家可以相互借贷、贸易或向殖民地出售制成品，可以把非西方不发达国家作为资本积累的源泉，而现在的非西方不发达国家不仅不可能把别国作为资本积累的源泉，而且很难摆脱为西方国家提供资本积累的地位。最后，今天的非西方不发达国家面临西方国家不曾面临的诸如全球环境退化、资源短缺等问题，从而为发展增加了困难和制约因素。总之，非西方不发达国家不可能走与西方国家相同的道路。

第五，无力指导发展中的实践。现代化理论家沃尔夫冈·查普夫认为，现代化的中心就是工业化，只要建立了工业经济体系，就能给社会带来进步。他还向人们展现出一幅"工业神话"的图景。虽然查普夫的观点并不为所有的学者认可，但很大一部分现代化理论家确实对"工业主义"抱乐观的态度。诚如库马所云，"由于战后经济的持续繁荣以及拥抱工业主义的全球性狂热，在五十年代里，工业主义与进步理念的重新结合，几乎达到了百年之前的程度。后期工业繁荣与闲暇社会的理念，乃开始得到阐述，并且获得接受"。① 在现代化理论家看来,在自由主义、个人主义、理性这些现代性要素基础上构筑起来的现代社会具有无与伦比的优越性,是人类社会发展的终极目标。在理性之光的照耀下,西方世界一直以为人类可以借助知识的增长而控制自然,推动世界经济的增长。但是,随着世界现代化进程的推进,却出现了环境污染、贫富差距、恐怖主义等一系列严重的社会问题。不仅如此,在自由主义、个人主义旗帜之下,一些低级、粗俗、污秽的文化在许多国家蔓延开来,吸毒、娼妓、黄色书刊在社会上泛滥。所有这些现代化通病成为社会的正常运行的障碍,对人类的可持续发展提出了巨大挑战。对于如何解决这些问题,西方现代化理论显得力不从心。

第六,对不发达国家未能实现现代化原因的分析,违背了历史唯物主义的基本原则。如前所述,英格尔斯和艾森斯塔德把不发达国家未能实现现代化的原因,归咎于其内部因素。他们的观点是最典型的。英格尔斯认为,非西方社会的人由于不具有现代性,即具有那种有助于现代化的人的价值观念和行为取向,因而也就成为现代化发展的障碍;艾森斯塔德则认为,发展中国家由于自身的社会结构和文化的变形能力较弱,所以不能进入现代社会。这种分析原因的方法完全违背了历史唯物主义探寻社会发展原因的根本原则:一切社会变化发展的最终原因不应该在人们的头脑中去寻找,而应在生产方式和交换方式的变更中去寻找。马克思主义创始人通过研究社会的发展,尤其是通过研究欧洲工业社会的

---

① [美]库马:《社会的剧变——从工业社会迈向后工业社会》,台北志文出版社1984年版,第375页。

发展后得出结论,认为社会发展的原动力,不在于社会外在的力量,也不在于人们思想观念的改变,而在于社会经济生产方式的变化。人们的社会存在,决定人们的思想意识,经济基础决定上层建筑,而上层建筑又反作用于经济基础。"政治、法、哲学、宗教、文学、艺术等的发展是以经济发展为基础的。但是,它们又都相互作用并对经济基础发生作用。并非只有经济状况才是原因,才是积极的,而其余一切都不过是消极的结果,这是在归根到底总是得到实现的经济必然性的基础上的互相作用。"①因此,现代化理论的错误并不在于承认精神动力,而在于不进一步从这些动力中去追溯它的动因。

以上就是西方现代化理论的致命缺陷,或者说是我们必须加以拒斥的谬误。但是,我们决不能因为它的缺陷而将这一理论全盘否定,否则,就不是实事求是的科学态度。事实上,现代化理论包含着一般性和共性特征。现代化理论是以全球规模的人类社会的发展运动为研究对象的,它不仅在一定程度上总结了人类进入工业社会以来文明演进的过程与经验,而且首创了若干分析现代社会变迁的概念范畴和模型框架,对现代化的共性特征作出系统论证,注意到了价值观和态度对人们行为的影响,提出了现代经济增长是社会发展的动力。这些就是现代化的一般性和普遍性。这些就是各个国家、民族在其现代化进程中所必须遵循的共同规律。尤其是 21 世纪的今天,在市场经济席卷全球、世界各国的经济生活越来越国际化的形势下更是如此。

---

① 《马克思恩格斯选集》第 4 卷,人民出版社 1995 年版,第 732 页。

第四节　两种现代化理论之比较

一、两种现代化理论的异同

通过分别介绍马克思主义现代化思想和西方现代化理论,我们已经对这两种理论的基本轮廓有了一个基本的了解。从思想文化横向联系的角度来看,要正确、全面地把握这两种理论形态,就有必要对这二者作一番比较性的分析。

一方面,必须看到两者之间存在着本质的区别。这是因为马克思主义现代化思想与西方现代化理论毕竟是两种不同的理论形态。

第一,划分人类社会发展阶段的标准,即划分"传统社会"和"现代社会"的标准不同。如前所述,西方现代化理论吸收并发展了以往社会学家的思想传统,把整个人类社会的发展进程简单地划分为"传统"和"现代"两个阶段,并以此来展开它的全部理论。西方现代化理论主要是从西方社会出发,或者说,主要是以西方社会为划分的标准:现代社会就是西方社会,而与西方社会特征不相符合的就是传统社会。

马克思主义创始人也承认传统社会和现代社会的划分,但是在划分的标准上,则与西方现代化理论截然不同。马克思不是以西方社会作为划分两种社会的尺度,而是以生产方式的变化作为划分的基本依据,即从生产方式的比较出发,研究传统社会与现代社会的具体差别及其演进方式。在马克思看来,所谓传统社会和现代社会的差别,不外是传统生产方式和现代生产方式差别的集中体现,现代社会就深深根植于现代生产之中。

经典作家常常把 16 世纪以来的世界称为"现代"。所谓"现代"是指一个特殊的历史时代,一个与以往人类历史发展阶段截然不同的新时代。"现代"不仅仅是一个时间上的概念,更重要的是一个蕴涵着深刻社会内容的概念。他们认为,从 16 世纪以来人类社会所发生的急剧变革,都是由于现代资产阶级生产方式的出现。这种新的生产方式以新兴工业的出现为龙头,以地理大发现为契机,以科技革命为动力,实现了生产方式上的一场重大革命。它比以往任何生产方式都有助于解放生产力,比过去一切世代所创造的全部生产力还要多、还要大,它产生了以往人类历史上任何一个时代都不能想象的工业和科学的力量,首次开创了世界历史。"这个生产方式所固有的以越来越大的规模进行生产的必要性,促使世界市场不断扩大,所以,在这里不是商业使工业发生革命,而是工业使商业不断发生革命。"①这种现代生产方式把单个国家的历史活动纳入"世界历史性的共同活动",使每个文明国家以及这些国家中的每一个人的需要的满足都依赖于整个世界,因为它消灭了以往自然形成的各国孤立状态。由于看到了"新的工业建立已经成为一切文明民族的生命攸关的问题",②加上根据这种新的生产方式所揭示的现代社会的经济运行规律及其现实的发展趋势,马克思科学地预见到,那些经济落后、工业不发达国家将会以工业发达国家作为自己未来发展的景象。

第二,在世界现代化进程对非西方不发达国家所产生的影响的问题上,在现代化理论家那里,西方国家似乎是非西方不发达国

---

① 《马克思恩格斯全集》第 25 卷,人民出版社 1974 年版,第 372 页。
② 《马克思恩格斯选集》第 1 卷,人民出版社 1995 年版,第 276 页。

家的恩师、盟友，它们给予的只是援助。在西方国家的"援助"下，非西方不发达国家终将摆脱传统社会的贫穷、落后状态，步入富裕文明的现代社会，而昔日殖民主义者的掠夺、帝国主义的入侵与武力征服好像从来不曾有过。"帕森斯主义给人的印象是，仿佛人类的历史是一部轻松愉快的和平的思想交流史，社会交往处处都在促进繁荣昌盛，文化传播犹如友好的商务旅行……丝毫未谈及'统治'、'剥削'、'帝国主义'、'殖民主义'等灾难。"①

　　相反，马克思主义创始人则以辩证的态度来看待世界现代化的进程，从而正确地认识和把握了西方国家对落后国家现代化的促进作用。马克思认为，亚洲社会必须进行彻底的革命，而殖民主义不自觉地充当了革命的工具："的确，英国在印度斯坦造成社会革命完全是被极卑鄙的利益驱使的，在谋取这些利益的方式上也很愚钝。但是问题不在这里。问题在于，如果亚洲的社会状况没有一个根本的革命，人类能不能实现自己的使命？如果不能，那么，英国不管是干了多少罪行，它造就的革命毕竟是充当了历史的不自觉的工具。"他指出英国在印度殖民地要完成双重使命："一个是破坏的使命，即消灭旧的亚洲式的社会；另一个是重建的使命，即在亚洲为西方式的社会奠定物质基础。"②当然，马克思在肯定殖民主义对于推进落后国家现代化的进步意义的同时，也看到了它给落后国家带来的沉重灾难："英国资产阶级看来将被迫在印度实行的这一切，既不会给人民群众带来自由，也不会根本改善他们的社会状况，因为这两者都不仅仅决

① ［美］胡格维尔特：《发展社会学》，四川人民出版社1987年版，第27页。
② 《马克思恩格斯选集》第1卷，人民出版社1995年版，第766页。

086

定于生产力的发展,而且还决定于生产力是否归人民所有。……
难道资产阶级还做过更多的事情吗? 难道它不使个人和整个民族
遭受流血和污秽、穷困与屈辱就达到过什么进步吗?"①而且,必须
看到,虽然殖民主义给落后国家带来了现代化的因素,但是这些现
代化毕竟是外来的。被压迫民族的人民,要享受到现代化的果实,
必须摆脱殖民主义的枷锁,实现民族独立。"……在印度人自己
还没有强大到能够完全摆脱英国的枷锁以前,印度人是不会收获
到不列颠资产阶级在他们中间播下的新的社会因素所结的果
实的。"②

　　第三,西方现代化理论认为,西方发达国家的发展历程,便是
一切不发达国家实现现代化的必由之路;而目前,非西方不发达国
家正处在西方国家实现现代化以前的某一个阶段。不可否认,现
代化不仅有着客观的经济内容:从农业社会向现代工业社会过渡,
则是基本相同的,而且有着它的客观衡量标准:能否提高现代生产
力水平、适应现代国际社会的生存和发展条件与提高现代生活水
平。但是,由于不同的国家,在不同的时代,现代化的内部条件、外
部条件和动力机制等大不相同,所以,世界各国发展的道路只能是
多样化的,现代化是应该多模式的。即使是发展的主观条件相近
似的国家,也不可能采取完全相同的现代化模式。

　　马克思主义创始人一贯坚持现代化道路的多样性和可选择
性。马克思反复强调自己没有构造某种"模式"的企图,他指出:
"新思潮的优点就恰恰在于我们不想教条式地预料未来,而只是

---

① 《马克思恩格斯选集》第 1 卷,人民出版社 1995 年版,第 768 页。
② 《马克思恩格斯选集》第 1 卷,人民出版社 1995 年版,第 771—772 页。

希望在批判旧世界中发现新世界。……所以我不主张我们竖起任何教条主义的旗帜。相反地,我们应该尽量帮助教条主义者认清他们自己原理的意义。"①马克思也旗帜鲜明地反对有的人将他的社会发展理论解释成"历史哲学":有人"一定要把我关于西欧资本主义起源的历史概述彻底变成一般发展道路的历史哲学理论,一切民族,不管它们所处的历史环境如何,都注定要走这条路,……这样做,会给我过多的荣誉,同时也给我过多的侮辱。"②因为用普遍历史哲学理论的万能钥匙,无法实现对各民族具体发展进程的研究和理解。马克思不仅是持这种观点,而且在理论研究中也是这样践行的。他先后探讨了亚细亚社会不同于西方国家的独特发展道路;探讨了俄国公社可以不经过资本主义的"卡夫丁峡谷"直接过渡到未来社会的可能性;探讨了某些民族独特的血亲关系、家庭关系在社会发展中的重大作用;探讨了西方社会各个国家走向现代的过程中所走过的不同道路,等等。可见,马克思主义创始人所主张的发展,并不是模式化的发展,而是一种肯定特殊性、多样性和可选择性的发展。

第四,在现代化研究与社会制度分析的问题上,西方学者基本上对制度分析持否定态度。西方学者研究现代化的中心始终放在,"发展的形式、过程和各种指数。这些都被认为是具有普遍性的内容,因而是超出社会制度、意识形态和信仰体系差异的;并认为这种超脱意识形态和价值观而设计的普遍范例,经常会产生超出范例的印象,得出条条道路通往现代化和各社会最终趋同

---

① 《马克思恩格斯全集》第 1 卷,人民出版社 1956 年版,第 416 页。
② 《马克思恩格斯选集》第 3 卷,人民出版社 1995 年版,第 341—342 页。

的结论"。① 罗斯托赫然将"非共产党宣言"作为其代表作《经济成长阶段》的副标题。他认为"共产主义"是一种"病症",社会经济发展应该消除这种"病症",据此,他撇开社会制度将人类社会划分为五个阶段:传统社会、"起飞"前的准备阶段、起飞阶段、成熟阶段、高额群众消费阶段。罗斯托的理论重心就是研究这些成长阶段的推进过程。布莱克也极力反对在现代化研究中使用"资本主义"和"社会主义"这些概念。他认为,"资本主义"和"社会主义"这两个词的含义是很不确定的,它不能表达真实的意义:如果"资本主义"是利用财产去创造财富,那么共产主义国家同样也是资本主义;如果"资本主义"是指生产资料私人所有和私人支配,那么任何国家也没有纯粹的私人占有和私人支配,而总存在着国家的干预和控制。反过来,如果"社会主义"是指真正的人均财富分配,那么高度工业化的社会则是最社会主义的,如瑞典、英国或美国在很大程度上比所谓的社会主义国家更社会主义。因此,"在这种情况下,看来最好不用资本主义和社会主义这些词,而采用功能术语来表达国家或私人所有和控制的作用以及各种政治和经济体制的相关方面"。② 不仅仅是罗斯托、布莱克这样的当代现代化论者持这种主张,就是与韦伯、迪尔凯姆同时代的理论家们都是把现代资本主义看做是一种文明形态,而不是一种社会制度和经济制度,并且把这种文明形态的出现看做是科学技术与理性精神发展的产物。资产阶级经济学家所谈论的一般社会,实质上是

---

① 〔美〕罗伯特·海尔布罗纳:《现代化理论研究》,华夏出版社1989年版,第93页。

② 〔美〕西里尔·E.布莱克:《现代化的动力》,浙江人民出版社1989年版,第44页。

资本主义社会,只不过他们将它永恒化了。他们对封建制度的抨击是相当严厉的,而对资本主义制度的维护也是非常鲜明的。

在马克思主义创始人那里,现代化研究与社会制度分析是紧密联系在一起的。马克思认为,任何生产都是在一定的社会关系尤其是生产关系下进行的,人们"只有以一定的方式结合起来共同活动和相互交换其活动,才能进行生产。为了进行生产,人们相互之间便发生一定的联系和关系;只有在这些社会联系和社会关系范围内,才会有他们对自然界的影响,才会有生产"。这些社会关系和社会联系合起来就"构成所谓社会,并且是构成一个处于一定历史发展阶段上的社会,一个具有独特的特征的社会。古代古典社会、封建社会和资产阶级社会都是这样的生产关系的总和,而其中每一个生产关系的总和同时又标志着人类历史发展中的一个特殊阶段"。① 这就是说,任何生产总是在一定社会关系、一定社会制度下进行的生产,离开社会关系和社会制度的纯经济发展是没有的。作为人类社会发展的一个特定的历史阶段,现代化当然不可能自然长成,同样需要一定的制度前提。之所以尽管许多国家、民族的经济条件、自然条件大致相同,也不可能产生大致相同的现代化,其中重要一因素就是制度。在一定意义上,制度因素往往成为社会发展快慢以至发展方向与前景的决定性力量。

马克思主义经典作家坚持用生产力和生产关系相统一的原则,以及物质内容与社会形式相统一的观点来分析问题。在研究现代化过程的同时,对资本主义进行了深刻的剖析。马克思既描述了西欧国家现代化起步的过程,同时也深刻地揭露贯穿这一过

---

① 《马克思恩格斯选集》第 1 卷,人民出版社 1995 年版,第 345—346 页。

程血与火的斗争与冲突,从而真实地再现了这一段历史:资产阶级的暴力、掠夺和血腥镇压,国家权力的强制,是与西欧国家最初的现代化相伴而行的。总之,马克思主义创始人从来不空谈现代化,而是把制度分析与现代社会研究紧密结合在一起。

第五,关于现代化的动因,这是令现代化理论家备感困惑的一个问题。现代化理论家们从各自学科的角度出发,提出了五花八门的观点。这些观点从某一个方位、某一个侧面对现代化的动因作了深刻的揭示,其中不乏有价值的独到见解。例如,韦伯、艾森斯塔德和英格尔斯等人从宗教、文化和心理的角度作分析,抓住了东西方文化与社会心理因素的差别,看到了这种差别所带来的实际影响,从而开拓了现代化研究的新视角;以布莱克等人为代表的现代化学者则对现代化动因作了技术分析、商业分析和人口分析,也把握住了现代化过程中的一些关键,提出了不少发人深省的问题。但是,这些观点又都不同程度地存在着一些自身无法克服的缺陷:一是在分析现代化动因时,都企图寻找某一种因素作为决定性的根本性的原因,而其他原因和条件则只不过是它的衍生物。虽然这种方法可以使分析结论简单明了,却难以经得起进一步深究;二是在分析现代化动因时,都忽视国内制度与国际关系的影响,理论过于理想化和简单化。以上致命的理论缺陷,也就注定了现代化理论无法探究到现代化的真正动因之所在。

关于现代化的动因,马克思主义创始人也与现代化理论家持有不同的观点。在他们看来,社会作为一个复杂的有机体,其发展的动因很难简单地归结为某一种或几种因素,而实际上是各种因素交互作用的结果。当然,各种因素在交互作用的过程中,经济因素是最基本的、最有决定性的因素。但是,马克思主义创始人在强调社会发展的根本因素在于经济因素时,从来没有把经济因素当做唯一的因素。"根据唯物史观,历史过程中的决定性因素归根到底是现实生活的生产和再生产。无论马克思或我都从来没有肯定过比这更多的东西。如果有人在这里加以歪曲,说经济因素是唯一决定性的因素,那么他就把这个命题变成毫无内容的、抽象的、荒诞无稽的空话。"①按照这一基本原则,恩格斯创造性地提出了历史条件论和历史合力论:"我们自己创造着我们的历史,但是第一,我们是在十分确定的前提和条件下创造的。其中经济的前提和条件归根到底是决定性的。但是政治等等的前提和条件,甚至那些萦回于人们头脑中的传统,也起着一定作用,虽然不是决定性的作用。第二,历史是这样创造的:最终的结果总是从许多单个的意志的相互冲突中产生出来的,而其中每一个意志,又是由于许多特殊的生活条件,才成为它所成为的那样。这样就有无数相互交错的力量,有无数个力的平行四边形,而由此产生出一个合力,即历史结果……"②可见,尽管马克思主义经典作家强调经济因素,但并不认为它是唯一的因素,社会的发展是众多因素、多种动力共同起作用的结果。各种动力既有各自相对独立的运动规律和独特的作用,又彼此相互影响、相互作用,按照一定的规律结合成一个整体——动力系统,从而以巨大的合力推动社会进步。在具体论述社会发展的动因时,马克思运用了"生产方式"这个新概念。马克思主义认为,生产方式包括生产力和生产关系这两个相互作用的方面,每种既定的社会生产方式都是生产力和生产关系

①　《马克思恩格斯选集》第 4 卷,人民出版社 1995 年版,第 695—696 页。
②　《马克思恩格斯选集》第 4 卷,人民出版社 1995 年版,第 697 页。

在一定的历史过程中的结合。生产方式的运动是有规律的,不同的生产方式有不同的发展机制。现代化作为世界性的发展进程,这是现代生产方式的特性所决定的。伴随着现代生产方式而来的新的环境、机制、手段等相互作用,汇成了现代化运动的强大动力。

以上就是马克思主义现代化思想与西方现代化理论之间的主要区别。上述区别主要是由研究者本身的立场不同、理论产生的历史背景不同以及开展理论研究的方法不同所造成的。

首先,马克思主义的创立者和西方现代化理论家们的立场是根本不同的。这是两种形态的现代化理论产生分歧的根本原因所在。马克思主义者始终以无产阶级和全人类的根本利益为出发点,而现代化理论家们则站在资产阶级的立场上。正因为如此,马克思所关注的是资本主义将怎样灭亡,西方现代化理论关注的却是资本主义是怎样产生的,以及资本主义存在的必然性和合理性。换句话来说,马克思研究的是社会如何向未来社会过渡,西方现代化理论研究的则是现代社会的成因、特征及其合理性。

其次,这两种理论产生的历史时代不同。任何理论都是时代的产物,都是对某一历史时期的社会实践的直接反映,也就不可避免地深深烙上了那个时代的痕迹。前者产生于自由资本主义时代,资本主义正处在上升时期。现代资本主义生产方式使社会生产力有了空前的提高、社会生活发生了前所未有的变化。与此同时,资本主义制度本身固有的矛盾不断暴露出来。在这种情况下,马克思认为19世纪中叶先进的资本主义工业国已发展到成熟的工业社会,并预期它接近了无产阶级革命的直接序幕。基于此,马克思把注意力放在未来的革命形势问题上,对大工业所创造的现代生产力在资本主义制度下的发展问题,则没有进一步探索下去。

后者产生于垄断资本主义时代,二战后的资本主义社会度过了危机,以美国为"中心"的西方资本主义国家重新焕发出一派欣欣向荣的景象。在此时应运而生的现代化理论,自然就会自我陶醉,认为资本主义制度不仅是合理的而且是优越的。

再次,马克思主义现代化思想和西方现代化理论的研究方法不同。前者更多地受到黑格尔思辨哲学的影响,有整体主义和辩证法的特点;后者更多地受到实证科学的影响,用经验的事实来论证问题,具有浓厚的主观性特征。任何一种理论的建立和完善都离不开一定的方法。现代化研究也是如此。同样是对现代化研究,研究方法不同,得出的结论当然也就不相同。

那么,马克思主义现代化思想与西方现代化理论之间是否有相同之处呢?回答当然是肯定的。如果撇开本质上的东西,只是从总体上来理解现代化,就会发现这两种理论具有某些相同点。罗荣渠教授在《现代化新论》一书中,把两种现代化理论加以比较,总结出二者有 7 个方面的共同点和相似点。[①] 西方学者也承认他们关于工业革命与现代化的概念中的一些基本思想借自马克思的思想,但剔除了它的政治革命内涵。[②] 总的说来,这两种理论的共同点表现在:一是理论基础都受社会进化论的影响,都相信人类历史会不断进步;二是都认为西方资本主义文明在当时代表人类文明的最高水平;三是都具有综合的视野和方法,把历史、社会、政治、经济、文化等知识结合起来,对研究的对象予以整体的考察;四是对现代社会特征的描绘极为相似。马克思认为现代社会的特

---

① 参见罗荣渠:《现代化新论》,北京大学出版社 1993 年版,第 85—86 页。

② 参见[美]库马:《社会的剧变——从工业社会迈向后工业社会》,台北志文出版社 1984 年版,第 155 页。

征是发达的商品经济、生产资料的集中和劳动的社会化、工业化、乡村的城市化等;现代化理论则认为现代社会是,发达的市场经济和货币经济、工业化、都市化、专业化与分工、生产组织的合理化和平等化的社会等。

二、正确运用两种现代化理论,考察中国现代化道路探索的历程

考察中国现代化道路探索的历程,也就是对中国的现代化的发展过程作纵向的研究。要使这一项研究工作顺利进行并达到预期目的,就必须发挥理论对实践的巨大指导作用。也就是说,要坚持以马克思主义现代化思想为指导,同时借鉴西方现代化理论的基本原理。只有这样,才能避免研究工作的盲目性,实事求是地分析中国现代化的发展规律、现实状态和未来走势。

中国现代化道路的探索,具有不同于其他国家实现现代化过程中的特殊性。中国现代化是在1840年鸦片战争后,中国社会开始沦为半殖民地半封建的历史条件下开始启动的。在中国现代化的百年探索中,中国现代化的道路历经三次变迁:1949年以前,在世界资本主义和殖民主义的刺激下,企图走资本主义现代化的道路;新中国成立后到1978年12月中共十一届三中全会前,在世界资本主义与社会主义两大阵营冷战的形势下,基本上走的是一条传统社会主义的现代化道路;1979年以后,在和平与发展成为世界主题的新国际形势下,逐步探索出一条有中国特色的社会主义的现代化道路。马克思主义现代化思想具有普遍性与特殊性相结合的特征。因此,要对中国现代化道路三次转换的必然性进行合理的解释,总结其中的规律,从而展示中国共产党对中国社会主义

现代化领导的重要性和必要性,就必须以马克思主义现代化思想,尤其是关于现代化的世界历史进程、殖民主义与落后国家的资本主义现代化关系、资本主义现代化的发展趋势的思想为指导。

诚然,我国具有与世界上其他国家截然不同的特殊国情,需要根据本国的国情特点来选择自己的现代化模式和道路,我们的现代化道路也因此而表现出与其他国家、民族不相同的特征,富有浓厚的民族特色。但是,中国的现代化终究是世界现代化潮流中的一种,它必然包含着世界现代化的一般性或共同性。因此,有一点可以完全肯定,那就是中国现代化的进程必定遵循社会经济发展的一般规律。它不可能违背现代化进程中的客观规律,离开人类文明进步的共同大道。而总的说来,西方现代化理论所包含的现代化的国别特殊性方面不够全面,但是包含着比较完整的现代化的世界共性。因此,在研究和考察中国现代化道路的探索历程时,要在坚持马克思主义现代化思想为指导的前提下,大胆地学习和借鉴这一理论。只有这样,我们得出的结论才会更加全面而科学。

第 二 章

中国早期现代化的
艰难起步与曲折

中国早期现代化,即中国早期现代化的历史进程。这一过程涵盖了中国从 1840 年到 1949 年这一百多年间资本主义现代化的历史。在此过程中,中国早期现代化有了一定程度的进展。但是,这些进展,仅限于某些方面、某些领域。而且,由于当时的中国并不具备现代化建设的基本前提和条件,早期现代化的进程时常被种种消极因素所中断并最终陷于失败。

第一节　中国早期现代化的含义和分期

一、"中国早期现代化"含义

从现代化的一般含义来说,中国早期现代化是指中国开始逐步从传统农业社会向现代社会过渡,资本主义工业化、商业化、城市化和民主化等现代性陆续成为中国近代社会的特征。但是,由于中国早期现代化是在半殖民地半封建的社会历史条件下进行的,所以中国早期现代化还应包含另外一项必不可少的内涵:民族化——反对帝国主义侵略、争取民族独立和统一。

第一次鸦片战争后,西方资本主义列强为了能够实现其在华的政治、经济利益,他们在中国的沿江、沿海的通商口岸逐步营造了西方资本主义式样的社会环境。殖民者开设各种厂矿企业,以生产他们所需要的原材料,修理他们的运输工具;开辟新式交通运输业,扩大国际贸易,设立银行和发行通用货币以服务于殖民者不断掠夺原材料和倾销商品的需要;用西方文化来培养经济和政治代理人,以充当他们在中国实行经济和政治侵略的工具和帮凶;在租界和势力范围内进行现代城市建设和推行资本主义社会体制,出版西式报纸杂志,以满足殖民者在中国的文化生活需要,等等。一言以蔽之,殖民主义"即使是为了军事防御的目的,也必须敷设铁路,使用蒸汽机和电力以及创办大工业"[①]。这样,满清王朝的声威"扫地以尽,天朝帝国万世长存的迷信破了产,野蛮的、闭关自守的、与文明世界隔绝的状态被打破"[②],从而客观上为中国带来了资本主义的生产方式和社会形态,促使了中国资本主义现代化的启动。

在西方资本主义冲击下而启动的中国早期现代化,是以"制器"、"时政"、"变法"、"革命"为台阶,由点到面,一步一步走向深入的。清末维新人士梁启超对这一过程所提出的见解颇有见地。起初,他提出了"四界说"。所谓"四界"就是从第一次鸦片战争到

---

① 《马克思恩格斯全集》第 39 卷,人民出版社 1974 年版,第 297 页。
② 《马克思恩格斯选集》第 1 卷,人民出版社 1995 年版,第 691 页。

第二次鸦片战争为"第一界"，第二次鸦片战争到中法战争为"第二界"，中法战争到甲午中日战争为"第三界"，甲午中日战争后为"第四界"。梁启超较为客观地描述了这四个阶段的社会演进态势："自道光二十年割香港、通五口，魏源著《海国图志》，倡师夷长技以制夷之说，……实为变法之萌芽"；"同治初年，创巨痛深。曾国藩……渐知西人之长，则创制造局以制器译书，设方言馆，创招商局，派出洋学生。……朝士皆耻言西学，由谈者皆诋为汉奸，不齿士类。盖西法萌芽，而俗尚恶"；"马江败后，识者渐知西法之不能尽拒，谈洋务者亦不以为耻，……渐知西学，而肯讲求"；"自甲午东事败后，朝野乃知旧法知不足恃，于是言变法者乃纷纷。……天下人士咸知变法，风气大开。""四界"说认识到了来自西方的外来冲击和中国的应对之间的关系，从而揭示出中国早期现代化被强制启动的特点。后来，梁启超修正自己的"四界"之说，进一步提出了"三期"说。与前者相比，后者突出强调了后发国家主观能动性。梁启超这样写道："第一期，先从器物上感觉不足，这种感觉从鸦片战争后渐渐发动，……于是福建船政学堂、上海制造局等等渐渐设立起来，但在这一时期内，思想上受的影响很少。""第二期，是从制度上感觉不足，自从和日本打了一个败仗下来，国内有心人，真像睡梦中着了一个霹雳，……所以拿变法维新作一面大旗，在社会上开始运动。"维新变法虽然失败了，但它为"后来打开了一个新局面"，"国内许多学堂，国外许多留学生，在这期内蓬蓬勃勃发生。""第三期，便是从文化上根本感觉不足。"人们开始感觉到"社会文化是整套的，要拿旧心理运用新制度，决计不可能，渐渐要求全人格的觉悟。""恰值欧洲大战告终，全世界思潮都添了很多活气"，陈独秀、胡适、鲁迅等留学生中的先进人物"鼓起勇气做全部解放的运动",成为第三期"新思想界的勇士"。显然,梁启超的见解基本上符合中国早期现代化的实际演进过程。①

尽管西方殖民者给中国提供了资本主义体制产生和发展的客观条件,但是他们主观上并不希望中国真正走上资本主义的现代化道路,而是企图使中国始终处于屈从的地位,永远是他们的原料产地、商品市场和资本积累的场所。在中国开办企业也只是考虑到,把中国"变成一个生产国对他们有极大的好处"。② 事实也是如此。仅就经济方面而言,中国在国际贸易方面处于严重的入超地位,到1936年,累计入超达30.7亿元,且进口之物多为机器工具、原材料和机制消费品,出口之物则多为农副产品、矿产资源、半成品和手工制品。据1936年统计,外国在华产业资本占中国产业资本总额的78.4%。③ 这充分表明,西方殖民者不仅从中国掠夺了大量的财富,而且造成了中国早期现代化的畸形、曲折反复的发展状态。中国早期现代化的演进过程,也就是中国殖民地程度不断加深的过程。中华民族只有摆脱半殖民地的状态,争取民族独立和统一后,才能驾驭自己的现代化进程,才能收获到西方殖民者带来的现代因素所结出的果实。因此,在中国早期现代化的进程中,反对外来侵略、争取民族独立和统一的民族化,与资本主义工业化、商业化和民主化等等共同构成半殖民地中国现代化的内涵、只是在不同的时期,民族化在早期现代化中的地位和作用具有一

---

① 参见周积明:《最初的纪元:中国早期现代化研究》,高等教育出版社1996年版,第13—14页。

② 《马克思恩格斯选集》第1卷,人民出版社1995年版,第769页。

③ 参见严中平:《中国近代经济史统计资料》,科学出版社1955年版,第64、72页。

定的差别。

二、中国早期现代化的分期

现代化是人类社会特定的发展阶段,是一个较长的历史过程。在此过程中,由于部分的、局部的乃至质的变化,使得"一切社会进行现代化的过程有可能区分出不同的水平或阶段"。① 中国早期现代化在其长达一百多年发展历程中,也明显地表现出了这样一个发展态势。然而,在如何对中国早期现代化进行分期的问题上,海内外学者所持的观点有所不同。归纳起来,主要有如下几种:其一,著名的以色列现代化理论家艾森斯塔德划分为两个阶段。第一阶段:中华帝国与西方最初的接触和外部现代化对中国的最初冲击;第二阶段:自帝国秩序的崩溃,经过 1911 年的辛亥革命、军阀时期,最后到国民党统治时期。这个时期的一个突出的特征是为建立一个新的国家政体而进行努力。② 其二,台湾学者蔡文辉划分为三个阶段。第一阶段(1840—1894 年):兵工洋务时期;第二阶段(1895—1911 年):政经西化时期;第三阶段(1912—1949 年):权威危机时期。③ 其三,湖北大学的周积明教授划分三个阶段。第一阶段(1840 年至 19 世纪中叶的洋务运动):中国前现代社会发生整体性崩溃,并消极、被动地纳入世界现代化进程;第二阶段(1860 年左右至 20 世纪初):中国现代化开始在传统制

---

① 　[美]西里尔·E.布莱克:《比较现代化》,上海译文出版社 1996 年版,第 46 页。

② 　转引自孙立平:《传统与变迁——国外现代化与中国现代化问题研究》,黑龙江人民出版社 1992 年版,第 198 页。

③ 　参见蔡文辉:《社会学》,台北三民书局股份有限公司 1986 年版,第 585—586 页。

度和权力结构的范围内开始启动;第三阶段(1912—1949年):中国现代化的社会变迁继续深化,但整个现代化进程始终维持在"有限发展"的水平。[①]

那么,中国早期现代化的分期应该以哪一种为标准呢?或者说,中国早期现代化应该如何分期呢?

现代化理论认为,一个国家实现现代化的过程一般有三个阶段。第一个阶段是准备阶段。在这一阶段中,要求快速发展经济的思想已经产生;新式的有进取心的人已经在经济领域中,或在政府中,或它们两者中出现;新式的生产方式已在传统的社会结构中生长出来,从而使现代化的基础得以确立,现代化的思想和机构开始向已有的传统形式进行挑战。第二阶段是开始向现代社会过渡的阶段。在这个时候,社会资金有了一定的积累;工农业生产技术有了较大的发展;政权已经掌握在希望发展经济的集团手中;一个中坚企业家阶级已经形成;社会开始从主要是农村的农业生活方式向主要是城市的工业方式转变。第三个阶段是基本实现现代化的阶段。那个时候,现代社会的主要标志已经齐备,高度现代化的水平已经达到。根据这一理论,结合中国现代化运动的特殊性,笔者认为中国早期现代化只经历了第一阶段和第二阶段。从1840年第一次鸦片战争到1911年辛亥革命,是早期现代化的第一阶段,即现代化的准备阶段。辛亥革命后到1949年中华人民共和国成立,中国早期现代化一直处于第二阶段,即向现代社会过渡的阶段。

发生于1840年的第一次鸦片战争,是西方资本主义列强侵略

---

① 参见周积明:《最初的纪元:中国早期现代化研究》,高等教育出版社1996年版,第8—10页。

中国的开始,同时也是中国早期现代化的起点。在鸦片战争前很长的一段时期,中国社会中的资本主义因素就已经在简单的商品交换和流通领域、封建性质的手工业工场中萌芽,但是在封建专制的统治下,发展得极为缓慢,没有也不可能从传统的社会结构破壳而出,成为中国社会的经济基础。通过第一次鸦片战争,古老中华帝国的国门在洋枪洋炮声中轰然倒塌。于是,一方面是物美价廉的机器工业品潮水般畅通无阻地涌入中国市场,另一方面是蚕丝和茶叶等农副产品源源不断地运往千里之外的"日不落帝国"。这样一来,不仅中国在不知不觉之中就被卷入世界资本主义市场体系中,而且,由于自给自足的自然经济这一东方专制主义的基础开始遭到破坏,中国封建统治面临着"数千年一大变"的严峻挑战。这种形势触发了中国人追求现代化的愿望。"采西学"、"设局厂"、"制洋器"、"改弊政"等早期现代化思想开始在以林则徐、魏源等为代表的地主阶级改革思想家间酝酿。魏源还提出了"师夷之长技以制夷"的主张,力图通过学习西方的先进科学技术而实现富国强兵,抵御外敌。总之,鸦片战争造就了中国社会变迁的各种历史因素。基于此,中国早期现代化的起点必须上溯到第一次鸦片战争。

始于第一次鸦片战争的第一阶段的中国早期现代化,包括前后相继的三次社会变革运动,即洋务运动、戊戌变法运动和清末"新政"。这三次大规模的社会变革运动,虽然在不同程度涉及了早期现代化的基本内容,但是如果用现代化发展阶段标准来衡量,显然都还处于准备阶段。其中,洋务运动启动了近代中国工业化的步伐;维新变法点燃了资产阶级民主化的火种;"新政"展示了传统社会机制松动的迹象。

中国早期现代化历程的第二阶段——正式启动阶段,是以 1912 年中华民国的成立为开端的。从中华民国成立到 1949 年的近 40 年间,中国的早期现代化一直处于启动阶段。虽然辛亥革命没有能够彻底完成其反帝反封建的历史任务,但是它使中国在资本主义化的道路上又向前迈出了一大步。政治上,"它不仅推翻了清皇朝,而且使几千年来的君主专制制度从此结束,使民主共和的观念从此深入人心。这对于推动中国社会进步、促进中国人民思想解放所起的作用是不可低估的"。① 具有资产阶级民主共和国性质的中华民国,仿照西方国家设置了新式的政府机构,颁布了一系列法律和法规,从形式上规定中国公民拥有结社、出版、言论等自由。在经济上,发展资本主义工商业已经成为国家的基本国策。从中央到地方纷纷出台《实业计划》,研讨发展工业化的问题。短短几年间,资产阶级性质的实业团体在全国范围内如雨后春笋般涌现出来。在此基础上,资产阶级全国性的组织——中华全国商会联合会成立了,他们的政治代表人物掌握了从中央到地方的一部分政权。资本主义工商业出现新一轮的发展高潮。所有的这一切,无疑有利于工业化、民主化思想的广泛传播,从而起到了早期现代化的社会动员作用。总之,中华民国的成立,标志着中国已经初步具备了早期现代化启动的条件。

第二节　中国早期现代化的产生

清朝末年,中国发生了三次大规模的社会变革运动,即洋务运

---

① 胡绳:《中国共产党的七十年》,中共党史出版社 1991 年版,第 4 页。

动、戊戌变法运动和"新政"运动。这三次社会变革运动时间上前后相继,范围上不断扩大,程度上不断加深。在这三次社会变革的推动下,中国早期现代化经历了从初步产生,到逐步扩大和深化的发展过程。

一、洋务运动与中国早期现代化的初步产生

洋务运动自19世纪60年代延续到90年代,是近代中国的第一次社会变革。第一次鸦片战争只是促使部分先进的中国人对外来的挑战作出了初步的思想反响,洋务运动才直接导致了工业化的兴起以及中国社会转型的开始,标志着中国早期现代化迈出了关键性的一步。

洋务工业化是在外国资本主义的影响下,在清廷内忧外患交困的危急情况下产生的。鸦片战争前,虽然中国社会已经在资金、技术和市场方面有了一定程度的积累和比较大的发展,但是,这些要素无论是在总量上,还是在总体水平上都离工业化产生的要求还有很大的差距。19世纪40年代,英国凭借着"船坚炮利"轰开了中国国门后,逐渐在沿海开办机器工厂。与之相随,西方近代科学技术开始流入中国,从而对中国产生了强烈的示范影响作用。50年代,在广东、上海出现了由中国人自己开办的工厂。这些工厂规模虽小,却意味着中国开始出现现代机器工业。60年代前后,通过第二次鸦片战争,西方列强又从中国攫取了大量的经济、政治利益和特权,把中国进一步推向半殖民地的深渊;太平天国农民运动的风暴席卷大半个中国,几乎使清王朝遭到覆灭的命运。在勾结外国侵略者共同镇压太平天国农民运动的过程中,以曾国藩、李鸿章等为代表的封建官僚不仅亲身感受到了洋枪洋炮的威

力,而且率先受到西方资本主义的影响。为了维护清朝的统治,统治阶级内部的这些开明官僚,即所谓的洋务派深深地感到从西方引进先进的机器设备、自己开办工厂制造新式枪炮的迫切性。于是,他们先后以"求强"和"求富"为口号,从19世纪60年代到90年代,陆续创办了一批军事工业和民用工业。官办工业又进一步推动了民间商人出资办厂。从此,中国迈开了现代化的步伐。

洋务工业化主要取得了两大成果。第一项成果是建立了机器制造工厂。60年代开始出现一批机器工厂,到90年代,"由政府所创办的现代军用工业,大小共30个单位,雇佣工人一万余人,支出的经费约数千余万两"。① 这些工厂使用机器生产,规模大,分工细致,内部的管理结构复杂。例如,上海的江南制造总局拥有各种工作母机662台、大小蒸汽动力机361台、大小汽炉31座。全制造总造局的员工多达3000多人,房屋2000余间。② 局下面设立了枪厂、炮厂、造船厂和火药厂等13个专业生产厂。其他规模较大的机器制造厂的情况,如金陵机器局、福州船政局、天津机器厂等,也与江南制造总局大体相同。由此可见,这些由洋务派所创办的机器制造工厂,已经在一定程度上仿照现代企业的模式进行运作。

洋务工业化的另一项重要成果,就是兴办了股份制公司。毋庸置疑,19世纪60年代机器工厂的创办,是晚清工业组织的重大变革。然而,这些企业都属于官办军用工业的性质,有现代企业之"形",而无现代企业之"实",远非真正意义上的现代企业。由于

---

① 转引自罗荣渠:《现代化新论》,北京大学出版社1993年版,第284页。
② 参见《江南制造厂厂史》,江苏人民出版社1983年版,第30页。

在经费来源、产品分配、经营管理以及员工构成等方面,这些企业完全由官府来掌控,远离市场和社会,这样,企业内部先进的生产技术和管理机构与落后的经营体制之间存在着严重的矛盾;加之资金不足、材料匮乏、交通滞后,企业的发展举步维艰。因此,从70年代起,洋务派又在采矿、冶金、纺织等行业开办了一批民用企业。民用企业产生的背景和目的、民用工业产品的性质决定了民用企业在资金、原材料来源、产品分配、经营管理以及员工组成等方面不得不摆脱军用工业的模式,而力图按照市场经济和商品生产的要求来运作,股份制公司因此应运而生。如开平矿务局、上海机器织布机局等都实行集股经营。股份制不仅改变了企业资本的构成,而且使企业的所有制形式发生了变化。企业由洋务初期官办形式一统天下发展到官督商办、官商合办和商办等多种形式并存,股民也在一定程度上获得了参与企业管理的权利和机会。此外,这些企业在产品分配、员工组成等方面也与市场和社会的关系日益密切,基本形成了现代企业的雏形。股份制形式不仅仅是在民用工业企业普遍实行,在企业化的交通、邮电、新闻出版等领域也崭露头角。股份制体现了社会化这一现代企业的重要特征。

但是,洋务运动所存在的弊端是极为明显的。这场社会运动毕竟不是封建经济自然发展的产物,而是由少数浸透了"中学为体,西学为用"道统思想的封建地方官僚和绅商在特殊的历史背景下所发起、领导的,带有鲜明的统治阶级的目的性、意志性和保守性,因此,工业化一开始就走上了一条有悖于工业发展规律的畸形道路。其主要表现是:第一,不按经济规律办事。军、民用企业发展的顺序和比率失调,军用工业超前和过重,民用工业滞后而过轻。洋务工业源于军用工业,在洋务运动30年中,清廷始终把军用工业当作投资的重点,总共花费了 4500 万两国库经费,在中央和地方建立大小军工企业 19 个。① 第二,在工业发展的过程中,官、民(商)的地位和关系极不正常。洋务运动从官办企业起步,形成了官僚垄断的局面;民间工业产生相对较晚且处处受到排挤和压榨,始终未能获得独立和合法经营的地位。即使是在官督商办和官商合办的企业中,也往往是官府权重,商民位轻。这些企业虽然吸收私人股金,但是入股的商人对企业没有任何发言权,大小事务都由官方指派的总办、帮办等人掌握。官府肆意干涉企业内部事务,商民的利益和权利经常受到剥夺或侵犯。基于此因,民间工业的发展极为曲折和艰难,虽历经 30 多年,也未能形成应有的规模。第三,在这场运动中,国家根本没有统一的规划,没有振兴经济的全局考虑。洋务派官僚只是在沿江沿海的部分城市,单纯而有限地引进一些先进机器设备,在原有的社会结构中开办新企业,根本没有形成一场全国性的运动。相反,当时整个社会还基本上处于一派震惊、迷惘之中,还没有真正在客观环境与主观意识上转入近代。可见,洋务工业化是一场局部的、严重畸形的早期现代化运动,并没有步入正常的发展轨道。尽管洋务运动取得了不少的成果,但是它终究逃脱不了失败的命运。

诚然,创办洋务工业化的初衷是,为了镇压人民大众的反抗和增强防御外敌能力,维护清朝的反动统治,不可避免地存在种种弊端。但是,它毕竟使中国第一次有了现代化产业,刺激着新的社会因素的产生和发展。新的社会因素一经产生就冲击和瓦解着传统

① 参见孙疏棠:《中国近代工业史资料》第 1 辑下册,科学出版社 1957 年版,第 1003 页。

的社会结构,导致晚清社会结构开始转型。这种社会转型主要表现为社会组织和社会结构以及社会心理、社会思潮发生了初步的变化。

社会组织的变革主要表现在工业、交通、邮电、教育及军事领域。除了机器工厂之外,还出现了轮船局(公司)、铁路公司、邮电局等现代交通邮电部门;开始出现现代新闻媒体;还出现了三支近代海军和第一支现代化的陆军——"定武军"。

随着工业化的产生、新职业类型的出现,以及社会组织的分化,传统的社会等级结构开始瓦解。首先,从旧式的地主、商人、官僚和买办中分化出来一些现代工商业者,如盛宣怀、唐廷枢和郑观应等人。他们投资新式工商业,成为中国最早的资产阶级成员。其次,产生了近代产业工人。这是一个新兴劳动阶级,他们以出卖劳动力为生,散布于现代工业交通邮电等部门。第三,涌现出近代知识分子群体,包括现代科学和工程技术人员、现代企业管理人员、现代教育工作者和现代新闻工作者。此外,还出现了一批现代军人和现代外交人员。

经济变动、社会开发,社会心理也随之而悄悄变易。由于在洋务派模仿资本主义的生产模式所创办的新式军工和民用企业中,开始引进西方先进的生产技术和科学文化,使随之而来的现代资本主义思想、文化和生产方式开始在中国扎根,国人封闭的心态逐步打破。重农轻商、重义轻利、厚古薄今等传统的价值观念受到严重的挑战,重商、重利、务实等观念开始萌生。社会思潮的变革更是显著。"中学为体,西学为用"一度是洋务运动的指导思想,成为朝野上下所追逐的时尚思潮。这种思想主张学习、引进西方先进的科学技术以维护传统的君主制度以及传统的价值观念,对于打破闭关自守、泥古拒变的封闭状态具有不可否认的进步性和积极作用。这一切充分说明,洋务运动时期的中国社会,不仅已经开始了早期现代化含义中的民族化和工业化活动,而且在民族化和工业化的带动下产生了民主化的思想萌芽。随着工业化的发展、开发和扩大以及传统社会体制弊端的日益暴露,19 世纪 90 年代前后,一种主张全面变革传统社会体制的改革思想就替代了洋务思潮。

二、戊戌变法运动把中国早期现代化从工业化推进到民主化

清末的第二次社会变革运动,是发生于 1895 年至 1898 年的戊戌变法运动。在这一时期,初步兴起的、力图全面变革社会制度的倾向民主运动,使中国早期现代化从工业化扩展到民主化,从社会表层的技术、器物革新深入到社会深层结构的变革,从而扩大和加深了现代化的范围和程度,加快了中国早期现代化全面产生的进程。

经过洋务运动的变革,到 19 世纪 90 年代,民主运动已经是"山雨欲来风满楼"。一方面由于工业化的发展,社会结构发生了初步的变化,逐步形成了现代工商业者、产业工人、现代知识分子和其他现代专业工作者等新阶级、阶层。他们代表了新的生产方式和社会形态,具有现代思想观念和知识技能。然而,旧的社会体制极大地阻遏乃至完全束缚了这些新群体在中国推动现代化发展的努力和要求;传统的社会权力结构中也没有他们的位置。因此,他们要求变革社会制度。这是清末民主运动得以发生的社会基础和内在动力。另一方面,随着帝国主义侵略的加深,西方社会思想如潮水般地涌入。人们从西方先进的社会制度和中国传统的社会

体制的对比中,深深地感到革新制度、改革社会体制的重要性和迫切性。19 世纪 80 年代以后,一批先进人士开始反思洋务运动,感到洋务运动所推动的、小修小补的、"换汤不换药"的变革根本不可能解决严重的社会危机,初步提出了变革社会体制的主张。尤其到了 90 年代洋务运动的末期,传统社会体制越来越成为工业化进一步发展的障碍,变革的呼声更是一浪高过一浪。

帝国主义列强侵略的加深,是清末民主运动发生的直接诱因。中日甲午战争以中国战败并签订耻辱的《马关条约》而告终。"一种前所未有的危机气氛形成了,全国弥漫着被瓜分的恐惧。"①深重的民族生存危机,成为促使中华民族惊醒的强大精神力量,它迫使人们在失败、痛苦和屈辱中,反思自己的处境,深究自己的弊病,从而以一定的反应来应对外来的挑战。人们既怒侵略者的贪婪,更恨清廷的无能。日本由于全面采行"西学",在各个层面都推进现代化,仅仅用了二十余年的工夫,就一举"脱亚入欧",打败了更早搞洋务却未得其法的中国。当时的有识之士由此而得到启迪,认识到中日之战其实是新旧社会体制之战,是先进的君主立宪政体战胜了落后的君主专制政体。变革中国陈旧的社会制度迫在眉睫! 当时正在北京应试的一千多名举人在康有为等人的领导下联名上书光绪皇帝,提出"拒和"、"迁都"、"变法"的主张。清末民主运动由此揭开序幕。戊戌民主运动的主体是一批传统士人向现代知识分子转变,主张维新的文学人士;主要目标是全面变革陈旧落后的社会制度,建立君主立宪政体;运动的方式是和平、非暴力的,希望通过先自下而上然后又自上而下的方式、循序渐进地推进

---

① [美]费正清:《剑桥中国晚清史》,中国社会科学出版社 1985 年版,第 323 页。

变革。

戊戌民主运动爆发后在社会上产生了巨大的影响。其影响迅速从学界扩展到政界、军界,从京城扩展到全国各地。为了推动民主运动的深入发展,促使清廷维新变法,维新派开展了一系列活动。首先是创办学会。维新派先后创办了强学会等一大批学会,集结、培养了一大批维新骨干,成为各地民主运动的领导中心。其次是开办新式学校。一批新式学校,如时务学堂等脱颖而出。三是出版新式报刊。维新派利用报刊发表大量文章,鼓吹维新变法。

在康有为、梁启超等为代表的维新派的推动下,一场以建立君主立宪制政体为目标的民主运动于 1898 年达到高潮并导致戊戌新政的产生。光绪皇帝于 6 月 11 日颁布"定国是诏",宣布正式实施变法。从 6 月 11 日到 9 月 21 日,先后发布了一系列变法诏令,主要内容有:设立农工商总局、路矿总局,提倡创办实业、修筑铁路、开采矿藏、开办现代邮政;组织商会、农会;改革财政,编订国家预算,设立国家银行;删改则例,裁撤闲散衙门,裁汰生员;广开言路,容许士民上书言事;裁汰绿营,以西法练兵,改练洋操;废除八股取士,改试策论;取消书院,广设学堂,设立京师大学堂;派留学生;设译书局;准许自由开办报馆、学会;奖励科学著作和发明等。

民主化是现代化不可缺少的一项内容,也是工业化发展的必然结果。民主化又是一个漫长的历史过程,必须经过长期的积累,而并非一两次民主运动就能够完成的。戊戌变法运动正是这一历史过程的始发站,是中国历史上第一次具有现代意义的民主运动。它开始突破了物质与精神分割的"中体西用"的思维定式,全面提出了西方科学技术和民主政治制度的现代化纲领和措施,大大改变了中国传统的价值观念和理论结构。中国社会从此走上了民主化的不归路。

戊戌新政的变革范围涉及经济、政治、军事、教育、文化等方面，触及社会制度的变革，因此，无论变革的广度、深度和力度都超过仅触及器物层面的洋务运动，已经涉及中国早期现代化的核心内容。但是，由于变法运动危及力量十分强大的保守势力的特权和利益，而它的支持者只是一个没有任何实权的皇帝和少数政治经验匮乏的旧式知识分子；加上变革过程缺乏周密的统筹和安排，许多变革措施推进得过猛、过快，因而遭到保守势力的抵制和反对，最终被保守派残酷镇压。这次社会运动没有能够冲决封建专制主义的大堤，只是在历史的长河中留下了一抹淡淡的涟漪。戊戌变法的失败，意味着中国早期现代化的暂时中断。

三、清末"新政"基本铸就了中国早期现代化的轮廓

保守派对戊戌变法的镇压，不但没有缓解日趋尖锐的社会矛盾，反而更进一步暴露了传统社会体制的腐朽没落。八国联军侵华和《辛丑条约》的签订，使中华民族遭受了空前的损害和屈辱，民族危亡进一步加深。孙中山领导的反清民主革命愈演愈烈。全面变革社会体制已经成为当时刻不容缓的历史任务。在沉寂了短暂的数年之后，国内国外、朝廷上下要求改革的呼声再次响起。在这种情况下，早已丧失了"颜面"、成为"洋人的朝廷"的清朝统治集团，从"天朝上国"的中世纪迷梦中彻底惊醒过来，认识到如果不改革旧的社会体制，也就无法继续维持统治。1901 年，双手沾满戊戌变法人士鲜血的慈禧统治集团就又不得不重新回到了改革的道路上来，企图通过"刷新政事"、"振兴工商"达到维持统治、挽

回权力、抵制外资的目的。于是，一场新的社会变革运动开始了。这也就是清末"新政"。清末"新政"从1901年开始到1911年止，历时11年，是晚清第三次社会变革，也是晚清三次社会变革中规模最大、影响最深的一次社会变革。这次始于20世纪初期的社会变革运动所带来的社会效应，是前两次无法比拟的。工业化继续发展，民主化继续深化，两者都出现高潮并取得了新的成果：清末经济、教育、军事及政治各领域的社会制度已经发生或开始发生了全面、系统的变革，从而构成了中国早期现代化启动的前奏。清末"新政"使中国早期现代化正式全面展开。

首先，清末"新政"时期出现了中国历史上第一次工业化的高潮。鉴于以往工业化的经验，迫于新兴资产阶级的强大压力，为了适应工业化发展的客观要求，20世纪初，清政府调整了工业化的政策。由过去的工业官僚垄断改为积极扶持民间工业的发展，并赋予法律制度的保障。从1903年起，清廷成立商部（后改组成农工商部），陆续颁布了《奖励公司章程》、《商会简明章程》等一系列法律法规，承认民间商人自由经营现代工商、铁路和金融业的权利，确立了现代企业的合法地位。从而使工业化纳入了法治的轨道，正式建立了现代企业制度。这是清末工业化的巨大成就。在清廷工业化政策的推动下，加上回收权力、抵制洋货运动等其他历史因素的影响，20世纪初，中国出现了一次工业化的浪潮。从1904年起，民办企业数明显增加，出现了私人集资办企业以取代官办企业的明显转变。到1911年，各地出现了民办工厂347家。① 中国从沿海口岸到内地农村，都更强烈地受到现代化经济

---

① 参见陈真：《现代工业史资料》第1辑，三联书店1957年版，第38—57页。

成分的影响,中国新兴的工商业阶层也因此实力大增。

与此同时,民主运动重新焕发生机并得到迅速的发展。与戊戌民主运动相比,清末民主运动在模式、运动方式、组织水平和结局等方面都有了明显的提高,民主运动不断走向成熟。从规模上看,民主阵线扩大了,参加民主运动的阶级、阶层增多。在不同时期、不同程度上,现代知识分子、现代工商业者、产业工人、农民、市民、军人甚至一些具有开明思想的官僚和军阀都加入民主阵线或被卷入民主运动,其社会动员广泛性大大超过戊戌变法时期。民主思想已经深入人心,并转化成具有广泛影响的社会运动。就运动方式而言,呈现出多样化的趋势,形成了民主运动的两大阵营。一是革命派,主张用暴力、革命的手段推翻清王朝的封建统治,建立一个现代资产阶级共和国;一是立宪派,主张在不废除君主的前提下,通过和平、合法和渐进的方式改革传统的政治体制、制定宪法,召开国会,以建立君主立宪政体。无论是革命派还是立宪派都对早期现代化的全面展开作出了极大的贡献。革命派利用报刊大力宣传民主思想,唤醒了民众的民主意识;还多处发动武装起义,组织民众投身到民主运动中去。革命派的存在及其影响和力量的不断扩大,对清廷构成直接威胁和巨大压力,迫使清政府加快变革的步伐。立宪派则积极参与推动了宪政改革。从五大臣出洋考察各国政治,到仿行宪政的实施,再到宣布提前召开国会,基本上是立宪派直接推动的。他们利用资政院、咨议局等合法场所,抨击专制政治,推动宪政改革。这一时期的民主运动的组织水平也有了很大的提高。戊戌民主运动的组织者是各地的学会;清末民主运动中则出现了现代政团、现代政党组织。革命派以中国同盟会为领导核心,这是中国第一个现代政党。立宪派先是建立了一些立宪团体,如预备立宪公会、政闻社等;后来又建立了宪友会、宪政实进会等现代政党。从民主运动的结局看,戊戌民主运动最终以流血失败而告终;清末民主运动则取得了不少实质性的成果,尤其是导致了政治体制的变革。

工业化和民主化运动推动了清末经济、教育、军事和政治等领域的变革,使中国传统社会开始解体,现代社会渐露头角。经济制度的变革前文已述。在长达12年的"新政"中,教育制度的变革是各项变革中进行得最广泛、最深入的一项,表现为科举制度的废除和新学制、现代教育制度的确立。1903年颁布了《奏定学堂章程》,订立了全国统一的新学制。1905年清廷宣布废除科举:"自丙午科为始,所有乡、会试一律停止。各省岁、科考试亦即停止。"这样,在中国历时上千年的科举制度终于寿终正寝,新旧教育制度的废立自此完成,也使中国沿袭了上千年的人才选拔制度、社会阶层流动模式发生了质变。

军事制度的变革主要是,改革军事行政机关和军制以及编练新军。自1903年开始,清朝开始在全国普练新军,建立了新军制。到1911年,除设立了陆海军部军咨府等新式军事统率机构、兴办了一批新式军事学堂、向国外派遣一批军事留学生之前外,还编练了14个镇的新军。清朝的军事变革初步造就了一支现代化军队的基础。尤为重要的是,素质较高的新军军官和士兵,在掌握现代科技装备和军事战术的同时,也受到了自由民权思潮的影响,对清朝的专制腐败产生不满,产生立宪或革命的思想倾向,并成为加速清朝灭亡的因素。

虽然政治制度的改革刚刚起航,但是具有极为重大的意义。"新政"初期,清政府主观动机是希望通过振兴以工商为核心的工业化,以增强自身的统治基础,把变革限制在非政治领域,至多调整一下行政组织,合并或增加一些行政机构,不愿意进行社会变革。然而,腐朽的政治体制已经成为中国社会变革的重大障碍,工业化和民主化运动的发展要求冲破专制政治的牢笼,政治改革终于没有也不可能回避。在社会各界和严峻形势的强大压力之下,1906年9月,清廷被迫宣布实行仿行宪政,按照立法、司法、行政三权分立的现代政治原则改革现行的政治体制。尽管各项政治制度实行的初衷、程度、效果都不尽如人意,但是反映了现代化时代大潮所带来的理念转变。历来至高无上的皇权在逐渐觉醒的民权意识冲击下被迫接受了法律条文的规限;资政院、咨议局得到设立与开展活动,在封建专制政体上凿开了一个民主政治的缺口,标志着中国传统的君主专制制度正在向君主立宪制度转变。

由上可见,"新政"后,当时的中国社会开始形成了在中央政府领导下的全国性的早期现代化潮流,从而把中国的工业化、民族化和民主化运动提升到一个新的水平。这也就为辛亥革命后的早期现代化作了充分的准备。尽管如此,中国社会封建专制统治依然如故,传统的社会结构改变也不大,真正的资产阶级的议会制度还没有确立,获得了一定发展的资产阶级还处于无权的地位。所以,"新政"时期的现代化仍然处在早期现代化的准备阶段。

第三节　中国早期现代化的发展与挫折

清王朝的覆灭,标志着中国早期现代化进入了一个新的发展阶段。以孙中山为首的中华民国临时政府、北洋政府以及南京国民党政府为推进中国现代化,先后作出了一定的积极努力。中国早期现代化在程度上有所提高,在规模上有所发展,在成分上有所变化。但是,由于中国仍然缺乏实现现代化的历史条件,这一时期的现代化并没有达到现代社会的目标。

一、孙中山与中国早期现代化道路

孙中山既是中国民主革命的先行者,又是中国现代化的伟大先驱。他对中国早期现代化的卓越贡献,不仅表现在他领导中国人民推翻了封建专制统治、为中国早期现代化的正式启动创造了必要的前提,而且在于他突破了前人的单一现代化框架,为中国指明了一条从政治改革到经济改革,从社会教育到文化思想、价值观念全面更新的现代化道路。

孙中山对中国早期现代化道路的设想,经历了一个逐步发展和深化的过程。起初,"孙中山企图一展其经世抱负,知遇于当道以实现其建设民富国强的夙愿"①。也就是说,孙中山希望通过权贵的相助,改革中国经济,实现中国社会的转型。1890、1891 年,孙中山分别写了《致郑藻如书》和《农功》,提出"效法于人,蕲胜于人"的基本原则。随后,孙中山将这一原则具体化,并于 1894 年上书李鸿章。《上李鸿章书》是"一个在教育、农业、工矿业、商业、交通业等方面学习西方使中国实现近代化的方案"。② 在这一文献中,孙中山首次提出中国走向现代化,可以借鉴西方、超越西方、后来者居上的战略构想:"间偿统筹全局,窃以中国之人民材力,而

---

① 沈渭滨:《孙中山与辛亥革命》,上海人民出版社 1993 年版,第 35—38 页。
② 《"孙中山与亚洲"国际学术研讨会论文集》,中山大学出版社 1994 年版,第 873 页。

能步武泰西,参行新法,其时不过二十年,必能驾欧洲而上之。"①
但是,上书如石沉大海。上书失败使孙中山深深感到清廷腐败无
可救药,就转而从事反清革命斗争。在长期的革命实践中,孙中山
针对 19 世纪末 20 世纪初,中国社会面临的民族危机、政治危机和
社会危机的实际情况,结合西方的社会政治理论学说,逐步为中国
的政治、经济以及文化教育等方面的现代化作出了较为全面的规
划和目标设定。由于中国历史条件的不成熟,社会发展水平低下,
以及当时世界范围内缺乏系统的、可以借鉴的理论参考系,孙中山
没有从现代化的视角,给中国人民留下专门的现代化理论论著。
他对中国早期现代化的设想,主要散见于三权分立、五权宪法、建
国大纲、建国方略等重要论著中。

政治现代化在孙中山的现代化蓝图中,被置于首要位置。这
一点与孙中山长期对中国特殊国情的认识和审视分不开。在长期
的实践中,孙中山越来越认识到这样一个事实:封建主义是中国实
现现代化的内在障碍。封建专制暴政"妨碍我们在智力方面和物
质方面的发展",造成可怕的贫穷和落后;使人民处于无权的状
况,"无一非被困于黑暗之中"。"中国数千年来都是君主专制政
体,这种政体,不是平等自由的国民所堪受的。"②而帝国主义列强
更是不会容许中国走上现代化道路的。"我坚决相信,如果我们
稍微表现出要走向这条道路的趋向时,那么整个欧美资本主义世
界就会高嚷着所谓工业的黄祸了。因此,他们的利益就是使中国
永远成为工业落后的牺牲品。"因此,孙中山明确指出:"国家最大

---

① 《孙中山全集》第 1 卷,中华书局 1981 年版,第 236 页。
② 《孙中山全集》第 1 卷,中华书局 1981 年版,第 326 页。

的问题是政治,如果政治不改良,国家里头无论什么问题都不能解决。"他主张通过"国民革命"的途径和手段推翻作为"恶劣政治之根本"的封建专制制度,而"讲到那政治革命的结果,是建立民主立宪政体"。① 他确信"一个新的、开明而进步的政府"的建立,必将为中国未来经济发展打下基础,并在短时期内使自己摆脱困境,跻身于世界发达国家的行列。

建立"一个新的、开明而进步的政府",也就是实现政治的现代化。政治现代化的最基本特征是政治民主化。因此,在充分借鉴西方民主、平等思想和中国传统的民本主义精神的基础上,结合中国长期遭受封建专制统治的特点,孙中山对实现中国政治制度的民主化,建立一个资产阶级民主共和国进行了有益的探索。

首先,孙中山主张建立一个中央集权的政府,形成一个"集中人民力量来为人民办事"的合法权威,②以摆脱中央政府的无为状态,发挥中央政府的整合能力和协调能力。

其次,在国家的制度建设上,孙中山设计了一个细致、复杂且具有严明纪律的现代行政机构,提出了五权分立的政治构想。五权,即立法权、司法权、行政权、考试权和纠察权。孙中山认为,虽然三权分立的原则对巩固资产阶级政权、对限制和监督行政权起到了一定的作用,但由于行政机关常常对立法机关采取忽视的态度,因而,在国家行政实践上,很难真正做到行政与立法、司法的分离和相互监督,从而造成行政弊端。因此,为了保证新政权的稳定和行政的高效率,孙中山一方面充分借鉴了体现资产阶级民主精

① 《孙中山全集》第 1 卷,中华书局 1981 年版,第 325 页。
② 《国父全集》第 1 册,台北近代中国出版社 1989 年版,第 141 页。

神的三权分立的原则,另一方面又挖掘了中国古代政治制度中长期推行的考试制和监察制,在立法权、司法权、行政权之外再加上考试权和纠察权,其目的就是试图突破西方代议制民主的根本缺陷,通过考试,使大小官吏"除却盲从滥举及任用私人的流弊"。① 通过监察,以避免西方立宪国家立法机关兼有监督权限而常常导致议院专制的弊病。与上述构想相适应,国家机构由"五院"组成,即中央政府由在权力上完全平行的行政院、立法院、司法院、考试院、监察院组成。"相待而行,不致流于专制",同时"分立之中,仍相联属,无伤于统一,这才是立宪之精义"。② 孙中山的用意在于通过划清政府和人民的权力,实现政权与治权的分离。政权即人民拥有的权力,包括选举权、罢免权、创制权、复决权。治权即政府拥有的权力,包括行政权、立法权、司法权、考试权和监督权。人民掌握了政权,就可以直接参与国家政治;而政府拥有了充分的职能,就使政府能够以较高的效率管理全国事务。政权就是人民大众行使权力参与政治的过程,政府权运行时,人民又可以运用罢免权和复决权进行制约,也是一个参与过程。这样,就可以最大限度地发挥民权的制衡作用,同时也可以使政府职能得到最充分的发挥。在国家的制度建设上,孙中山十分注重在政府与政府之间和政府与民众之间建立起合理而有效的监督和制约机制。应该说,这是极具创见性的。这不仅为辛亥革命后中国政治现代化提供了较为合理的发展模式,更为重要的是,无论在理论上还是在实践上,它对中国未来政治发展都具有很大的借鉴意义。

①　《孙中山全集》第 1 卷,中华书局 1981 年版,第 330 页。
②　胡汉民:《总理全集》第 1 集,上海明智书局 1930 年版,第 208 页。

再次,孙中山着重提出了全民政治的观念。孙中山认为中国两千多年的封建君主独裁专制政出一人,老百姓没有任何民主权利,也没有民主参政意识,因此,必须通过革命的手段推翻封建政治制度,建立一个"主权在民",而非"主权在君"的新型国家政权。为了真正做到还政于民,他提出了"直接民权"的思想,以作为"全民政治"的基础。为了追求"直接民权"理想,孙中山主张全体社会成员平等地、最大范围地参与政治过程。按照他的设想,大多数人参与政治的途径应当是直接行使选举、罢免、创制和复决四大民权。他说:"人民有了这四个权,才算是充分显现民权;能够实行这四个权,才算是彻底的直接民权。从前没有充分民权的时候,人民选举了官吏、议员之后便不能够再问,这种民权,是间接民权。间接民权就是代议政体,用代议制去管理政府,人民不能直接去管理政府。要人民能够直接管理政府,便要人民能够实行这四个民权。人民能够实行四个民权,才叫做全民政治。"①由于孙中山在中国未来政治发展模式上坚持了全民政治的方向,而这个方向体现了中国近代以来社会发展的总趋势,因此,辛亥革命后,新政府的目标和手段能够在较大的程度上得到了合理而稳定的认同,从而在相当长时间内和相当大的程度上获得了权威性和稳定性。而新政府就是利用了这段宝贵的时间,迅速而有序地贯彻、推行自己的政治主张,并通过这些主张推进中国的现代化。

最后,政党政治是孙中山实现政治现代化的一个重要目标。孙中山在长期革命实践中充分认识到,政党是中国政治走向现代化的根本所在。基于这种认识,他提出了一整套关于政党的地位

---

① 《孙中山全集》第9卷,中华书局1986年版,第350页。

与作用、两党制或多党制以及政党建设的设想。孙中山的政党政治理论主要集中在两个方面,一是政党在现代政治生活中的地位和作用以及如何加强和完善党的自身建设;二是在国家政治制度化的前提下,如何发挥政党的作用以推动政治的发展。

孙中山始终认为,政党的建立对于国家的政治发展具有决定性的意义。因此,从他参加革命活动时起,就把建立一个坚强的政党以及把政党作为他领导中国革命与中国政治现代化建设的一个非常重要的目标。同时,孙中山认为,政党政治是民主政治的重要内容之一,中国实现民主政治必须依赖于政党政治。他说:"无论世界之民主立宪国、君主立宪国,固无不赖政党以成立者",①而"共和立宪国之政治,……未有不以政党为其中心势力",②即一方面,政党必然是民主共和政治的基本标志;另一方面,只有以政党作为国家政治发展的推动力量,民主共和政治才能存在和发展。孙中山还十分重视政党的自身建设,即党纲、党德的建设及党员自身觉悟的提高。他首先强调党的政治路线的确定,应当以国家的前途为进退,这既是政党存在的基础,也是政党能够取得事业成功的前提。"政党欲保持其尊严之地位,达福国利民之目的,则所持之党纲,当应时势之需要,以合乎世界之公理。"③同时他还指出提高党员自身觉悟对政党的重要性:"政党之发展,不在乎一时势力之强弱,以为进退,全视乎党人智能道德之高下,以定结果之胜负。使政党之声势虽大,而党员之智能道德低下,内容腐败,安知不由盛而衰? 若能养蓄政党应有之智能道德,即使势力薄弱,亦有发达

---

① 《孙中山全集》第3卷,中华书局1984年版,第5页。
② 《孙中山全集》第2卷,中华书局1982年版,第397—398页。
③ 《孙中山全集》第3卷,中华书局1984年版,第1页。

之一日。"①

在国家政治制度的设计上,孙中山主张中国应在共和制的基础上,实行两党或多党轮流执政制度。他说:"要知文明各国不能仅有一政党,若仅有一政党,仍是专制政体,……欲免此弊,政党之必有两党或数党互相监督,互相扶助,而后政治方有进步。"②孙中山认为,虽然政党政治是现代政治制度的一个基本特征,政党在国家政治中占有中心地位,但由于政党也只是代表着一定的政见而活动于国内,如果某一政党不以国家为重,而专行私见,必于国家无益,因此,在中国未来政治发展模式的选择上,应实行两党或多党制,既有执政党,又有在野党。这样,如"甲党执政,则甲党以所持之政策尽力施行之。而乙党在野,则立于监督者之地位,有不善者则纠正之,其善者则更研究至善之政策,以图进步焉"。③

上述设想是以资产阶级政党为主要特征的。由于在鸦片战争后资本主义已经成为中国社会发展的总趋势,所以这种政治上的设想无疑是当时中国政治发展的基本方向。

政治现代化不可能是政治层面的单方面的流动,它需要社会和经济的变革来分裂传统的社会和政治集团,从而形成政治与经济的双向互动。而现代化的一个很重要的层面,正是现代科学技术在生产中的广泛应用,并导致经济结构的根本性转变。所以,经济现代化在孙中山的现代化思想框架中被置于杠杆地位。孙中山对经济现代化的构想,主要包括如下几个方面:

第一,以交通运输业为突破口,重点发展"关键及根本工业",

① 《孙中山全集》第3卷,中华书局1984年版,第2页。
② 《孙中山全集》第2卷,中华书局1982年版,第408页。
③ 《孙中山全集》第3卷,中华书局1984年版,第63页。

相应发展"本部工业"。中国经济的落后是全面的落后,因此,中国的发展必须是全面的发展。但是,全面发展并不等于没有重点。孙中山认为,推进经济现代化必须突出交通运输业的龙头作用。"实业之范围甚广,农工商矿,繁然待举而不能偏废者,指不胜屈,然负之可举者,其作始为资本,助之而必行者,其归结为交通。"①要振兴实业必须从发展交通运输业着手,而交通之中又以铁路为最重要。在孙中山看来,"交通为实业之母,铁道又为交通之母"。②孙中山反复强调交通、铁道建设的极端重要性。他指出,"铁路利于转运",为"发展中国财源的第一要策",铁道可以"通无有、兴实业、裕民生、济荒欠"。故"今日谋富国之策,非扩充铁路不可"。相反,"苟无铁道,转运无术,而工商皆废,复何实业可以图"。所以"国家之贫富,可以铁道之多寡定之,地方之苦乐,可以铁道之远近计之"。③发达交通对于国家的统一、政治的巩固以及社会的文明,都有极大的关系。因此,孙中山从全面推进经济现代化和对外开放的高度出发,提出了全国修建10万英里铁路,以五大铁路系统,把全国内地、边疆与沿海港口联系起来的计划,从而使中国"铁路纵横,四通八达"。孙中山对发展公路、水运和港口的建设也非常的重视。在当时的历史条件下,孙中山的宏伟交通规划是全面的、鼓舞人心的。孙中山提出优先发展交通运输业,主要是从两个方面来考虑:一是市场的需要。中国有大量的农产品和矿产品等大量物资需要出口,外国有大量的资金、技术设备,因此,必须保证交通顺畅,才能保证贸易的双向交流,保证中国现代

---

① 《孙中山全集》第2卷,中华书局1982年版,第383页。
② 《孙中山全集》第2卷,中华书局1982年版,第489页。
③ 《孙中山全集》第2卷,中华书局1982年版,第490页。

化的顺利进行。二是促进内地经济的快速发展。通过交通运输网络的建设，加强沿海地区和内地的交流，改善投资环境，吸引外来资金和人才。

孙中山认为工业化是中国经济现代化的根本。他把中国工业分为两类：一类是"关键及根本的工业"，包括原材料工业、采矿业、机器制造业等重工业部门；另一类为"本部工业"，包括粮食加工业、纺织业、服装业、建筑业以及印刷业等轻工业部门。孙中山高度重视为经济的发展提供能源、原材料的基础工业。他认为，"矿业产原料以供机器，犹农业产食物供人类。故机器者实为近代工业之树，而矿业者又为工业之根"。"如无矿业，则机器无从成立；如无机器，则现代工业之足以转移人类经济之状况者，亦无从发达。总而言之，矿业者为物质文明与经济进步之极大主因也。"①因此，他提出大力发展中国的钢铁冶炼及石油、煤炭和有色金属等采矿业，特别是钢铁工业。孙中山也十分重视作为"工业心脏"的机器制造业，认为"机器巧，则百业兴，制作盛；上而军国要需，下而民生日用，皆能日就精良而省财力，故做人力所不及之工，或人事所不成之物"。他强调"我中国地大物博，无所不具，倘能推广机器之用，则开矿治河易收成效，纺纱织布有以裕民"。②因此，他提出各类工业部门、农业、交通运输业等诸多经济领域普遍推广运用机器生产的具体规划。与此同时，孙中山重视各部门间的相互依赖、相互制约的关系，提出要通过优先发展基础产业和支柱产业，进而带动"本部工业"的发展。

---

① 《孙中山全集》第 6 卷，中华书局 1985 年版，第 353、389 页。
② 《孙中山选集》上卷，人民出版社 1956 年版，第 12 页。

孙中山这种以交通运输业为突破口，重点发展"关键及根本工业"，相应发展"本部工业"的思想，实际上为中国设计了一条由重工业到轻工业的发展道路，这是一条不同于早期西方工业化的道路。优先发展重工业的思想，反映了孙中山对经济现代化产业结构转化的非同寻常的战略选择。

第二，提出实行开放主义，通过对外开放加速本国经济现代化的步伐。发展实业、修建铁路、港口、开掘矿山需要巨额资金和技术，但是，中国向来有妄自尊大的传统，不愿意学习其他国家的长处，不善于利用其他国家的资源。为此，孙中山提出实行开放主义。首先是要引进外国资金。贫弱的中国不可能筹集大量的资金去发展各项事业。"我们要拿外国已成资本，来造中国将来的共产世界，能够这样做，才是事半功倍。如果要等我们自己有了资本之后，才去发展实业，那就太迂缓了。"①因此，"今日中国唯有欢迎外资，变向来闭关自守主义，而为门户开放主义"。② 孙中山满怀信心地认为："夫以中国之地位，中国之富源，处今日之时会，倘吾国人民能举国一致，欢迎外资，欢迎外才，以发展我生产之事业，则十年之内，吾实业之发达，必能并驾欧美矣。"③但是，孙中山认为对外开放主义、引进外资必须坚持一定的原则。那就是：一是维护本国主权。他告诫人们，"惟只可利用其资本人才，而主权万不可受之于外人。事事自己处于原动地位"。④ 二是引进外资，用于生产。鉴于清政府大量借用外资，不仅失去了主权，而且所借外资用

---

①　《孙中山选集》下卷，人民出版社 1966 年版，第 807 页。

②　《孙中山全集》第 2 卷，中华书局 1982 年版，第 447 页。

③　《孙中山全集》第 6 卷，中华书局 1985 年版，第 224—228 页。

④　《孙中山全集》第 6 卷，中华书局 1985 年版，第 248 页。

于非生产领域,造成还贷无源、债台高筑的教训,孙中山指出:"外债以营不生产之事则有害,借外债以营生产之事则有利。"①三是取法于上。孙中山指出,使用外人技术,"不但要取法于人,而且还要取法于上",这就是说,学习人家先进的、适合于中国的东西,而不是全盘西化。他反对把西方文明"全盘照搬过来"。"我们有自己的文明",学习外国最先进的东西,要"从高尚的下手,万莫取法其中,以贻我四万万同胞子子孙孙的后祸"。② 四是中外互利。借用外款,是为了互利互惠,外商可以得到合法利益。孙中山为对外经济交往制定的原则,不仅在那个时代具有意义,就是在今天也有借鉴作用。其次,引进国外先进的技术和设备,学习国外先进的科学技术和经营管理经验与方法。这是孙中山全面推动中国经济现代化的一项战略措施。中国的生产技术极其落后,不能为近代工业提供必要的设备。孙中山强调指出:"今欧美二洲之工业发达,早于中国百年,今欲之甚短时期内追及之,须用其资本,用其机器。若外国资本不可得,至少亦须用其专家、发明家,以为吾国制造机器。"③事实证明,通过对外开放引进外资和技术,只不过是孙中山一相情愿的幻想而已。

第三,重视农业的基础地位,促进农业的发展。关于农业的发展,孙中山主要是围绕农业生产的现代化来阐述他的构想。他认为要发展农业生产,除了"解决农民解放问题之外",就是实现农业机械化。要"解决机器(农业机械化)、化肥(用化学的方法来制造化肥)、除害(根除农作物病虫害)、制造(各种农产品机械加

①　《孙中山选集》上卷,人民出版社 1956 年版,第 87—88 页。
②　《孙中山全集》第 1 卷,中华书局 1981 年版,第 282 页。
③　《孙中山全集》第 6 卷,中华书局 1985 年版,第 378 页。

工)、运输(农业机械化运输)、防灾(消除水旱等自然灾害)等农业现代化的问题"。其中,农业机械化是农业生产的首要问题和根本出路。"如果采用机器来耕田,生产上至少可以增加一倍,费用可以减少十倍或百倍。"①因此,他提出了"普遍设立农器制造厂","自己制造一切农器"等设想。孙中山主张效法西欧先进国家设立农业机关,专门管理农政;他还提出兴办农业学校,大力培养众多的农业技术人员,把农业置于先进科学技术的指导之下,以彻底改变我国农业落后的面貌。

在中国实现现代化,必须使整个民族文化心理发生相应的转变,实现人的现代化。在这一层面,孙中山有着独到的认识。他围绕"心理建设"、"革新为本"的目标,构建了一套改造民族心理的理论。首先,孙中山对国民劣根性的成因和表现进行了深刻的分析。他指出,中国传统文化专制主义的恶性膨胀禁锢了人民的思想,摧残了人才,养成了国民盲目崇拜的恶性和苟且偷安的心理。因此,全国人民必须解放思想,冲破传统文化专制主义罗网的束缚,实现思想自由。其次,孙中山强调要吸收外来养分,用欧洲学术思想启发同胞才智。孙中山主张以学校教育、文学艺术、报刊等为主要传播媒介,从一个比较广泛的社会层面发起近代宣传启蒙的活动,培养具有现代民权意识、现代国民性格的政治主体。但是,他认为学习西方并不是要背弃传统,而是努力克服传统中的消极因素,积极挖掘其中的积极因素,以创造出现代化社会与现代化的中国人所需要的价值取向,即"取欧美的民主以为规范,同时乃

---

① 《孙中山选集》上卷,人民出版社 1956 年版,第 811 页。

取数千年旧有文化而融灌之",①以"发扬固有之文化,且吸收世界之文化而广大之,以期与世界诸民族并驱与世界"。② 最后,用新式的教育来更换现存教育结构,以便一方面改变中国人中"不识丁者十之七八,妇女识字者百中无一"的状况;另一方面培养更多的掌握科技知识的人才。孙中山指出:"科学者,系统之学也,条理之学也,真知特识,必从科学而来也,舍科学而外之所谓知识者,多非政治之识也。"③孙中山从国家发展的高度来呼唤培养具有多种知识、具有健全人格的现代人,显然突破了以个人为取向的传统人才培养模式。但是,孙中山这种有意识地把"旧的最好的东西和新的最好的东西结合在一起"的努力,终因主观因素的阻碍而注定要失败。

孙中山所构想的中国现代化道路,是一条以资本主义为发展方向的现代化道路。这种构想的形成,与孙中山的人生经历有着极为密切的关系。这是他"外察世界潮流"和"内审中国国情"的一种"创制"。④ 孙中山是在檀香山和香港接受中学和大学教育的。"就是在这期间,他获得了他的政治和社会理论的背景。"⑤孙中山阅读了大量的与国计民生有关的各种书籍,系统地接受了西方近代科学文化知识和资产阶级人文学科的教育,懂得了西方的政制和礼俗,培养了注重科学、注重实践的思想方法和工作方法。"自是有慕西学之心,穷天地之想",⑥逐步滋长了民族主义和民主

---

① 《孙中山全集》第 1 卷,中华书局 1981 年版,第 560 页。
② 《孙中山全集》第 7 卷,中华书局 1985 年版,第 60 页。
③ 《孙中山选集》下卷,人民出版社 1956 年版,第 146 页。
④ 《孙中山全集》第 7 卷,中华书局 1985 年版,第 1 页。
⑤ [美]费正清:《美国与中国》,商务印书馆 1971 年版,第 148 页。
⑥ 《孙中山全集》第 1 卷,中华书局 1981 年版,第 41 页。

主义的意识。后来,孙中山又长期流亡海外从事革命活动。孙中山"先后有 31 年即一半以上的生命在异国他乡度过,先后到 14 个国家和地区旅行、活动和生活过"。① 无疑,英国社会发展的经验教训、法国的民权主义、德国统一国家和治理社会的思想、美国的共和民主制度以及日本明治维新的改革精神,都对孙中山现代化道路的构想产生了巨大而深刻的启迪作用。

历史已经证明,孙中山所构想的中国现代化道路只是一种美好的设想,根本没有实现的可能。孙中山曾在南京临时政府时期进行了短暂的民主共和试验,很快就遭到失败。

二、北洋政府时期的中国早期现代化进程

北洋军阀的统治始于 1913 年袁世凯窃取中华民国临时大总统,止于 1928 年"东北易帜"。北洋军阀统治时期,是一个 20 世纪中国政治统一与民族实力呈现最低值的时代,是一个动荡与流血的时代。在这一时期,中国政治现代化进程出现停滞,甚至倒退。与此同时,早期现代化的某些方面却得到了迅速的发展。这一时期现代化的加速发展,表现在如下三个方面:现代化经济成分高速增长;中国现代化推动力量的兴起、聚合且发生质变;形成了一个具有深远历史意义的思想解放运动。

(一)政治现代化的停滞和倒退

辛亥革命催生了资产阶级民主共和国。南京临时政府在成立后的短短三个月内,颁布了一系列有利于民主政治和资本主义发

① 《"孙中山与亚洲"国际学术研讨会论文集》,中山大学出版社 1994 年版,第 40 页。

展的法令,以法律的形式明确规定了资产阶级民主共和国的国家制度、政府组织机构和一般的民主权利。资产阶级革命派的理想似乎正在变成现实,中国即将在最完美的体制下进入现代社会。然而,事与愿违。就在袁世凯窃取了临时大总统职位后,资产阶级民主共和国就迅速开始蜕变。或者说,中国早期政治现代化的进程就停滞下来。这主要是由于当时中国的民主共和政体,是资产阶级革命派在西方现代文明的示范下,为摆脱封建专制统治所移植而来的异质政体。它并非是中国社会内部的经济结构变革的产物,在中国社会内部经济、文化、社会阶层中缺乏和它相适应的各种条件。在中国绵延了两千多年的封建制度,以集权为最显著的特征。国家与社会同构,政治结构是高度集权的官僚体制,对社会进行全面的控制。在这种结构中,政权是统治阶级的命脉,统治阶级或统治民族以皇权为中心,形成社会的控制阶级,没有任何社会势力或政治集团能够形成与中央政府对抗的实力。辛亥革命只是推翻了满清贵族的专制统治,庞大的官僚群体及其存在的基础——封建土地所有制并没有受到根本的破坏与改变。中国资产阶级虽然有了一定程度的发展,但是根本无力支撑一个现代社会制度的框架。

资产阶级民主派为改变这种状态作出了努力。先是试图用《临时约法》限制袁世凯的权力,继而联合各党派,组建国民党,希望通过政党政治将中国引向西方民主之路。令人遗憾的是,这种努力是何等的软弱且不堪一击。袁世凯上台后,利用他手中所掌握的军事实力,刺杀宋教仁,迫害国民党,解散国会,修改《临时约法》,抛弃临时内阁,辛亥革命所建立的民主制度被一步步地肢解。

但是,辛亥革命所高扬的民主共和观念已深深地根植于全民的意识中,因此,当袁世凯企图复辟帝制时,他的统治也就走到了尽头。传统帝制既不能运用其拥有的权威抵抗外来的侵略与掠夺,又没有对既存体制进行合理转化与更新,容纳更多的公众参与,以适应社会转型的需要,因此导致了自身信仰的危机。君主专制的合理性与合法性都遭到社会的怀疑与拒斥,民主共和在全民心目中则成了中国走向富强、进入现代社会的最佳选择。袁世凯逆历史潮流而动,企图利用传统帝制为自己的统治树立合法的权威,结果是自取灭亡。1916 年,袁世凯在人民的唾骂声中被钉在历史的耻辱柱上。袁世凯的可耻死去不仅标志着复辟帝制企图的失败,而且触发了中国早期政治现代化的倒退。北洋军阀集团一分为三,接着,各地地方势力纷纷拥兵自重,控制地方的军、政、财权,借此与中央对抗。于是,中国社会陷入了空前的军阀混战状态。这种动荡的局面自 1916 年一直持续到 1928 年。持续的内战似乎成了这一时期中国社会发展的常态。这是一种充满血污与罪恶的"常态"。

持续不断的军阀混战造成了多方面的社会后果。其一,彻底打破了中国传统的权力结构。军事系统的自成体系与行政、财政和司法系统沦为这一体系的附庸,使中央政府无法实现政治稳定与社会发展的目标,对中国早期现代化进程造成严重的损害。中国作为一个后发展的国家,迫切需要一个强有力的国家政权。军阀们的恶劣行径,证明他们自己不能锻造出国家的政治权力,但是他们又妨碍着各种非军事集团这样做。其二,造成了人民深重的苦难,严重破坏了社会生产力,迟滞了中国早期现代化的进程。各地大大小小的军阀都是横征暴敛,不仅把大量本来可以用于现代化建设的宝贵资源在内战中白白消耗掉,而且造成成千上万的农民流离失所、家破人亡。其三,不仅完全破坏了民主宪政,而且彻底断绝了中国以非军事的方式重建民主宪政国家的可能性,造成了中国早期现代化建设中民主政治建设的诸多后遗症。在中国,任何真正希望推进现代化的政治集团,都必须首先建立一支强大的军队。只有这样,才能改变当时中国社会的状况。

(二)现代化经济成分高速增长与现代化推动力量的兴起

北洋军阀的统治时期,是中国早期经济现代化进程中唯一的一个"黄金时期"——在政治现代化停滞和倒退的同时,经济现代化进展到一个新的阶段。现代产业和金融业开始摆脱长期以来"有增长而无发展"的被动局面,呈现出扩增的势头,有了长足的进步。这一时期经济现代化的进展,是当时有利的国际和国内条件推动的结果。从国际方面来看,当时,世界主要资本主义国家都进入了垄断时期,商品输出被资本输出所取代。为扩大资本输出,获取超额利润,新老帝国主义国家展开了新一轮对市场、原料、投资领域和势力范围的激烈争夺,终于引发了第一次世界大战。战争使欧洲各帝国主义国家的国民经济遭到严重破坏,国内矛盾加剧,不得不暂时放松对中国市场的控制,从而为中国民族工商业的发展提供了有利的外部环境。从国内方面来看,一是封建帝制被铲除,从中央到地方的盘根错节的官僚体制受到了极大的冲击。北洋军阀本来是洋务运动和清末"新政"的产物,其首脑人物对发展实业抱积极态度。自鸦片战争以来,工商业税收已经成为中央和地方的主要税源,因此,各派军阀出于自身利益的考虑都极力主张大兴实业,以便增加税源,为他们扩充实力提供物质基础。二是在推翻帝制的过程中曾发挥极大作用的资产阶级上层分子纷纷进入北洋军阀的内阁担任要职,并通过他们掌握的权力为本阶级服务,因而使北洋军阀在经济现代化方面的努力得到了强化。在这种情况下,历届北洋军阀政府都制定了若干有利于工商业发展的政策和法令,在一定程度上推动了社会经济的发展。三是在社会权威真空的状态下,政府对现代经济的控制全面放松,为产业文明的加速发展提供了较广阔的活动空间。军阀混战的局面下,中央政府和地方当局更迭频繁、忙于内战,既无能力也无手段来控制现代经济。更何况,由于这一时期的民族工商业多设立在通商口岸,军阀们对列强又多有顾虑,使得这些企业客观上沾了列强的光,较少受到战乱和军阀盘剥的骚扰。四是中国现代化经济的长足进展,主要推动力源自于中国人自身,即源于中国资产阶级和中国工人阶级的努力,源于中国企业家的进取精神和创造能力。经过几十年的艰辛探索和曲折发展,1912 年后,中国真正有了从本土成长起来的科技管理人才。正是由于这些人抓住了政治动荡的每一次间歇,恢复元气,利用每一次机会发展和前进,才创造了中国近代经济发展的辉煌。

在国内外各种有利条件的推动下,这一时期大批现代化产业如雨后春笋般涌现出来。据统计,1911—1914 年,国内新增设各种厂矿企业共 4787 家。1916 年到 1928 年的 16 年间,中国民用工矿业资本额在 1 万元以上的新增了约 1984 家,资本总额约 4.6 亿元,比前 70 年(1840—1912)增长了一倍以上。同时企业呈现出从沿海大城市向内地中小城市扩散的趋势。1914—1920 年,民族工商业的发展进入黄金时期。世界大战使国外进口产品锐减,国际市场对食品和工业原料的需求激增,国内市场则由于帝国主义势力暂时的削弱而为民族工商业实力的上升拓展了空间。因此,棉纺织业、火柴业、机器制造业、面粉业等行业都获得了相当程度的发展。其中,棉纺织业和面粉业等轻纺工业的发展速度最快。1922年后,虽因帝国主义势力卷土重来使部分产业出现衰退,但总的说来,整个民族工业保持着较快的发展势头,并在总量发展的基础上出现了质的变化。出现了化工、电力、电器制造等新兴部门,企业结构不断优化,管理水平也在外资企业的示范效应的作用下有了相当程度的提高。不仅规模扩展速度惊人,而且获利的递增速度也极为可观,在相当长的时期内,是"地无分南北,厂无论大小,大都能获得意外的厚利"。① 近代工业迅速发展的同时,手工业和商业出现了空前的繁荣,各类工场手工业广泛设立,一部分手工工场开始向现代工业过渡。工业和手工业的迅猛发展,农产品的进一步商品化,使城乡商品交换和出口贸易量激增,商品流通的领域得到扩展,流通量大幅度提高,地域间经济联系加强,国内市场不断扩大。

商业的繁荣又推动了城市化的进程,以及金融业的兴盛。金融业在现代经济发展中,一向具有龙头地位,其发展对一个国家现代化进程具有十分重要的影响和作用。1912年以前,中国金融业"完全操纵在外国银行及钱庄手中。如纸币的流通,外汇行市的决定,均为外国银行在金融业的一种特殊的势力;如庄票的发行,银、洋、钱行市的议决,则为钱庄的一种特殊势力"。② 但是,1912年到1927年,本国新式银行创办多达311家,创办资本总额为2亿元。不仅在银行数量上远远超过在华外资银行和中外合办银

---

① 《中国近代经济史》上册,人民出版社1976年版,第250页。
② 《上海钱庄史料》,上海人民出版社1960年版,第56页。

行,其资力也足以与外国银行和钱庄相抗衡。1925 年,外国在华银行在金融业总资力中占 32.1%,中外合办银行占 4.6%,钱庄占22.5%,而华资银行占到 40.8%。[①]　而且,银行的营业方针也从1920 年前后由主要集中政府方面而转移于商业方面,表现出相当程度的独立性,开始抵制北洋政府非生产性支出的需要,加强了对本国工商业发展的支持。

　　现代化推动力量的兴起、聚合,主要表现为民族资产阶级、工人阶级、新兴知识分子阶层的力量发展壮大到了一个临界点,开始成为一种不容忽视的社会力量,影响到了中国社会的发展方向。资产阶级的团体组织——商会,工人阶级的团体——工会和新兴知识阶层的各种协会、学会纷纷产生并逐步发展壮大,发出了自己所属阶级、阶层的呼声。尤其是,工商业的发展使资产阶级的实力迅速增长,队伍日益扩大,工商团体组织也在质和量两方面都出现了变化。从量的方面来看,工商业团体中最重要的商会组织有了很大的发展。据不完全统计,1912 年全国商会为 784 家,1918 年增加到 1103 家。从质的方面考察,清末商会是在专制政体的扶持下设立的,是政府管辖下的准官方管理机构,商会负责人由官方委派,从商务总会到分会、分所是等级制,分层管辖。工商业者所有的活动都要受到商会的监管。而北洋政府时期的商会则是工商业者自己的组织,总商会及各地商会都是法人,商会负责人由选举产生。这时的商会实际上是包罗各行业的工商社会团体,它不仅在社会领域发挥作用,同时也准备在政治舞台上和社会生活中发挥

　　[①]　参见《中国近代经济史研究资料》第 4 册,上海社会科学院出版社 1985 年版,第 87 页。

更为重要的作用。与此同时,由于城市化、工业化的发展,以及军阀混战造成农村的动荡,传统士绅阶层的分化进一步加快,不仅出现了投资于现代产业的官僚士绅队伍,而且城市中新增加的自由职业,如教师、医生等也吸纳了不少士绅中的精英人物。

（三）思想解放运动的兴起和蓬勃发展

北洋军阀统治时期,中国思想界一度处于很混乱的状态。这种情况的出现,首先是由于中国传统思想文化和价值体系被肢解,出现了生存与发展的危机。辛亥革命打碎了中国传统社会以皇权为中心的政治、经济和思想文化三位一体的总格局。而军阀混战下的乱局,就更强化了这种趋向。失去了以往的强有力的政治支持和行政贯彻的渠道,君权神授的观念以及君臣官民之间虚幻的"父子"人伦关系被撕得粉碎,传统的伦理道德、价值、信仰就丧失了原有社会价值的神圣性与规范力。传统的价值,包括传统伦理道德,已经不能再维持其社会价值轴心的地位。然而,重新建立价值系统,又不是在短时期内能够完成的任务。于是,整个社会就猛然陷入一种矛盾与冲突的危急状态。其次,辛亥革命后的混乱局势,使中国的先进知识分子极度的苦闷且彷徨。原来的幻梦破灭了,中华民国的成立并没有给人们带来预期的民族独立、民主和进步。日本乘第一次世界大战方殷的机会提出了企图独占中国的"二十一条"。袁世凯一度恢复帝制。张勋拥戴宣统皇帝复辟。以帝国主义列强在中国争夺为背景,国内军阀的混战和割据愈演愈烈。在思想界掀起了一股尊孔读经的逆流。封建主义的三纲五常、忠孝节义的说教,形成了束缚人民思想、扼杀民族生机的精神罗网。毛泽东曾深刻地描述了当时的情景:"多次奋斗,包括辛亥革命那样全国规模的运动,都失败了。国家的情况一天一天的坏,环境迫使人们活不下去。怀疑产生了,增长了,发展了。"①

　　在这种情况下,从 19 世纪末尤其是废除科举后开始形成,到 1915 年后已经有相当力量的新兴知识分子阶层,勇敢地承担起重构价值体系的历史使命,发起了冲决封建精神罗网的斗争。这些新的知识分子群体,"确是第一批自觉地向封建礼教提出全面挑战的光荣战士"。② 1915 年,陈独秀在上海创办了《青年杂志》(后改名《新青年》)。他们以《新青年》为主要阵地,高举"民主"和"科学"的大旗,要用民主和科学来"救治中国政治上、道德上、学术上、思想上的一切黑暗"。③ 他们猛烈抨击以孔子为代表的"往圣前贤",大力提倡新道德,反对旧道德。根据历史和现实生活,他们指出三纲五常、忠孝节义这些封建老教条是"奴隶之道德",是同"今世之社会国家"根本不相容的。在当时来说,通过批判孔学,提倡以个人主义为核心的新道德、新思想,动摇了封建正统思想的统治地位,这就打开了遏制新思想涌流的闸门,从而在中国社会上掀起了一股思想解放的潮流。但是,这些知识分子此时所提倡的民主,是指资产阶级民主制度和资产阶级民主思想;科学,"狭义的是指自然科学而言,广义是指社会科学而言"。④ 这股思想解放的潮流,在思想上启发了五四爱国运动,并随着五四爱国运动而得到更加深入的蓬勃发展。

　　经过五四运动的洗礼,中国思想界经历了一次巨大的荡涤。一部分人始终在思想上和政治上停留在资产阶级个人主义和民主

---

① 《毛泽东选集》第 4 卷,人民出版社 1991 年版,第 1470 页。
② 胡绳:《中国共产党的七十年》,中共党史出版社 1991 年版,第 7 页。
③ 陈独秀:《本志罪案之答辩书》,《新青年》第 6 卷第 1 号。
④ 转引自胡绳:《中国共产党的七十年》,中共党史出版社 1991 年版,第 8 页。

主义的水平上;一部分先进分子则从巴黎和会所给予的实际教训中,开始看出帝国主义列强联合压迫中国人民的实质,感到资产阶级思想不能解决中国的问题。正如瞿秋白所说:"帝国主义压迫的切骨的痛苦,触醒了空泛的民主主义噩梦。"①于是,这些先进分子开始了新的探索,并且在俄国十月革命的炮声中找到了马克思主义。经过"五四运动",介绍、研究和宣传马克思主义成为不可抗拒的进步思想潮流;以破除封建思想为目的的思想解放运动,发展为马克思主义的思想运动。这时,民主不再是指狭隘的资产阶级民主,而是指多数人的民主、劳动阶级为主体的民主。科学当然包括自然科学,但是讲科学,首先要讲马克思主义的科学世界观、方法论和社会革命学说。把反封建主义斗争的立足点和出发点,从争取个人的个性解放上升到人民群众的社会解放的高度;把反封建斗争的方式,从由少数人进行宣传工作,发展到主要由人民群众进行的革命实践,推动了中国人的思想在更大的范围内和更深的程度上获得解放。这场思想解放运动的兴起和蓬勃发展,具有极其巨大而深远的意义。它不仅为中国早期现代化的进一步发展提供了强大的精神动力,而且预示着中国现代化的发展有了不同于以往的价值取向。

三、南京国民政府与中国早期现代化的终结

南京国民政府与中国现代化进程的关系是相当错综复杂的。它为了维护自身的统治,曾在不同时期、不同程度上推进过中国早期现代化的发展,而非有意阻挡中国现代化进程。但是随着时间

---

① 《瞿秋白诗文选》,人民文学出版社1982年版,第34、35页。

的推移,国民政府在不断的高度强化和集中政权力量的同时,相应地把社会经济强行引向国家资本主义的轨道,从而给官僚资本的恶性膨胀埋下了毒根,并最终成为中国现代化进程的障碍,演化为革命的对象。

（一）党治国家的政治模式阻塞了政治现代化的进程

南京国民政府成立后,继续北伐讨奉并取得了胜利。1928 年12 月,张学良通电全国:"服从国民政府,改易旗帜。"接着,国民党政府采取军事讨伐与经济收买、政治诱惑等几管齐下的手段,基本上打败了当时所有的地方军阀派系。1931 年以后,国内已基本不存在能单独以军事实力向南京国民党政府挑战的派系或人物。自此,始于辛亥革命后的军阀割据的局面基本结束,初步实现了形式上的"统一"。中国似乎又有了建立起有效的、能够担当现代化领导重任的中央政府的一线希望。

但是,执政的国民党却采用了僵化的"以党治国"的党治国家模式。这样,就断绝了在一个开放的政治体系中缔造一个统一的、现代取向的、强大而有权威的中央政府,以便最终完成民族革命和社会革命的历史任务,排除中国现代化的巨大障碍,推动社会前进的所有希望。"以党治国"的党治国家的模式,是执政后的国民党形式上按照孙中山晚年所构想的政治纲领,即"军政—训政—宪政"的理论程序设计出来的。1928 年 10 月,国民党中央执行委员会通过《训政的纲领》,宣布进入"以党治国"的训政时期,在对孙中山的党治模式设计进行重大修改之后,逐渐形成了国民党一党专制的政治体制。这一体制的主要特征是:国民党不仅通过党的全国代表大会、中央执行委员会,特别是中央政治会议的指导、监督国民政府,而且通过党的领导人兼任政府主要领导人来控制政府;党军的统帅同时即是党的领袖,通过以党领军、以党治政集权方式,支配全党、全国;国民党通过掌握政权将其组织和影响渗透到社会生活的各个领域,存在于整个社会的有机体之中,以强化国民党的统治。1938年国民党临时全国代表大会恢复党的领袖制,蒋介石成为拥有对中央决策具有最后裁决权的国民党总裁,拥有绝对不受任何制约和挑战的最高领导权。随后又设立了国防最高委员会统辖党政军一切事物,蒋介石出任委员长,这就造成了蒋介石的个人独裁体制。1937年,全面抗战爆发以后,国民党为了适应战时的需要,大力推行政府权力运作的一体化与集中化,进一步形成了高度的集权体制。国民党党治国家统治模式的另一个显著特征是,在公开的党治行政机构之外,国民党还建立了以"中统"和"军统"为主的秘密政治组织,以特务活动来确立巩固其权威。秘密机关的建立,主要不是用于对外反颠覆和收集情报,而是加强内部控制、镇压国内反抗。这鲜明地体现了国民党政治体制的独裁专制色彩和过渡性特色。到了国民党政府统治的后期,其党治国家政体的独裁色彩就越加浓厚,近乎于法西斯主义。它先后颁布和实施了《后方共产党处理办法》等一系列反动法令,不断地强化特务组织和保甲制度,任意逮捕、监禁、杀害工人、学生、民主党派人士和其他爱国人士。整个国民党统治区笼罩在恐怖的气氛中。

　　南京国民党政府采用这种党治国家的政体,有着它的必然性。执政的国民党以大地主和大资产阶级为基础,仍然是一个非现代性的组织构架,而且它是在帝国主义的支持、纵容下,通过发动反革命政变上台执政的。这就决定了国民党不可能依靠社会各阶层的支持来实现自身的统治,而企图凭借自身的力量。从本质上说,党治国家的政治体制仍然是一种传统政权形式的内在的延续,是一种家天下式的官僚集权政体。这种体制继承了传统政权的集权模式,却又丧失了传统政权的意识形态资源和一系列社会整合机制,只能单凭唯一的暴力资源,即军事强权来维持统治。这种政治体制是中国传统社会体制与半殖民地半封建的社会政治、经济条件共同作用而产生的畸形儿,是社会和阶级发育不成熟的结果。这种政治体制的性质决定了它,对内不能够顺应社会转型的要求,把社会变迁作为自觉的目标。它不仅把能够给中国现代化发展提供所需要的专业知识与创造性潜能的社会精英拒之门外,失去了将国民党自身改造成为一个能对现代化实施坚强领导的现代政党的机会,而且对外不可能反对帝国主义、争取国家和民族的独立。尤其是,这种政治体制根本没有法治动员和法定程序的观念与意识,在政治决策中出现高度的个人化和随机性,导致了国民党内部腐败、分化的加速及其权威的衰败。因此,它最终遭到了历史的唾弃,被新的进步社会力量所代替。

(二)国家资本主义现代化道路的终结

南京国民政府时期,从中国早期现代化的三项主体内容工业化、民主化、民族化来看,民主化和民族化并没有取得什么实际成效。然而,以工业化为主的经济现代化则处于停滞与发展交错的状态之中,形成既有所成又不能完成的结局。

这一时期的经济现代化取得进展,是与南京国民政府成立后所采取的一系列工商、财政等经济政策和措施密切相关的。

1928 年 8 月,国民党召开二届五中全会,通过了《统一财政,确定预算,整理税收,并实行经济政策财政政策,以植财政基础和利民生建议案》。这实际上成为国民政府最初的财政经济总方针。1929 年 3 月,国民党在南京召开第三次全国代表大会,会上通过了《训政时期经济建设实施纲要方针案》。该方案提出建立国民强有力的物质基础应"以交通开发为首要";在国家建设方面:一为铁道、国道及其他交通事业,二为煤铁及基本工业,三为治河、开港、水利、灌溉、垦荒、移民等事项。在地方建设方面:一为省道及交通事业,二为农林、畜牧、垦荒、水利等事业,三为都市改良及公用、卫生建设事业。1930 年 3 月召开的国民党三届三中全会通过了《关于建设方针案》。"建设方针"涉及五个方面:注重铁道建设及水利、电气建设;发展农业,开展农民教育,提倡农业合作,成立农民银行;鼓励继续开采煤、铁矿,未开发之地,均归国家经营,准许外国人投资或合资创办;发展普通工业和特种工业;政府应在两年之内筹设一座大规模制铁、炼钢工厂,一座造船厂、一座电机制造厂。这个《关于建设方针案》把农业放到了重要地位,同时强调铁路、公路、水利、矿产资源及重要工业都要由国家经营,现有私营的要逐步过渡到国家经营,从而确立了建立国家资本主义基本方针。

为了把主要工矿业、交通运输业、通信等事业集中在国家的统制之下,国民政府于 1933 年公布了 1933—1936 年《实业四年计划》:一是在政府通盘筹划下,将棉花、粮食、煤炭等重要产业统制起来,试图通过统制经济达到所谓"以民族经济代替封建经济;实现现代式国家"。其实质是利用国家权力,实行经济统制,以巩固其中央集权。二是筹集资金 16 亿元,其中 4.9 亿元用于工矿建设,其余用于农林建设及交通建设等。三是确定选择一个合适的地方兴建一个新的国家经济中心,并以"扬子江为首始建设的中心区",然后逐步向全国推广,以期达成"经济中心和政治中心连成一气"。此外,政府先后颁布了《特种工业奖励办法》、《工业技术奖励条例》和《工业奖励法》等扶植工业发展的法规,对旧有的厂矿、电力企业进行了清理整顿,鼓励发明创造,奖励民营企业。

　　与财政、经济政策相配套,国民政府先后实行了税制改革,裁撤了严重阻碍民族工商业发展的"厘金制",实行统税政策;从外国人手中收回"关税",基本实现关税自主,提高了进口商品的关税率;改革公债发行;统一度量衡标准;保护及提倡国债;整顿统一市场;发展交通运输业等。关税改革、税制改革措施,裁撤对国内工商业发展妨碍极大的厘金制等,部分地采取保护和鼓励民族实业发展的政策,对民族资本的发展有一定程度的促进作用。但是,改革后形成的关税、盐税、统税三大主要税种构成的中央财政收入体系,不仅给民族工商业和广大的普通消费者带来了沉重的负担,而且形成了一种既不公平基础又极为狭窄的收入格局。这对于政府自身也是极为不利的。

　　除了采取上述有利于资本主义发展的政策措施之外,国民政府还大张旗鼓地宣传和鼓励生产建设。因此,从1928年到1937年这十年间,中国的经济现代化有了一定幅度的推进。

　　首先,由于国民政府推行"以交通开发为首要"的方针,交通运输业得到了迅猛的发展。从1928年到1937年,全国共修建铁路3975公里。[1] 修建公路干线21条、支线15条,通车里程从3.2万公里增长到11.6万公里。[2] 轮船航运业也有了较大的发展。1932年,国民政府将航运中最大的招商局收归国有。到1936年,共有8.6万余吨位,占全国总吨位的15%。到1935年,民族资本

---

　　① 参见陆仰渊:《民国社会经济史》,中国经济出版社1991年版,第436—452页。
　　② 参见严中平:《中国近代经济史统计资料选辑》,科学出版社1955年版,第172—217页。

拥有的轮船公司有 86 家,载重能力 40 万吨。① 在内忧外患的年代,这是一个很了不起的成就。国内交通运输业的发展,确实在推动商品交流、城乡互补方面起到了积极作用,促进了国内现代工业和现代商业的较快发展。其次,工业化有了一定的进展。一是工业化程度提高,工业资本在逐渐增加,并且在区域分布上逐渐从东南沿海沿江地区向内陆腹地推进。据统计,1921 年到 1936 年,中国工业资本增长了一倍以上,每年平均增长近 6%。② 特别是由翁文灏、钱倡照等一批名流学者实际主持的资源委员会,确定并实施的以政府力量集中发展重工业尤其是国防工业的计划,极其有助于改变中国现代产业结构的总体布局。二是产业结构有了明显变化,逐渐从轻工业向重、化工业发展,初步确立了以军工、采矿、冶金、机械、化工、电气为主体的重工业基础。三是民营工业也有了一定程度的发展,商业经济也得到了快速增长。但是这种发展是曲折的、时断时续的。当时的民营工业多半为棉纺织工业、机器面粉工业、水泥业等,后来又有了化学工业、电力工业。

上述成就对于在特定历史条件下的中国,不能不说有其客观上的积极意义。不过,当时的经济现代化的总体水平是十分低下的。"在 20 世纪 30 年代,(中国)年平均国民收入在世界排名表上接近最底层,每人约在 58 元或 15 美元(1933 年价格)。产品分配给股本份额只有 5%,比低收入国家平均储蓄利率约低 1/3。经济的前现代特点被产品的结构和劳动力的分配所证实。几乎 2/3 的产品来自农业,工业产品不足 1/5。此外,由于大部分工业产品

---

① 参见许涤明:《中国资本主义发展史》第 3 卷,人民出版社 1993 年版,第 99 页。
② 《近代中国资产阶级研究》,复旦大学出版社 1984 年版,第 144 页。

由传统手工业方法生产出来的,而且绝大部分的服务行业也是传统的,所以用现代手段生产的产品总量不到 10% ,与此相似的是,90% 以上的劳动力依靠传统技术。"①

南京国民政府在运用政权力量推动社会经济发展的同时,也逐步加紧将中国经济引向国家资本主义的轨道,企图担负起领导经济现代化的重任。这是由南京国民政府的性质和政治构架及其"发达国家资本、节制私人资本"的经济指导原则所决定的。因此,政治上的独裁专制和经济上的资本垄断构成当时社会的一个突出面貌。

国民政府为了实现其全面、直接控制和干预经济的意图,选择了操纵经济的杠杆——金融业作为突破口。金融包括金融企业和币制两方面。1928 年 11 月,国民政府设立中央银行。1934—1935 年间,南京国民政府利用国内经济萧条的局面,采取新公债政策、金融渗透、增加官股等手段,强行接管了当时中国最大的两家私人银行:中国银行和交通银行。不久,又将四明商业储蓄银行、中国通商银行等"四小行"纳入政府的掌握之中,并成立了邮政储蓄金汇业局和中央信托局。一般称之为国民政府垄断金融业的"四行二局"。这样加上原由政府控制的中央银行和农业银行,就形成了南京国民政府的独立金融体系,从而将金融业的大部分置于政府的控制之下。完成于 1933 年到 1935 年间的币制改革,是南京国民政府控制全国金融的另一个重要步骤。通过采取这一措施,国民政府掌握了全国的货币发行权,并授权中央银行、中国

---

① [美]费正清:《剑桥中华人民共和国史(1949—1965)》,中国社会科学出版社 1998 年版,第 150—151 页。

银行、交通银行和农业银行垄断法币的发行，从而聚敛了华商银钱业的白银存底，削弱了地方军阀所办的地方银行的势力，为全面统治经济做了准备。1935年11月，国民政府财政部颁布《法币政策实施办法》，规定全国统一货币制，以中央、中国、交通三家银行所发行的钞票作为法币。

在实现了国家资本对金融的控制之后，国民政府又通过一系列强制性的政策和法令，使其渗入重工业和交通运输业领域。以工商业为例。南京国民政府从一成立，便筹划建立国家资本工业，把钢铁、机器、水电、纺织、化工、制盐、造纸等工业列入政府投资创办的范围，并利用政权力量接管了北洋政府时期经营的一批兵工厂和发电厂。1936年后，国民党政府开始对具有战略意义的某些有色金属进行统制，同时建立了一批国家资本工业企业，初步确立了以采矿、机械、冶金、化工、电气为主体的国营重工业基础。此外，国民党政府中的各级官僚也通过手中掌握的权力，以公私联营组建股份公司的形式向工业、贸易、金融等各个领域投资，加强政府对经济领域的渗透和控制。这种国家资本在当时整个国家经济中占的比率，还不至于给国民经济造成极大的危害。

抗战爆发后，国民党政府被迫远离原来的经济政治中心，丧失了原来的绝大多数收入来源。为应付危机，集中人力、财力、物力支撑长期抗战，它推行战时统制经济，使统制经济渗透到社会生产、交换、分配和消费各个环节之中。在金融方面，成立了四联总处，总揽一切金融业务。在贸易方面，设贸易委员会垄断丝、茶等物资的出口，资源委员会垄断对稀有矿产的出口。又设立各种专门委员会垄断对棉花、棉纱等物资的贸易，对重点物资实行统购统销，对人民生活必需品实行专卖。在工业方面，设工矿调查委员会,规定大力资助国营厂矿,对民营厂矿则采用接管或加入政府股份的办法,由政府统筹经营。此后,又进一步规定,凡国民政府经济部指定的企业或物品,对战时所必需的矿业、军事工业和电气工业等企业,全部由政府收归官办或政府投资合办。战时统制经济政策的实施,对于解决当时基本的国计民生问题、稳定经济、动员全国所有的经济资源投入长期抗战,是有一定的积极意义的。与此同时,也使国家资本的实力大增、对经济的控制进一步得到强化。①

从理论上说,国家资本主义道路对中国现代化的发展是可行的捷径。但是,在政治结构和制度性腐败的特定历史条件下,国家资本的发展和强大,又成为少数达官贵人满足其贪婪野心和私欲的捷径,成为巩固国民党内某一利益集团政治地位和追逐厚利的工具。统制经济和自由经济双轨制的长期存在,国民党作为一党专政的执政党拥有不受约束和监督的特权地位,国民党派系林立,由各种血缘、亲缘、地缘关系派生出来的人身依附的关系等弊端,使国民党各级官僚机构中形成了一大批唯利是图、将手中掌握的权力直接转化为资本、迅速暴富的社会阶层。由此,官僚资本迅速滋生蔓延起来。

抗战胜利后,由于大量接收敌伪资产,国家资本和官僚资本更加畸形膨胀,国家经济命脉已完全控制在国家资本和官僚资本的手中。国家资本和官僚资本的空前恶性膨胀,严重破坏了市场经济自身的秩序,形成投机成风的社会经济环境;加上,从 1947 年 7

---

①　参见《全国银行年鉴:民国二十六年》,台北文海出版社 1987 年版,第 818—823 页。

月开始,国民党政府发动了全国规模的内战。为了维持其庞大的军费开支,它利用其手中掌握的金融工具,滥发纸币,造成了恶性通货膨胀。1937 年到 1949 年,中国的纸币发行量增加了 45 万多倍,同期物价上涨指数为 472.1 万倍。[①] 通货膨胀又造成了货币的猛烈贬值,财政赤字继续不断扩大,形成一种恶性循环的膨胀。这样,刚从战争中复苏过来的民族工商业再次受到严重的打击,纷纷破产。

上述情况充分表明,国民政府所极力发展的国家资本主义,是国家政权对经济的超强度干预,与现代化发展的客观规律相矛盾。它不仅不能完成加速中国现代化进程的历史重任,反而演变成这一进程的重大障碍。这种状况最终促成了中国现代化道路的又一次转换。

（三）党治文化运动的破产

国民党政府在政治上推行党治国家的政治模式的同时,在思想文化领域大力推行党治文化运动,企图借此巩固其权威,建构政治合法性的理论基础。所谓党治文化,就是指一种介乎于专制与民主之间的社会控制模式,具有权威主义的政治文化与体制化的特征。它通过政党对权力的垄断,使党内的政治信仰和行为规范在全社会范围内泛化,即将党员遵守政党党章的义务无条件地扩展到全体公民,从而事实上否定了法律对公民权利的许诺及法律本身在国家生活中的权威,使政党的执政地位凌驾于法律之上,使国家成为实现政党意志的工具。

国民党政府一直高度重视党治文化运动。1930 年以前,国民

---

① 参见陈勤:《中国现代化史纲》上卷,广西人民出版社 1998 年版,第 239 页。

党政府的党治文化建设以戴季陶主义为理论指导,主要集中力量清除它作为革命党的遗迹,建立适应执政党地位的秩序权威文化。戴季陶主义的核心是反对阶级斗争,强调孙中山学说是对中国文化正统的唯一继承,"三民主义"实际上是"一民主义",即民生主义,"民生"是革命的目的,具有宇宙本体的地位。通过这种对"三民主义"的根本改造,国民党力图把自己美化为一个福利党、和平党、文化党和建设党,从而加强大众对它的认同感。但这种努力并未达到预期的目的,只是加强、肯定了国民党政府的道统地位而已。1930 年以后,党治文化运动以陈立夫的"唯生哲学"和蒋介石的"力行哲学"为理论指导,企图通过政党文化的国家主义化来达到社会控制的彻底全能化。陈立夫的"唯生哲学"以"学理化"为取向,强调生命是宇宙的本体,而人则是宇宙中唯一自觉不依靠吞食同类来自我壮大,能够依靠科学技术摄取异类达到自我提升的特殊生命,人类社会的冲突是可以通过创造财富与合理分配、消费财富来解决的,社会阶级和社会革命没有合理性存在的依据。蒋介石的"力行哲学"则是以对国家主义和法西斯主义的肯定为前提,强调对"一个主义、一个政党、一个领袖"无条件的忠诚与服从,才是挽救民族危亡之道,要通过强制性的精神改造运动来使人人都知"廉耻仁信",都自觉服从国家领袖的意志。为推行党治文化,从而使政党文化变为社会文化,将党治的政治模式文化化,国民党政府利用手中的政权,在大中小学强制实行"党化教育";利用政治手段向社会各界强制灌输其官方的意识形态,发起"新生活运动";大力发展由国民党直接控制的报刊书局等传媒事业,严厉镇压反官方意识形态甚至是中立的宣传自由民主理念的活动。国民党政府的党治文化运动,实际上是一种文化专制主义。虽然这种文化专制主义在某一时期掩盖住了思想界的不同声音,但是它也使国民党完全失掉了前进的精神力量,从而加速了国民党的覆灭。

综上所述,国民党政府党治国家的政治模式,未能把社会成员有效地组织起来,不能把社会变迁的新内容、新要求纳入其政治制度的框架内,也就无法有效地控制社会。加上国民党的意识形态也无法获得民众的普遍认同,党内派系斗争持续不断、纪律荡然无存,所以,其执政地位长期处于危机之中。因此,在 1928 年至 1949 年间,尽管中国早期现代化在若干领域都有所成就和推进,但最终摧毁国民党政权、延缓现代化进程的因素也在急剧增长,注定了它被一场全新的社会革命推翻的命运。

第四节　中国早期现代化失败的历史必然

任何国家、民族实现现代化都需要一定的社会历史条件。没有这个条件,再美妙的现代化蓝图都是海市蜃楼。不过,由于时代的变化,以及由于所处国际环境的差异,各个国家、民族进行现代化建设所需要的条件也就不同。就中国而言,作为现代化的后来者,要想顺利实现现代化,必须具备如下基本条件:(1)国家主权的独立和完整;(2)具有稳定有力的中央政权;(3)完成二元性社会经济结构的变革;(4)清除历史传统中的消极因素。但是,上述条件在半殖民地、半封建的近代中国近乎缺失。加上中国资产阶级力量弱小,无力担当领导现代化的重担。这样,中国早期现代化的失败就成了历史的必然。

一、近代中国逐步丧失了独立自主的国家主权

世界现代化的历史进程表明:无论是早发内生型国家还是后发外生型国家,国家主权的独立和完整,是实现现代化的最起码的条件。可是,中国在迈向近代社会的历史关头,却逐步丧失了走向现代化的基本前提。

鸦片战争的失败,是中国丧失国家主权的起点。中国在这场战争中遭到惨败绝非偶然,而是延续了近两千年的封建社会持续走向衰落的必然结果。鸦片战争前,中国的封建社会已经处于一种腐朽不堪的状态。对此,马克思曾作了十分形象的描绘:"与外界完全隔绝曾是保全旧中国的首要条件,而当这种隔绝状态通过英国而为暴力所打破的时候,接踵而来的必然是解体的过程,正如小心保存在密封棺木里的木乃伊一接触到新鲜空气便必然解体一样。"①

与此同时,世界资本主义则正处于上升时期。通过民主革命而相继进入资本主义社会的英、法、美等国,19世纪又先后完成工业革命,实现了由农业经济向工业经济的过渡,由工场手工业向机器大生产的资本主义工场制度的转变。空前膨胀的生产力和获取高额利润的内在驱动,促使资本家急于掠夺海外殖民地作为商品市场和原料供应地。这样,地大物博和具有巨大市场潜力的古老中国,对西方列强具有超乎寻常的吸引力。然而,当时中国以小农业和家庭手工业密切结合的封建经济,仍然在社会经济中占统治地位。农民不但生产自己需要的农产品,而且生产自己需要的大

---

① 《马克思恩格斯选集》第1卷,人民出版社1995年版,第692页。

部分手工业品,这种自然经济形成了前现代社会坚硬的外壳,对西方资本主义工业品具有很强的抵抗力。因此,"当时,英国政府的关心显然倾注于中国,舰队在中国亦有'充分的任务'"。① 英国凭借着洋枪洋炮轰开了中国的国门。

《中英南京条约》等一系列不平等条约的签订,使中国的主权受到极大的损害。鸦片战争前,中国是个独立自主的封建国家;鸦片战争后,中国被迫割地、赔款、开放通商口岸,开始沦为半殖民地国家。但西方列强并不就此止步。"由于西方列强贪婪的贸易欲望,以及西方列强为了控制海外市场而进行的相互竞争,它们对中国主权的侵犯也与日俱增。"②第一次鸦片战争之后,西方列强又发动了几次侵华战争,强迫中国陆续签订不平等条约,中国的独立地位一步步丧失。以《辛丑条约》的签订为标志,中国完全陷入半殖民地深渊,经济上和政治上的国家主权都丧失殆尽。

清政府的垮台和中华民国的成立,并没有使中国丧失国家主权的状况得到改变。"'外国势力的无所不在'是中国政治舞台上一件主要的事实","这是一股无孔不入的势力"。③ 因此,中国的统治阶级在政治上对帝国主义的依赖性就更强了。无论是北洋军阀政府,还是南京国民政府,都是投靠在一个或几个帝国主义门下才得以存在和维持。它们都不惜用任何丧权辱国的代价来博得主子们的欢心,丝毫也不顾及国家独立主权和尊严。

---

① [日]依田憙家:《中日近代化比较研究》,(上海)三联书店 1988 年版,第 140 页。

② [美]沃拉·兰比尔·沃拉:《中国:前现代化的阵痛——1800 年至今的历史回顾》,辽宁人民出版社 1989 年版,第 56 页。

③ [美]费正清:《美国与中国》,商务印书馆 1971 年版,第 154 页。

中国国家主权的丧失,阻碍了早期现代化的进程。第一,使中国早期现代化丧失了大量的建设资金。近乎于天文数字的巨额战争赔款、西方列强的商品倾销、以政治军事为主要目的大额贷款、外国银行大量吸取中国有产者的储蓄、向中国输入军火等,构成一条"中国向西方列强各国输出剩余价值的依附性链条"。① 中国资金的大量外流,导致了中国早期现代化的资金严重匮乏。第二,西方列强的入侵,使早期现代化缺乏稳定有序的社会环境。19 世纪末期,西方列强在昔日强行建立"租界"的基础上,开始在中国划分各自的势力范围,掀起了瓜分中国的狂潮。这样,近代中国社会开始走向分裂。辛亥革命后,西方列强纷纷在中国寻找代理人,从各自的利益出发出钱、出枪支持地方势力,从而使中国陷入了一个军阀割据、各派混战的空前混乱状态。此外,由于帝国主义的侵略和压迫,促使近代各种社会矛盾激化,致使全国各地战火不息。这种政治上的分裂和经济上的混乱,无疑是打乱了中国现代化的进程。第三,侵略者造成的危机感,使中国人在心理上难以排除急于赶超西方的冒进主义情绪,对现代化进程造成许多不利影响。中国早期现代化之所以在很多方面步入误区,帝国主义侵略造成的外在压迫感无疑是一个重要原因。第四,广大农民在中国反动统治者和帝国主义列强的双重压榨下,纷纷破产,生活更加贫困化。这就使本来非常广阔的中国市场变得狭小。最后,是中国的外部环境日益恶化,制约早期现代化进程向纵深发展。世界资本主义侵入中国的目的并不是要中国发展资本主义,更不是要促使中国走上现代化道路,而只是"想降伏他,想掠夺他,想用低廉的商品

---

① 　陈勤:《中国现代化史纲》,广西人民出版社 1998 年版,第 94 页。

压倒他"。①　因此,它对中国现代化进程采取的不是欢迎,而是压倒和排挤。由上可见,中国只有获得完全意义上的民族独立,摆脱世界资本主义的控制,才有可能开展和实现真正意义上的现代化。

二、近代中国政治日趋衰败和腐朽

一般说来,西方国家现代化的启动是其自身相对独立的"自治城邦",以及享有政治特权和相当自由度的"市民社会"长期演变发展的结果。或者说,由于西方国家具有一个相对独立的、充满活力的民间社会,具有向近代工商业社会转型的社会基础,所以其现代化表现为一个自下而上的社会运动。然而,后发国家的现代化则不是自身内部的现代性逐步积累和成熟的结果。后发国家普遍长期存在着完备的高度集权的官僚体制和"政教合一"的国家体制,而承载和支撑国家组织的社会系统相对发育不完全。"国家强于社会"的模式只能孕育出一个高度成熟的小农经济社会。这种小农经济社会主要是由封闭的宗族组成,实际上处于高度分散的无组织状态,缺乏凝聚成一个"社会"的统合功能。而且这种社会系统市场发育不充分,社会契约关系不普遍,中间社团组织缺乏,法律意识和商品意识缺乏等。这样,在整个现代化的过程中,整个社会从心理层次到知识层次,到实际物质生活层次变化的剧烈程度必然远远超过早发国家;社会矛盾和冲突必然远比早发国家更为激烈、动荡。只有建立一个有现代取向的且强有力的中央政府,才能在政治体系面临强大的外部压力的情况下,通过国家机器的力量,推动社会和经济变革,为现代化扫清道路;才能将十分

---

① 《马克思恩格斯选集》第 1 卷,人民出版社 1995 年版,第 769 页。

有限的、有效的现代化资源动员和集中起来,保持其独立性,以用于现代化的最关键的环节;才能有效地整合国内各利益集团各种不同的利益要求,将新兴社会势力成功地吸收进政治体系之中,造成广泛而深刻变动的社会系统,化解反对势力对现代化势力的干扰,保持政治秩序的稳定,进而实现富国强兵的目的;才能有效地运用手中的政治权力去克服市场机制自身无法克服的缺陷,保证基本法则和市场竞争规则的实施,实现市场机制的正常运行。可见,"在迅速实现现代化的种种必要条件中,一个重要条件就是在中央、中层和地方各级要有强有力的政府"。[①] 这是后发国家现代化成败的关键。正是在考察后发国家现代化过程中社会动荡频繁发生的这一普遍现象的基础上,亨廷顿断言:要根除后发国家现代化过程中政治动荡和政治腐败,必须建立起强大的政府,舍此无他路可走。只有建立一个强大的政府,才能保证欠发达国家的现代化过程中所需要的政治稳定,使其现代化顺利发展。[②]

但是,就在近代中国最需要一个有力的中央政府的关键时刻,其政治却日趋衰落和腐朽。从晚清到民国,国家权力明显地处于一种分散、软弱的状态,根本无法提供现代化所需要的各种条件。中国早期现代化之所以步履艰难、震荡剧烈,无疑与"长久的政治软弱履历"有着密切的关联。[③]

罗兹曼指出:"当统治集团日益腐朽,政府的职能在上层首先

① [美]西里尔·E.布莱克主编:《日本和俄国的现代化》,商务印书馆1992年版,第304页。

② 参见[美]塞缪尔·P.亨廷顿:《变化中的政治秩序》,生活·读书·新知三联书店1993年版。

③ [美]吉尔伯特·罗兹曼:《中国的现代化》,江苏人民出版社1995年版,第276页。

废弛时,官僚组织的运行也在规模和质量上随之萎缩。"①清末中央政权的衰败,首先是传统封建王朝交替发展的结果。满清王朝经过二百多年的统治,已经走过了其鼎盛时期。从中国历史发展的进程来看,这是一种无可避免的自然规律。晚清政治衰败也正是显示了这种历史发展的必然。其他一些非必然因素也加速了清末中央政权的衰败过程。一方面,西方侵略者所发动的数次战争极大地打击了清政府,而太平天国等此起彼伏的农民起义所引发的内部动荡和危机则更进一步削弱了晚清国家政权力量;另一方面,原来直接受中央政权控制的地方督抚在对外战争和镇压农民起义的过程中,逐渐拥有自己的军队,控制着地方的政治、经济,形成了与中央分权的强劲政治势力。随着中央政权不断地被分散、转移,督抚成为能有力左右晚清政府的强大地方势力。"督抚专政到了如此地步,中央集权已名存实亡。"②此外,乡绅蜕变使封建政权对乡村社会的控制更加无力。封建政权在广大农村的统治主要是依靠乡绅作为中介来实现的。然而,19世纪中叶以来,乡绅阶层在城市化浪潮、西学以及新型教育制度的冲击下开始蜕变。一部分转化为新兴的阶层,一部分则蜕变为横行乡里的土豪劣绅。这就不仅斩断了农村固有的宗族纽带,也助长了地方权力的膨胀,加速了国家权力的流失。这充分表明,清末中央政权已难以进行有效的统治。

辛亥革命虽然打碎了旧的官僚体制,但强有力的国家政权并没有能够建立起来,中央政府的情形始终令人沮丧。孙中山建立

---

① [美]吉尔伯特·罗兹曼:《中国的现代化》,江苏人民出版社1995年版,第138页。

② 许纪霖:《中国现代化史》,(上海)三联书店1995年版,第100页。

的中华民国基本上是个空架子。北洋军阀统治时期,中国更是处于一种军阀割据的状态。中国"在这个时期,现代化事业付出的代价也是巨大的。最明显的就是军阀主义造成政府瘫痪"。① 这种涣散无序的政局一直持续到 1928 年南京国民政府的成立。这一时期,各派势力较强的军阀相继把持中央政权,可是不论哪一派系的军阀,由于受其实力所限制,并不能使其他派系接受自己所控制的中央政府的号令,反而往往被在野的各派军阀所牵制,难以实行有效的统治。各路小军阀也拥兵自重,千方百计地保存自己、发展自己。这种频繁更迭的中央政府和动荡不安的政局,致使中国社会的政治危机进一步加剧了。

南京国民政府于 1928 年名义上"统一"了中国,建立起全国政权,但实际并非如此。"国民党统治的建立并没有消除军阀时期留下来的官僚解体和政治分裂,正像清末所出现的那些变化,由于缺乏强有力的中央政府指导和倡办而成了无根之木一样,30 年代现代因素的出现也缺乏把它们结合进社会的必要指导。"②旧式军阀拥兵自重、割据一方的传统社会影响并未彻底消除,地方势力虽然名义上都在国民政府的统辖之下,但都有自己所属的地盘和控制的资源,成为新式军阀。南京政府与各派军阀为了各自的利益,时而合流,时而斗争,使得当时中国的国家权力对中国社会的控制实际上处于一种乏力的状态。"甚至在南京国民政府号称北伐胜利之后,也仅控制了全国 8% 的国土与 20% 的人口;到 1937

---

① 〔美〕吉尔伯特·罗兹曼:《中国的现代化》,江苏人民出版社1995 年版,第360页。

② 〔美〕吉尔伯特·罗兹曼:《中国的现代化》,江苏人民出版社1995 年版,第637页。

年宣告统一告成之时,也才大约在全国 25% 的土地上对 66% 的人口建立了有效统治。"①所以说,南京国民政府名义上虽然是一个中央政权,但仍然不是一个强有力的政权,根本不能对社会政治混乱状况进行有效的治理整合,法律、法规成为一种装饰品。

总之,"在现代史上,像中国这样一个具有如此长久的政治软弱的大国,实属罕见"。② 腐朽没落的中央政权是使中国迟迟未能走上现代化轨道的原因之一。诚如布莱克所云,近代中国,"政治结构成为一堆废物,对于现代化道路上任何有意义的行动,它都毫无作用。政治上的失败乃是解释中国现代化起步缓慢的一个最重要的原因"。③

三、二元社会经济结构的长期存在

成功地实现现代化的国家都有一个共同的经验,那就是:工业和农业依靠一种互补型的经济联系而协调发展。尤其是早发国家在其现代化过程中,农业与工业两大部门的发展基本上保持同步状态,有的国家的商业式的大农业的建立,甚至早于大规模的现代化工厂。在这些国家,随着资本主义经济的发展壮大,现代工业的新经济结构会逐步取代传统的农业经济结构,从而完成社会形态的转变。

但是,从 1840 年到 1949 年这长达一百多年的时间里,中国社

---

① 罗荣渠:《现代化新论》,北京大学出版社 1993 年版,第 335 页。
② [美]吉尔伯特·罗兹曼:《中国的现代化》,江苏人民出版社 1995 年版,第 276 页。
③ [美]吉尔伯特·罗兹曼:《中国的现代化》,江苏人民出版社 1995 年版,第 189 页。

会一直存在着一种二元社会经济结构。所谓二元社会经济结构，是指中国在近一个世纪的时间里，一直并列地存在着一个以现代经济成分与城市（尤其是沿海城市）为主体的、具有现代性质的社会和一个以农业（主要是传统农业）、农村、农民为主体的并且占主要地位的传统社会。前者属于新的、现代性的因素，是从外部揳入的；后者属于旧的、传统的因素，仍然强大、深厚并广泛存在，两者同时并存于近代中国社会并发挥各自的功能。

近代中国的二元社会经济结构的形成，是西方资本主义列强对华侵略步步深入的直接后果。前现代中国本来只是隐约存在着城市与乡村、沿海与内陆经济传统的二元格局，而当西方列强以武力冲破中国不愿开启的大门，将中国卷入以其为主导的新的世界秩序后，这种潜在的可能性就变成了一种客观的实在。以第一次鸦片战争和《中英南京条约》的签订为开端，西方资本主义列强凭借着以武力从中国攫取的种种特权，陆续在交通便利、经济基础较好的沿海、沿江（长江）和沿边（主要是东北地区）城市倾销其本国廉价的工业品、投资创办各种工厂和其他经济部门，并在"租界"中移植现代西方社会的运行模式。与此同时，在外国侵略的刺激下，中国历届政府（自晚清政府、北洋军阀政府到国民政府）出于"求强"、"求富"的目的，更是出于维持自身统治的客观需要，也在这些大城市中先后创办了一些军事工业、重工业和民用工业。这样，就催生了以城市（主要是通商口岸）为基地的中国现代工业文明和一种新的现代社会形态。不过，特别需要指出的是，直到1949年，这种现代工业文明和现代社会形态，从未在近代中国社会占据主导地位。当然，也就更谈不上提供一种改造中国社会，使中国现代化进程发生根本性转折的力量、手段和模式。

由于近代中国工业文明的发展，没有能够给广大农村的传统社会经济结构造成很大的影响；由于西方资本主义为满足本国工业原料的需要而大肆掠夺，加上统治阶级对农村的忽视，中国农村的衰败、落后，与通商口岸的畸形发展和繁荣构成强烈的反差。为数不多的最发达的城市，如上海，在发达程度上与西方最发达的城市不相上下，其他一些城市大致处于"工业社会阶段"；而1840年到1949年，尤其是1900年以后，中国农村、农业、农民的状况则基本上没有多大的变化，仍然是典型的农业社会。① 以粮食作物为主的种植农业仍然是中国国民经济的主要部门，对农业的投资主要集中在土地购买，农业的有限增长依靠的仍是传统农业技术的娴熟应用以及劳动力的大量投入。至于中国传统农业文明的另外一个主要的生产部门手工业，这一时期也没有发生根本性的变化，手工业在国民生产总值中所占份额尽管有所下降，在外国资本和本国现代工业资本的竞争下有开始衰落的迹象，但从未陷于全面衰败破产的境地。② 不仅如此，由于现代文明和城市在发展的过程中还形成了一种"倒流效应"。城市有较好的生活条件，工商业的繁荣又使城市具备了更优厚的投资回报的可能与发展的机会，这就促使中国农村的资金，尤其是农村的精英分子大量涌入城市和现代工商企业。这种状况一方面支撑着中国现代工业文明的高速发展，都市经济和生活越来越现代化；另一方面，这种城乡间的"单向流动"又使本来极端落后并且缺乏资金、技术、人才的农村更丧失了发展的可能性。与城市比较起来，广大农村的生产手段

---

① 参见陈勤：《中国现代化史纲》，广西人民出版社1998年版，第74页。
② 参见彭泽益：《中国近代工业史资料（1840—1949）》，生活·读书·新知三联书店1957年版，第162—178页。

和生活方式似乎变得越来越"传统"和落后。这样,中国社会就裂变为城市与乡村两个对立的世界,城乡之间形成了传统农业经济与现代工业经济并存,大规模的现代化工业与分散的家庭手工业并存,资本主义的经营管理与前现代的官僚衙门作风并存的二元社会经济结构。

中国二元社会经济结构的长期存在,使得城乡在经济、政治、社会和文化等方面的差异越来越大,发展严重不平衡,从而极大地阻碍了中国早期现代化的进程。首先,这种不平衡导致现代化的因素难以在中国扎根,使得外来的现代化影响难以与中国具体国情相结合,导致适合中国现代化的道路与模式迟迟未能实现。其次,造成了中国社会多元的期望。不同的文化氛围与经济水平导致社会成员对现代化变迁持有不同的期望,知识分子和青年学生关注和要求在中国实现自由民主,工人和城镇居民要求改善物质水平和生活水平,农民则希望温饱问题能够得到解决。多元的社会期望使早期现代化的推进面临复杂的局面,常常陷入两难的境地。第三,由于二元社会经济格局的长期存在,现代经济成分在中国一直未能得到长足的发展,使得主要以现代城市经济为主要财政来源的历届中国政府(从晚清、北洋到国民政府)都变得更加脆弱,加上二元格局中容易产生官场腐败现象。这样近代中国历届政府不能担负起政府推动社会经济起飞的责任。第四,由于发展不平衡而形成的城乡的精锐对立,乡村的比重远远大于城市比重,传统农业经济和手工业始终没有得到根本性的改造,加上中国工业是以"单向突进,倾斜发展"方式建立起来的,工业化进程又长期处于低度发展水平,不能发挥扩散效应,不能给农村经济带来发展的机会,也无法在资金和技术方面给农业以补偿。总之,农业始终无法从工业的发展中得到相应的推动力。这样,近代中国就形成了城市愈发展,农村就愈落后;城乡差异愈明显,现代性就愈难以扩散;现代化扩散效应愈弱,城乡二元结构愈严重的恶性循环。

只有消除城乡之间的对立,改变这种不平衡,才能完成中国社会由传统向现代的转变,才能充分发挥现代化因素促进经济社会发展的内在优势。但是,1949 年前中国的国际环境和国内历史条件,决定了当时的统治者不可能完成这一历史重任。中国早期现代化的挫折和停滞也就不可避免。

四、历史传统中的消极因素构成巨大的阻力

每一个国家、民族在走向现代化的过程中,都无法回避现代化与历史传统的关系问题。历史传统,主要是指一种文化的信仰系统、价值系统、社会习俗以及生活方式等深层因素,所有的这些因素都在不同程度上对现代化进程中的思想、行为层次产生影响。历史传统在中国早期现代化中的作用,是一个极其复杂的问题。笼统地说历史传统对早期现代化是阻力或动力,是失之偏颇的。正确的态度应该是进行理性的分析。

在西方现代化理论中,历史传统与现代化是完全对立的;非西方国家要实现现代化,没有别的选择,只有西方化。实际上,没有哪一个国家是完全离开自己的历史传统迈向现代社会的,也没有哪个国家的现代化是完全从外部输入的。从历史上看,真正献身于社会现代化的精英,彻底与本民族传统文化决裂者,几乎从未有过。[①] 任何国家、民族的现代化都是在自己的文化氛围中进行的。

---

① 参见宋书伟:《现代社会发展研究》,新华出版社 1987 年版,第 70 页。

在现代化过程中，"传统必然起着非常重要的作用"。① 因为，"人们自己创造自己的历史，但是他们并不是随心所欲地创造，并不是在他们自己选定的条件下创造，而是在直接碰到的、既定的、从过去继承下来的条件下创造"。② 现代化与历史传统是一个连续过程。现代化是继承与变革的统一。离开传统的现代化就不是真正意义上的现代化。对此，恩格斯也中肯地指出："没有奴隶制，就没有希腊国家，就没有希腊的艺术和科学；没有奴隶制，就没有罗马帝国。没有希腊文化和罗马帝国所奠定的基础，就没有现代的欧洲。……在这个意义上，我们有理由说：没有古代的奴隶制，就没有现代的社会主义。"③

中国的现代化建设也不例外。绵延两千多年的历史，是中国早期现代化最现实的起点。在中国的历史传统中，确实存在着许多有利于资本主义发展的条件。"通常被视为西方资本主义发展障碍的因素，在中国几千年的历史中都不存在。如封建领主制的桎梏、金本位制和地主制的缺乏、对贸易的限制和垄断……"中国"在宗教宽容上起码可以和清教的宽容相比，中国有安定和和平，有商品贸易自由，有居住流动自由，生产方法自由，对工场主的热情并未加限制"④，等等。但是，承认历史传统的作用，并不意味着历史传统绝对有利于现代化。实际上，历史传统在其发展中总是混合着精华与糟粕。也就是说，它既有促进现代化建设的积极成

---

① 《马克思恩格斯全集》第 25 卷，人民出版社 1974 年版，第 893 页。
② 《马克思恩格斯选集》第 1 卷，人民出版社 1995 年版，第 585 页。
③ 《马克思恩格斯选集》第 3 卷，人民出版社 1995 年版，第 524 页。
④ ［德］马克斯·韦伯：《中国的宗教》，台北远流出版社 1996 年版，第 249—243 页。

分,也有阻碍现代化建设的消极因素。恩格斯曾指出:"传统是一种巨大的阻力,是历史的惰性力",①"在一切意识形态内传统都是一种巨大的保守力量。"②马克思在谈到现代社会发展的艰难时,也这样说过:"除了现代的灾难外,压迫我们的还有许多遗留下来的灾难。……不仅活人使我们受苦,而且死人也使我们受苦。死人抓住活人!"③就文化来说,"一切已死的先辈们的传统,像梦魇一样纠缠着活人的头脑"。④ 这种纠缠束缚人们的头脑,妨碍现代化的步伐。因此,中国历史传统中的落后、腐朽部分对现代化产生了滞后、阻碍作用,也是无法否认的。大致说来,历史传统对早期现代化的巨大阻力来自于如下几个方面:

一是"崇古主义"。"崇古主义"是指人们习惯于以传统规则为向导,从古典中寻求自己的"熟悉系统",把对历史的反刍代替对未来的追求。"崇古主义"本质是"以过去取向为第一序的价值优先"。它重古贱今,认为"祖宗之法不可丢",强调守旧、继承,造成了根深蒂固的文化惰性。任何变革传统的思想和行为,必然受到它强烈的抗拒。"在现代化的过程中,有人总是把自己看做是倒霉者,不管有没有外国人卷入,在那些感到倒霉的人中间,有些人也总是认为,出路在于恢复以往的好日子。"⑤二是信仰权威的政治心理。中国两千多年来一直实行封建专制统治,君主专制权威功能被发挥到了登峰造极的地步,以致人们由恐惧权威发展到

---

① 《马克思恩格斯选集》第 3 卷,人民出版社 1995 年版,第 717 页。
② 《马克思恩格斯选集》第 4 卷,人民出版社 1995 年版,第 257 页。
③ 《马克思恩格斯全集》第 23 卷,人民出版社 1972 年版,第 11 页。
④ 《马克思恩格斯选集》第 1 卷,人民出版社 1995 年版,第 585 页。
⑤ [美]西里尔·E.布莱克:《日本和俄国的现代化》,商务印书馆 1992 年版,第25 页。

了信仰权威,建树起根深蒂固的天命观。中国人早已习惯于改朝换代,但不适应没有君主。维新派要保皇,与其说是认同西方君主立宪体制,还不如说深刻认识到了中国传统权威政治对现实的影响。辛亥革命推翻帝制后,人们普遍感到政治信仰失重,思想处于混乱和迷失状态,都与信仰权威的群体意识有关。诚如费正清所云:"天子一旦从人们心目中消失,中国的政治生活无可避免地乱了套,因为这时国家元首没有获得通常那种思想意识上的公认,行使最终的权力。由一个朝代体现出来的统治权,比刚宣称的人民的统治权更为具体而明确得多,特别是因为当时还没有选择什么过程来把权力的某种形式赋予人民。"①信仰权威的政治心理,不仅妨碍了中国民主化的进程,而且导致了挑战权威的勇气和创新意识的严重缺失。三是文化中心主义。文化中心主义,就是"华夏中心"、"夷夏之防"。林语堂曾入木三分地刻画了文化中心主义的重要特征:在中国人眼里,中国的文明不是一种文明,而是唯一的文明,而中国的生活方式也不是一种生活方式,而是唯一的生活方式,是人类心力所及的唯一的文明和生活方式。② 文化中心主义,必然合乎逻辑地推导出对西方文化的憎恨和排斥,决定了中国走向世界的每一步都是艰难的。四是小农意识。保守苟安、平均主义、目光短浅是小农意识的主要特征。显然,小农意识与现代化所需要的进取精神、效率和效益原则是背道而驰的。五是伦理至上主义。伦理至上主义,重书本,轻社会实践,对儒家经典的阐述和发挥成了最大的学问;满足于对既成事物当然的思辨说明;重

① ［美］费正清:《美国与中国》,商务印书馆1971年版,第158页。
② 参见林语堂:《中国人》,浙江人民出版社1988年版,第30页。

志轻功,重义轻利,贵农贱商,把外在的事功活动纳入纲常伦理规范的支配之内,只有这样,才承认它们的意义。所有这些与思维方式、是非标准和审美情趣结合在一起,共同构成了传统道德文化的价值系统。这种价值系统,与小生产的自然经济、血缘纽带的宗法制度、中央集权的大一统,共同构成了封建社会的有机整体。

在近代中国,上述的崇古主义、信仰权威的政治心理、文化中心主义、小农意识以及伦理至上主义所聚合而成的能量,远远超过历史传统内部有助于推动早期现代化进程的各种因素之总和。中国历史传统中的消极因素的力量,之所以在近代中国超过有助于推动现代化的因素,成为早期现代化的巨大阻力,是因为这些消极因素与整个宗法型社会结构,尤其是与两千多年来超稳定的传统农业生产方式联结在一起的。传统生产方式"不管初看起来怎样祥和无害,却始终是东方专制制度的牢固基础,它使人的头脑局限在狭小的范围内,成为迷信的驯服工具,表现不出任何伟大和任何历史首创精神",①它使人们置身于苟安、消极的生活环境中,深深打上种姓制度的印记,使人不仅不能走向开明、进步,反而产生一种野性的、盲目的、放纵的破坏力量。因此,要克服历史传统中的消极因素,就必须改造传统的生产方式。恩格斯指出,观念的东西,"都是在一定社会内占统治地位的经济关系的或近或远的枝叶",因此,"这些观念终究抵抗不住因这种经济关系完全改变而产生的影响。除非我们相信超自然的奇迹。"②不改变传统的生产方式,根本不可能铲除历史传统中的消极因素。但是,中国传统生

---

① 《马克思恩格斯选集》第 1 卷,人民出版社 1995 年版,第 765 页。
② 《马克思恩格斯全集》第 22 卷,人民出版社 1965 年版,第 360 页。

产方式,是近代反动政权的根基。反动统治阶级决不可能动摇自己赖以存在的基础,相反,他们都想方设法使它得到不断巩固。与之相适应,中国历史传统中的消极因素也就随之而得到强化。正因为如此,在中国早期现代化的过程中,历史传统与现代性冲击的尖锐性远远超过英法等西方国家。现代化每前进一步都要经过激烈的冲击和震荡,出现停滞,甚至出现倒退,也就理所当然了。

综上所述,由于历史条件的缺失,中国早期现代化终究逃脱不了失败的命运。尽管如此,在严酷的社会背景下起步的中国早期现代化,终究给 20 世纪后半叶中国的现代化提供了一个基础、一级阶梯。

第 三 章

中国社会主义现代化道路的
艰辛探索与拓展

　　资本主义现代化道路在中国走不通,中国的现代化最终选择了社会主义道路。这种选择决不是一种非理性的宗教信仰,而是近代中国革命发展的必然结果。中国不仅要走社会主义的现代化道路,而且要走自己的社会主义现代化道路。为此,中国社会主义现代化的领导者——几代中国共产党人进行了艰苦的探索,终于在党的十一届三中全会后逐步找到了一条有中国特色的社会主义现代化道路。探索中国社会主义现代化道路的历程充满坎坷与曲折。每一代中国共产党人的探索都取得了巨大的成就,也不可避免地出现了失误。无论是探索的成就还是探索的失误,都是后来探索者的宝贵财富,都是把社会主义现代化事业不断推向前进的基础。

第一节　走社会主义现代化道路是近代
中国革命发展的必然结果

中国民主革命的任务是推翻阻碍中国现代化进程的帝国主义、封建主义的反动统治,实现国家统一和民族独立,为中国的现代化创造根本的前提。这是一项极其艰巨而复杂的任务。近代中国民主革命任务的艰巨性和复杂性,客观上需要一个坚强的领导阶级。但是,中国资产阶级的阶级局限性,注定了它们无力回应历史的召唤,不能担负起这一历史重任。

中国资产阶级可以分为两大部分,一部分是官僚资产阶级,一部分是民族资产阶级。官僚资产阶级代表着近代中国最为反动的生产关系,具有买办性、垄断性和封建性的特点。"这个垄断资本,和国家政权结合在一起,成为国家垄断资本主义。这个垄断资本主义,同外国帝国主义、本国地主阶级和旧式富农密切结合着,成为买办的封建的国家垄断资本主义。这就是蒋介石反动政权的经济基础。这个国家垄断资本主义,不但压迫工人农民,而且压迫城市小资产阶级,损害中等资产阶级。"①可见,官僚资产阶级本身就是中国现代化进程的障碍,是革命的对象。"国民党主要统治集团的十八年统治",已经证明了这一点。② 中国民族资产阶级具有两重性。"一方面,民族资产阶级受帝国主义的压迫,又受封建主义的束缚,所以,他们同帝国主义和封建主义有矛盾。所以,从

---

① 《毛泽东选集》第 4 卷,人民出版社 1991 年版,第 1253—1254 页。
② 《毛泽东选集》第 4 卷,人民出版社 1991 年版,第 1055 页。

这一方面说来,他们是革命的力量之一。……但是又一面,由于他们在经济上和政治上的软弱性,由于他们同帝国主义和封建主义并未完全断绝经济上的联系,所以,他们又没有彻底的反帝反封建的勇气。"①民族资产阶级的两重性、软弱性是与它产生的社会背景相联系的。中国民族资产阶级是殖民地半殖民地国家的资产阶级。这个阶级主要是由买办阶级转化而来的。买办阶级是帝国主义侵华的直接产物,其前身是封建统治阶级内部的士绅阶层。由此可见,民族资产阶级在其"母腹"中,就与本国封建主义和外国资本主义有着一种依附性的联系。但是,当民族资产阶级成长起来,着手于从事资本主义生产的时候,却不可避免地与封建主义生产方式和帝国主义在华的经济利益发生矛盾和冲突,于是遭到帝国主义和封建主义的打击和压制。民族资产阶级为了自身的存在和发展,就必定有反抗帝国主义和封建主义的一面。中国民族资产阶级的两重性、软弱性,决定了这一阶级也无力完成反帝反封建的历史使命。

既然中国资产阶级不可能领导反帝反封建的民主革命,"在帝国主义时代,任何国家的任何别的阶级,都不能领导任何真正的革命的胜利",于是,历史的重任就落到了中国无产阶级的肩头。"没有工人阶级的领导,革命就要失败,有了工人阶级的领导,革命就胜利了。"②"五四"运动是近代中国革命领导权交接的转折点。"五四"运动是一场彻底地不妥协地反对帝国主义和彻底地不妥协地反对封建主义的爱国民主运动。在运动中,中国无产阶

① 《毛泽东选集》第 2 卷,人民出版社 1991 年版,第 640 页。
② 《毛泽东选集》第 4 卷,人民出版社 1991 年版,第 1479 页。

级开始以独立的姿态登上政治舞台,并成为运动的主力军。自此,中国民主革命的领导者已经不再是资产阶级,而是无产阶级。这场革命不再是旧式的资产阶级民主革命、不再与资产阶级世界革命相联系,而是属于无产阶级世界革命的范畴,是无产阶级世界革命的一个组成部分。于是,近代中国革命就由旧民主主义革命转变为新民主主义革命。

所谓新民主主义革命,就是无产阶级领导的人民大众的反帝反封建的革命。新民主主义革命之所以只能由中国无产阶级来领导,是因为无产阶级"最有远见,大公无私,最富于革命的彻底性";①"中国无产阶级开始走上革命的舞台,就在本阶级的革命政党——中国共产党领导之下,成为中国社会里比较最有觉悟的阶级。"②中国共产党是以马克思主义为指导思想的无产阶级政党,是中国工人阶级的先锋队。马克思主义揭示了人类社会发展的一般规律,阐明了社会主义代替资本主义的历史必然和共产主义必然实现的美好前景,是无产阶级和全人类获得解放的强大思想武器。马克思主义使中国无产阶级认识到中国革命的性质、前途和自己的伟大历史使命。但是,在半殖民地半封建的中国,本国的封建势力和外国侵略者互相勾结,反革命力量异常之强大而凶残。所以,"中国无产阶级应该懂得:他们虽然是一个最有觉悟性和最有组织性的阶级,但是如果单凭自己一个阶级的力量,是不能胜利的。而要胜利,他们就必须在各种不同的情况下团结一切可能的革命的阶级和阶层,组织革命的统一战线"。③

---

① 《毛泽东选集》第4卷,人民出版社1991年版,第1479页。
② 《毛泽东选集》第2卷,人民出版社1991年版,第644页。
③ 《毛泽东选集》第2卷,人民出版社1991年版,第645页。

"团结一切可能的革命的阶级和阶层"，首先就是要团结农民。农民是中国社会最古老的阶级，约占全国人口总数的80%以上。"中国民主革命的主要力量是农民，忘记了农民，就没有中国的民主革命。"①"中国的民主主义者如不依靠三亿六千万农民群众的援助，他们就将一事无成。"②中国农民深受帝国主义、封建主义的双重剥削和压迫，其根本利益和无产阶级是相一致的。不仅如此，"由于从破产农民出身的成分占多数，中国无产阶级和广大农民有一种天然的联系，便于他们和农民结成亲密的联盟"。③中国无产阶级与农民阶级之间的联盟，是统一战线的主体和基础。除农民之外，革命统一战线还包括小资产阶级和民族资产阶级。尽管民族资产阶级自身的两重性和软弱性使其不能成为革命的领导阶级，但是在无产阶级领导的民族民主革命中，它可以和无产阶级结成革命的联盟。"城市小资产阶级也是可靠的同盟军，民族资产阶级则是在一定的时期中和一定的程度上的同盟军。"④正是因为有了无产阶级——通过它自己的政党中国共产党的坚强领导，有了全国革命阶级和阶层所结成的坚固联盟，中国人民经过20多年的浴血奋斗，终于推翻了压在自己头上的三座大山，摆脱了半殖民地半封建的社会状态，取得了新民主主义革命的伟大胜利。

无产阶级领导的新民主主义革命的胜利，虽然客观上为资本主义的发展扫清了道路，但是，这并不意味着中国要走"回头路"，

---

① 《毛泽东文集》第3卷，人民出版社1996年版，第305页。
② 《毛泽东选集》第3卷，人民出版社1991年版，第1078页。
③ 《毛泽东选集》第2卷，人民出版社1991年版，第644页。
④ 《毛泽东选集》第2卷，人民出版社1991年版，第645页。

即再通过资本主义道路来实现现代化。"当人民推翻了帝国主义、封建主义和官僚资本主义以后,中国要向哪里去? 向资本主义,还是向社会主义? 有许多人在这个问题上的思想是不清楚的。事实已经回答了这个问题:只有社会主义能够救中国。"①新民主主义革命胜利后,中国只能走社会主义道路,只能通过社会主义来实现现代化。这是由当时的国际国内条件所决定的。具体说来:

　　首先,资本主义的现代化道路是一条痛苦而漫长的道路。"资本主义道路,也可增产,但时间要长,而且是痛苦的道路。"②说它是一条痛苦的道路,是因为资本主义国家在实现工业化的过程中,对于所需要的资金主要是通过两种方式进行积累的:对内剥削本国的无产阶级和其他劳动人民,使不可胜数的小生产者和中小企业主陷入破产的境地,而社会财富则越来越集中到少数人手中,造成了严重的社会两极分化;对外则通过残酷而野蛮的海外殖民掠夺。说这条路是漫长的,是因为"经过了三百多年,资本主义的生产力才有了现在这个样子"。③ 显然,中国的现代化不能重蹈覆辙。不仅如此,世界进入帝国主义和无产阶级革命时代以后,中国已经丧失了通过发展资本主义而走向繁荣富强的历史机遇。中国在其一百多年的现代化历程中,没有能够建立一个独立的、比较完整的工业体系和国民经济体系,如果独立后再走资本主义道路,就不可能摆脱对外国资本的依赖,那么不仅经济不可能迅速发展,就连已经赢得的独立地位也将难以保持。

　　其次,新民主主义革命胜利后,中国再走资本主义道路,为社

---

① 《毛泽东文集》第7卷,人民出版社1999年版,第214页。
② 《毛泽东文集》第6卷,人民出版社1999年版,第299页。
③ 《毛泽东文集》第8卷,人民出版社1999年版,第302页。

会主义所不容许。诚然,新民主主义革命的胜利,是中国人民在中国共产党的领导下,主要依靠自己的力量取得的,但是也是国际无产阶级大力援助的结果。"中国要独立,决不能离开社会主义国家和国际无产阶级的援助。这就是说,不能离开苏联的援助,不能离开日本和英、美、法、德、意各国无产阶级在其本国进行反资本主义斗争的援助。"①"在帝国主义存在的时代,任何国家的真正的人民革命,如果没有国际革命力量在各种不同方式上的援助,要取得自己的胜利是不可能的。胜利了,要巩固,也是不可能的。伟大的十月革命的胜利和巩固,就是这样的,……人民中国的现在和将来也是这样。"②"现在的世界,是处在革命和战争的新时代,是资本主义决然死灭和社会主义决然兴盛的时代。在这种情形下,要在中国反帝反封建胜利之后,再建立资产阶级专政的资本主义社会,岂非是完全的梦呓?"③由此可见,在帝国主义时代,特别是第一次世界大战和十月革命以后,中国走资本主义的"回头路",首先是国际资本主义不容许,同时也为社会主义所不允许。虽然走社会主义道路也为帝国主义所不允许,但是能够得到社会主义国家的有力支援。在社会主义国家和其他民族国家的支持下,中国成功地实现社会主义现代化就有了有利的外部环境。

再次,新民主主义革命的胜利,为中国走社会主义道路创造了前提。中国共产党所领导的中国革命必须分两步走:第一步进行资产阶级性质的民族民主革命,为中国资本主义发展扫清道路;第二步进行社会主义革命。"民主主义革命是社会主义革命的必要

---

① 《毛泽东选集》第2卷,人民出版社1991年版,第680页。
② 《毛泽东选集》第4卷,人民出版社1991年版,第1473—1474页。
③ 《毛泽东选集》第2卷,人民出版社1991年版,第680页。

准备,社会主义革命是民主主义革命的必然趋势。"①在"革命的两个阶段中,第一个阶段为第二个阶段准备条件,而两个阶段必须衔接,不允许横插一个资产阶级专政的阶段"。② 但是,新民主主义革命胜利后,中国不可能立即进入社会主义社会,而是要经历一个新民主主义社会的过渡阶段,这是因为中国并不具备进行社会主义革命所必需的社会经济条件。这个新民主主义社会并不是资产阶级专政的国家,而是以工人阶级为领导的、以工农联盟为基础的,包括城市资产阶级、知识分子及其他爱国人士参加的人民民主专政。新民主主义社会存在着多种经济成分,国营经济、公营经济数量虽少,但是起着领导和决定作用。而且,由于这个国家是无产阶级领导的,所以这些经济都是社会主义性质的,它们的发展方向是社会主义。一旦具备必备的社会经济条件,无产阶级就会进行社会主义革命,促使新民主主义社会转变为社会主义社会。

最后,在世界资本主义向下没落,而社会主义向上生长的新时代,充满生机和活力的社会主义,能够促进生产力的迅猛发展。"社会主义革命的目的是为了解放生产力。农业和手工业由个体的所有制变为社会主义的集体所有制,私营工商业由资本主义所有制变为社会主义所有制,必然使生产力大大获得解放。这样就为大大地发展工业和农业的生产创造了社会条件。"③这就是说,新民主主义革命胜利后,中国走社会主义道路,能够解放和发展生产力,能为社会主义现代化创造必不可少的社会条件。因此,社会主义对中国具有强大的吸引力,它促使着中国人民跨越资本主义

① 《毛泽东选集》第 2 卷,人民出版社 1991 年版,第 651 页。
② 《毛泽东选集》第 2 卷,人民出版社 1991 年版,第 685 页。
③ 《毛泽东文集》第 7 卷,人民出版社 1999 年版,第 1 页。

的"卡夫丁峡谷"。

综上所述，在近代中国革命发展的过程中，无产阶级登上了历史舞台并成为革命的领导者，从而这场革命由旧民主主义革命转变为新民主主义革命。无产阶级领导的新民主主义革命的前途必然是社会主义。

第二节　初步探索中国自己的社会主义现代化道路

建国之初，我国的现代化建设基本上搬用了"苏联模式"，但是照搬照抄毕竟不是长久之计。尤其是随着大规模社会主义现代化建设的展开，"苏联模式"的弊端日渐暴露。于是，以毛泽东为代表的中国共产党人开始了探索"中国式"现代化道路的最初尝试。社会主义现代化道路的初步探索取得了丰硕的成果，也出现了重大的失误。然而其更为深远的意义，在于他们的不懈探索。

一、建国之初对"苏联模式"的仿效

新民主主义革命胜利后，在经济文化相当落后的中国，如何通过社会主义道路实现现代化，成为一个亟待解决的重大问题。

建国初期，在社会主义现代化道路的选择上，我国仿效了"苏联模式"。所谓"苏联模式"，就是苏联社会主义现代化模式。它是苏联在斯大林的领导下，摸索出的一条"由落后国变成先进国，由农业国变为工业国"的现代化道路。① 第二次世界大战后，苏联

---

① 《斯大林选集》下卷，人民出版社1979年版，第495页。

现代化模式几乎无一例外地移植到东欧社会主义国家。于是,苏联模式被国际化,成为一种与西方资本主义现代化模式相对立的形式。

苏联模式的主要特点有:第一,社会主义公有制是所有制的唯一形式,把公有制、国有化作为现代化模式创新的决定性因素。国家有计划地发展以国营企业和集体化农业为主导的国民经济,并期望借助这种先进的生产关系来促进社会生产力的高速发展,为赶超发达的资本主义国家提供可靠的经济制度保障。第二,指导方针上,选择优先发展重工业的现代化战略。实现优先发展重工业的战略方针,一方面促使了工业化的快速发展,极大地增强了苏联的经济实力;另一方面,对重工业的投资过高,导致国民经济比例严重失调。片面发展重工业、轻视农业和轻工业造成了农业和轻工业长期落后,人民生活得不到提高;用掠夺农民的办法来积累资金,大大损伤了农民的利益和生产的积极性。第三,经济体制上,实行国家指令性计划和有限市场相结合的经济调节体系。国家指令性计划,就是由中央来统一计划分配物力、财力和人力,规定基本的比例关系,使指令性计划成为调节经济的唯一方式;有限市场供求,实际上是取消了市场机制,否定市场调节资源分配的作用。正因为如此,在经济活动中,不是自觉地利用价值规律调节生产和供求,也不能利用经济手段、经济杠杆有效调节经济运行,而是运用各种行政手段进行硬性管理。第四,管理体制上,是高度集权的国家权力统制形式。苏联按照部门管理的原则支配经济。经济决策权和经济管理权高度集中于中央行政机构,国家权力遍及于生产、流通、分配等所有环节。"苏维埃管理组织直接管理从宏观到中观、微观的经济活动。"①这种高度集中的管理体制,造成以政治为制导的、过分集中的经济运行机制和外在强制性的经济秩序,不利于发挥地方和企业的积极性。总之,"苏联模式"有着它的优点,也存在着诸多弊端。随着时代的发展,苏联模式就越来越难以适应包括苏联在内的社会主义国家发展的要求,面临着自我发展、自我革新的问题。

新中国成立初期,"在经济建设方面,我们只得照抄苏联,特别是重工业方面,几乎一切都抄苏联,自己的创造性很少。这在当时是完全必要的"。② 首先,这种"抄"具有现实必然性。一是以高度集中为特征的计划经济模式,使社会主义苏联在短短的十多年时间里就实现了国家的工业化,从二三流国家一跃成为世界上第一个社会主义强国。基于此,全世界都对社会主义带有理想化的憧憬。而对于急于实现现代化、急于想实现强国梦的中国,苏联的模式无疑更是一个寄托着美好生活的大同社会理想和能迅速实现工业化的模式,具有不可抵御的吸引力。"苏联过去所走过的道路正是我们今天要学习的榜样……我国实现国家的社会主义工业化,正是依据苏联的经验从建立重工业开始的。"③在当时人们的心目中,社会主义不仅和计划经济体制相联系,而且也和优先发展重工业战略相联系。二是当时美苏两大阵营对垒的国际环境,以及美国当局推行反共反华的遏制政策的形势下,新中国正常的国际政治交往和贸易交往被人为地切断,不得不在政治上和经济上"一边倒","走俄国人的路",与苏联携手并进,把苏联模式作为我

---

① 《列宁全集》第 34 卷,人民出版社 1985 年版,第 170 页。
② 《毛泽东文集》第 8 卷,人民出版社 1999 年版,第 305 页。
③ 《建国以来重要文献选编》第 4 册,中央文献出版社 1993 年版,第 707 页。

们效法的榜样。三是资本主义道路和社会主义道路两种截然对立的现代化目标模式,是当时对现代化路径认识的知识背景。斯大林对于存在社会主义和资本主义两种世界市场的权威论断,更是从政治上划定了两种现代化发展模式的对抗性,对走社会主义道路的国家影响深远。在这种意识形态的价值框架下认识的现代化不但设定了非社即资的政治标准,而且把现代化发展模式与现代化发展战略混为一体。四是社会主义现代化建设是一项全新事业,全国上下都缺乏进行全面经济建设的实际经验。没有社会主义现代化建设经验的中国,向一个可资借鉴的国家学习是很有必要的。苏联几乎是唯一能够向中国提供相关经验的社会主义国家。"那时,在我们不少同志的心目中,一提起苏联的经验,是很有一些肃然起敬、钦慕不已的味道的。"[1]不仅如此,新中国制定和执行第一个五年计划,以及随后大规模展开的经济建设,都是在苏联的援助下进行的。"苏联的援助比中国希望得到的要少得多,而这样援助的政治含义又比预期要大得多,但在人民共和国早期的工业发展中,它仍然是一个十分重要的因素。"[2]"一五"计划期间,在苏联承诺援建的 156 个工程中,"实际进行施工的为 150 项,其中在'一五'期间施工的有 146 项"。[3] 由于我国经济建设的第一个五年计划主要是在苏联大力帮助下展开的,因此,我们的体制模式和经济发展战略不能不在许多方面照抄苏联。由此可见,当

---

① 薄一波:《若干重大决策与事件的回顾》上卷,人民出版社 1997 年版,第 417 页。

② [美]莫里斯·迈斯纳:《毛泽东的中国及后毛泽东的中国》,四川人民出版社 1992 年版,第 159 页。

③ 薄一波:《若干重大决策与事件的回顾》上卷,人民出版社 1997 年版,第 306 页。

时仿效"苏联模式"是一种符合逻辑的选择。

其次，仿效"苏联模式"，与我国当时特定的社会经济条件有着密切的关系。当时中国的经济异常的落后，大约90%是分散的个体农业经济和手工业经济。在剩下的10%左右的现代性工业产值中，也主要是轻工业，重工业近乎一片空白。对此，毛泽东曾作了十分形象的描述："现在我们能造什么？能造桌子椅子，能造茶碗茶壶，能种粮食，还能磨成面粉，还能造纸，但是，一辆汽车、一辆坦克、一辆拖拉机都不能造。"①然而，在这样落后的经济条件下建立的人民政权，却面临着来自以美国为首的西方敌对势力的军事包围和战争威胁。在这种严峻的形势下，要巩固新生的人民共和国，要尽快摆脱贫穷落后的面貌，就必须建立起强大的国防。这就要求我们像苏联那样，采用优先发展重工业的工业化发展战略。正因为如此，"我国正在新建的社会主义工业绝大多数是为我国工业化奠定基础的重工业，它们是以最新的技术装备起来的，并且规模巨大，它们是我们国家的'命根子'"。"实现国家的社会主义工业化的中心环节是发展国家的重工业，以建立国家工业化和国防现代化的基础。"②

第三，仿效"苏联模式"，还源自于厚重的历史基础。首先，中国人是通过俄国认识社会主义的。"中国人找到马克思主义，是经过俄国人介绍的。在十月革命以前，中国人民不但不知道列宁、斯大林，也不知道马克思、恩格斯。十月革命一声炮响，给我们送

---

① 《毛泽东文集》第6卷，人民出版社1999年版，第329页。
② 《关于党的过渡时期总路线的学习和宣传提纲》，中共中央宣传部1953年12月制发。

来了马克思主义。"①因此,在中国人心目中,社会主义、马克思主义就是十月革命和苏维埃俄国。其次,中国共产党是在苏联共产党的帮助下建立起来,并且在苏联控制的共产国际的长期领导之下,因此,党的组织形式和政治纲领始终与苏联共产党具有一定的渊源。毛泽东在《改造我们的学习》中说,"灾难深重的中华民族,一百年来,其优秀人物奋斗牺牲,前仆后继,摸索救国救民的真理,是可歌可泣的。但是直到第一次世界大战和俄国十月革命之后,才找到马克思列宁主义这个最好的真理,作为解放我们民族的最好的武器,而中国共产党则是拿起这个武器的倡导者、宣传者和组织者"。② 在《全世界革命力量团结起来,反对帝国主义的侵略》一文中,他进一步指出,"中国共产党就是依照苏联共产党的榜样建立起来和发展起来的一个党。自从有了中国共产党,中国革命的面目就焕然一新了"。③ 可见,厚重的历史基础,使仿效"苏联模式"成为顺理成章、水到渠成的事情。

"苏联模式"对于新中国的现代化建设具有十分重要的意义。这种现成的模式,为中国提供"国家组织形式、面向城市的发展战略、现代的军事技术和各种各样特定领域的政策和方法"。④ 经过第一个五年计划时期大规模的经济建设,"1957 年总产值达到1606 亿元,比 1952 年增长 70.9%。其中,农业产值 537 亿元,增长 24.8%,所占比重下降为 33.4%;工业产值 704 亿元,增长 1 倍

---

① 《毛泽东选集》第 4 卷,人民出版社 1991 年版,第 1470—1471 页。
② 《毛泽东选集》第 3 卷,人民出版社 1991 年版,第 796 页。
③ 《毛泽东选集》第 4 卷,人民出版社 1991 年版,第 1357 页。
④ 〔美〕费正清:《剑桥中华人民共和国史》上册,中国社会科学出版社 1998 年版,第 65 页。

多,所占比重上升到 43.8%。这说明,5 年内在工农业都有较大幅度增长的情况下,初步改变了我国经济以农为主的局面"。[①] 一批为国家工业化所必需的而过去非常薄弱甚至近乎空白的基础工业建立起来了,我国初步形成了社会主义工业化的基础,初步建立了一个比较完整的国民经济体系。在生产力的布局方面,长期以来比较落后的广大内地和西部少数民族地区,也陆续新建了一批工业基地,使生产力过分集中于东部沿海的状况有了一定程度的改变,从而扩大了资源开发利用的范围,大大提升了全国的整体经济实力。此外,国防工业也从无到有地建立起来了,国家的科学技术水平也有了大幅度的提高。总之,仿效"苏联模式"所取得的建设成就,为新中国人民政权的巩固、人民生活水平的提高奠定了坚实的物质基础。

二、走中国自己的社会主义现代化道路

任何一种现代化模式都不可能尽善尽美,即使是成功的经验也不一定适合中国的情况。事实也是如此。"苏联模式"搬到中国之后,在发挥重要作用的同时,暴露出越来越多的弊端。片面发展大工业与中国的具体国情相悖:中国的资源状况与苏联相差很大,人口压力大,知识文化程度也低得多,现代工业基础微乎其微,从农业社会向工业社会转化的制约因素更加复杂;所有制结构单一,大大缩小了市场机制发挥作用的范围;高度集中的计划体制统得太死、管得太多,不利于地方、企业发挥自主性和创造性;分配上

---

① 薄一波:《若干重大决策与事件的回顾》上卷,人民出版社 1997 年版,第 303 页。

的平均主义、"吃大锅饭",影响了劳动者积极性和创造性的发挥。经过三年经济恢复和三年"一五"计划的实施,毛泽东和党中央积累了一些现代化建设的经验,逐渐意识到了苏联模式的不足。"对于苏联体制的模式和经济发展战略的弊端,在我们党内,毛主席是觉察最早的。在斯大林去世后,苏联一系列深层次的问题陆续暴露出来,这使毛主席敏锐地觉察到:苏联经验并非十全十美。"①就在苏共二十大闭幕不久,毛泽东就明确提出:"赫鲁晓夫这次揭了盖子,又捅了娄子。他破除了那种认为苏联、苏共和斯大林一切都是正确的迷信,有利于反对教条主义。不要再硬搬苏联的一切了。应该用自己的头脑思索了。应该把马克思主义的基本原理同中国革命的建设的具体实际结合起来,探索在我们国家里建设社会主义的道路了。"②中国是一个"一穷二白"的国家,发展重工业、实现社会主义工业化是实现整个社会现代化的当然要求和必要条件。但中国又是一个大的农业国,农业人口占全国人口的80%,农业不上去,吃饭问题不解决,工业化等一切问题都无从解决。鉴于此,中国既不能采用西欧式的资本积累,通过"羊吃人"的方式把农民逼为雇佣劳动者的血腥方式,也不能仿效苏联式的资本积累,通过工农产品的"剪刀差"掠夺农民的冷酷方式,而应该走一条符合中国实际的工业化道路。这就是:在社会主义建设中,以"农、轻、重"为序,工业与农业并举。

毛泽东的《论十大关系》是探索中国社会主义工业化道路的开山之作。1956年,在听取了34个部委的汇报之后,毛泽东提出

①　《毛泽东百周年纪念》上册,中央文献出版社1994年版,第4页。
②　吴冷西:《忆毛主席》,新华出版社1995年版,第6—7页。

了《论十大关系》的报告。在这个报告中,毛泽东把处理重工业和轻工业、农业的关系放在十大关系的首位。他提出:"重工业是我国建设的重点。必须优先发展生产资料的生产,这是已经定了的。但是决不可因此忽视生活资料尤其是粮食生产。"我国是个农业大国,在重点发展重工业的同时,要"适当调整重工业和轻工业、农业的投资比例,更多地发展农业和轻工业",更多地发展沿海工业,尽量降低军政费用的比率,从长远看,这样反而能够更快更好地发展重工业、内地工业和国防工业。① 这表明毛泽东开始把探索新的工业化道路的任务,提到全党面前,提出了中国的社会主义工业化必须根据自己的国情走自己的路。毛泽东后来回忆说:"1956 年 4 月提出十大关系,开始提出自己的建设路线,原则和苏联相同,但方法有所不同,有了我们自己的一套内容。"②随后,毛泽东在《关于正确处理人民内部矛盾问题》的讲话中,明确提出了"中国工业化道路"问题,并且把农、轻、重的关系作为中国工业化道路的主要问题。他说:"这里所讲的工业化道路问题,主要是指重工业、轻工业和农业的关系问题。我国的经济建设是以重工业为中心,这一点必须肯定。但是同时必须充分注意发展农业和轻工业。""发展工业必须和发展农业并举,工业才有原料和市场,才有可能为建立强大的重工业积累较多的资金。"③没有农业,就没有工业。工业和农业并举的方针,是一个既要工业又要人民的方针。

---

① 《毛泽东文集》第 7 卷,人民出版社 1999 年版,第 24 页。
② 薄一波:《若干重大决策与事件的回顾》上卷,人民出版社 1997 年版,第 487 页。
③ 《毛泽东文集》第 7 卷,人民出版社 1999 年版,第 240—241 页。

以大炼钢铁为中心的"大跃进"运动,使农业和轻工业受到了影响。毛泽东和党中央在纠正失误的过程中,又提出了以农轻重为序发展国民经济的思想。他提出:"过去安排重、轻、农,这个秩序要反一下,现在是否提农、轻、重?要把农、轻、重的关系研究一下。过去搞十大关系,就两条腿走路……现在可以说是没有执行,或者说是没有很好地执行。过去是重、轻、农、商、交,现在强调把农业搞好,次序改为农、轻、重、交、商。"①这是我们党第一次明确使用"农、轻、重"的概念,确立了农轻重为序,是对《论十大关系》的重要发展。后来,毛泽东又进一步提出了"以农业为基础,以工业为主导"的发展国民经济的总方针。他认为了加快经济发展,必须实行工业和农业、重工业和轻工业、中央工业和地方工业、大中小企业、洋法生产和土法生产等一系列的"同时并举"的方针即"两条腿走路"的方针。这就突破了苏联把优先发展生产资料简单化为优先发展重工业而忽视轻工业、农业的做法,从而实现了社会主义工业化道路的重大突破。当然,这种突破是有限的。实际上,当时没有完全跳出优先发展重工业和国防工业的传统"苏联模式"的基本框架,并没有能够完全摆脱"苏联模式"的影响,甚至在某些方面比传统模式走得更远。这种历史局限性,不仅影响了新中国探索的深度,也使探索过程具有极不确定性。尽管如此,没有人能够否认这条道路,在实践中所取得的初步的然而是极其重要的成功,它至今仍然是中国现代化建设的一个重要方针。

在实现社会主义工业化道路重大突破的过程中,党中央和毛泽东对现代化的目标、步骤、道路、动力等方面的问题也进行了深

---

① 《毛泽东文集》第8卷,人民出版社1999年版,第78页。

入的思考和探索,取得了重大的成果。

（一）关于现代化的战略目标

党中央和毛泽东对现代化目标的思考,是从中国工业化开始的。在新中国成立以前,他们主要是从工业化的角度来理解现代化。毛泽东在《论联合政府》中指出:"中国工人阶级的任务,不但是为着建立新民主主义的国家而斗争,而且是为着中国的工业化和农业近代化而斗争。"由于"没有工业,便没有巩固的国防,便没有人民的福利,便没有国家的富强",所以,新民主主义革命胜利后,"必须采取切实的步骤,在若干年内逐步地建立重工业和轻工业,使中国由农业国变为工业国"。① 在党的七届二中全会上,毛泽东又再次强调:"要使中国稳步地由农业国转变为工业国,把中国建设成一个伟大的社会主义国家。"②

从 50 年代中期开始,党和毛泽东对我国社会主义现代化目标的构想,逐步由工业化向"现代化"转换。1954 年 6 月,毛泽东在《中华人民共和国宪法草案》一文中指出,我们的总目标,"是要实现社会主义工业化,要实现农业的社会主义化、机械化,要建成一伟大的社会主义国家"。③ 他把社会主义工业化、农业的社会化和机械化,理解为一个"伟大的社会主义国家"的内涵。同年 9 月,周恩来在全国人大一届一次会议上指出:"如果我们不建设起强大的现代化的工业、现代化的农业、现代化的交通运输业和现代化的国防,我们就不能摆脱落后和贫困,我们的革命就不能达到目

---

① 《毛泽东选集》第 3 卷,人民出版社 1991 年版,第 1081 页。
② 《毛泽东选集》第 4 卷,人民出版社 1991 年版,第 1437 页。
③ 《毛泽东文集》第 6 卷,人民出版社 1999 年版,第 329 页。

的。"①这是对"四个现代化"的最初提法,体现了对物质文明的追求。1957 年 2 月,在《关于正确处理人民内部矛盾问题》一文中,毛泽东又进一步明确指出:要"将我国建设成为一个具有现代工业、现代农业和现代科学文化的社会主义国家"。② 这里,首次将科学文化纳入社会主义建设的目标,强调了科学技术和文化在现代化建设中的作用,体现了现代化对精神文明的要求。

　　1959 年年底到 1960 年年初,毛泽东在读苏联《政治经济学》(教科书)时,对社会主义现代化又进行了较为深入的思考,提出了"国防现代化"的要求。他说:"建设社会主义,原来是要求工业现代化、科学文化现代化,现在要加上国防现代化。"③这个提法第一次完整地表述了"社会主义四个现代化"的全部思想。1964 年12 月,根据毛泽东的建议,周恩来在全国人大三届一次会议的《政府工作报告》中,正式向全国人民提出了"全面实现农业、工业、国防和科学技术的现代化"的宏伟目标。④ 这样,在很长的时间里,中国现代化被定格为农业、工业、国防和科学技术现代化,即"四个现代化"。实现"四个现代化"成了全党、全国人民孜孜以求的奋斗目标。

　　从 50 年代中期开始,我国社会主义现代化的目标逐步以"四个现代化"代替"工业化"。这表明新中国现代化的目标更加全面、更科学、更准确。"四个现代化"的提出,也充分反映了党的领导集体对始于 20 世纪 40 年代的新技术革命,及其所引发的工业

---

① 《周恩来选集》下卷,人民出版社 1984 年版,第 132 页。
② 《毛泽东文集》第 7 卷,人民出版社 1999 年版,第 207 页。
③ 《毛泽东文集》第 8 卷,人民出版社 1999 年版,第 116 页。
④ 《周恩来选集》下卷,人民出版社 1984 年版,第 439 页。

革命和农业革命的深刻把握。

(二)关于现代化的战略步骤

确定了现代化建设的目标,就要求制定相应的战略步骤,以确保现代化建设稳步、有序地向前迈进。毛泽东和党中央根据当时中国的国情,逐步提出了实现现代化目标的战略步骤。

建国初期,随着大规模的社会主义经济建设的展开,党的领导集体不断深究其中的经济规律,对建设社会主义现代化的长期性、艰巨性有过充分的认识。1954年6月,在中央人民政府第30次会议上,毛泽东提出:"要建成一个伟大的社会主义国家,究竟需要多少时间?现在不讲死,大概需要三个五年计划,即十五年左右,可以打下一个基础。到那时,是不是就伟大了呢?不一定。我看,我们要建成一个伟大的国家,需要五十年即十个五年计划,就差不多了,就像个样子了,就同现在大不一样了。"①1955年3月,《在中国共产党全国代表会议上的讲话》中,毛泽东明确提出:"在我们这样的一个大国里,情况是复杂的,国民经济原来又很落后,要建成社会主义社会,并不是轻而易举的事。我们可能经过三个五年计划建成社会主义,但要建成为强大的高度社会主义工业化的国家,就需要几十年的艰苦努力,比如说,要有五十年的时间,即到本世纪的整个下半世纪。"②由此可以看出,党中央已经朦胧地意识到要分两步走来实现宏伟目标。党中央此时的设想是:第一步完成对农业、手工业和资本主义工商业的社会主义改造,实现社会主义工业化,建立社会主义社会,这一步大概需要15年;第二

---

① 《毛泽东文集》第6卷,人民出版社1999年版,第329页。
② 《毛泽东文集》第6卷,人民出版社1999年版,第390页。

步,进一步发展社会主义生产力,实现四个现代化,把中国建成伟大的社会主义国家,这一步大概需要 50 到 70 年。如果仅仅就实现工业化而言,按照当时的发展趋势发展下去,这一估计还是比较实际的、比较谨慎的。

然而,20 世纪 50 年代中期以后,由于受国际共产主义运动中盲目赶超,以及国内反冒进和随之而来的"大跃进"和人民公社化运动的影响,毛泽东一度改变了过去的设想,认为"我国在工农业生产方面赶上资本主义大国,可能不需要从前所设想的那样长的时间了"。① 1958 年 5 月,毛泽东在八大二次会议上,提出了"7 年超过英国,15 年超过美国"的口号。这一口号脱离中国国情,急于求成,造成了不必要的损失。

面对着"大跃进"造成的严重经济困难,党的领导集体重新思考了中国现代化的发展战略,认为实现现代化所需要的时间比过去估计的还要长。1962 年,毛泽东在扩大的中央工作会议上指出:"中国的人口多,底子薄,经济落后,要使生产力很快地发展起来,要赶上和超过世界上最先进的资本主义国家,没有一百年的时间,我看是不行的。""我劝同志们宁肯把困难设想得多一点,把时间设想得长一点。三百几十年建设了强大的资本主义经济,在我国,五十年内外到一百年内外,建设起强大的社会主义经济,那又有什么不好呢?"这是因为"在社会主义建设上,我们还有很大的盲目性,社会主义经济,对于我们来说,还有许多未被认识的必然王国"。"社会主义建设,从我们全党来说,知识都非常不够。"他告诫全党:"要准备由于盲目性而遭受许多的失败和挫折,从而取

---

① 《建国以来毛泽东文稿》第 7 册,中央文献出版社 1992 年版,第 177 页。

得经验,取得最后的胜利。由这点出发,把时间设想得长一点,是有许多好处的,设想短了反而有害。"①事实证明,用一个较长的时间来实现现代化的战略步骤是符合中国国情的。

1963年3月,中央召开工作会议,对国民经济的今后发展提出了分两步走的设想:第一步,建立独立的、比较完整的工业体系和国民经济体系,使我国的工业大体接近世界先进水平。第二步,使我国工业走在前列,全面实现工业、农业、国防和科学技术现代化。1964年12月,周恩来根据这一设想在三届人大一次会议上明确提出:"从三个五年计划开始,我国的国民经济发展,可以分两步来考虑:第一步建立独立的比较完整的工业体系和国民经济体系;第二步全面实现农业、工业、国防和科学技术现代化,使我国的经济走在世界前列。"②这是我国最早的经济建设远景规划的宏伟蓝图。1975年1月,周恩来在全国人大四届一次会议上,再次强调了"两步走"的设想,并作了相应的时间规定。第一步"用十五年的时间,即在一九八〇年以前",第二步"在本世纪内"。③

由上可见,毛泽东和党中央对中国社会主义现代化战略步骤的设计,大致经过一个长、短、长的过程。长能长到100年以上,短则短到两三年。这就折射出了当时党的领导集体的矛盾心理。一方面,他们在后发外生型的中国领导现代化建设的过程中,往往有一种紧迫感,急于改变现状;另一方面,中国"一穷二白"的严酷现实,又使他们担心欲速则不达。

---

① 《毛泽东文集》第8卷,人民出版社1999年版,第302页。
② 《周恩来选集》下卷,人民出版社1984年版,第439页。
③ 《周恩来选集》下卷,人民出版社1984年版,第479页。

（三）关于现代化的动力

毛泽东提出在社会主义条件下还存在着矛盾，"正是这些矛盾推动着我们的社会向前发展"。① 社会主义能够使现代化在政治、经济、文化诸领域全面展开，社会主义生产关系也能够加快生产力的发展。正因为如此，建国后不久，党中央就提出对农业、手工业和资本主义工商业实行社会主义改造，以尽快建立社会主义制度。但是，这是否就意味着社会主义社会不存在矛盾呢？毛泽东认为社会主义社会是充满着矛盾的，基本矛盾仍然是生产力与生产关系、经济基础与上层建筑之间的矛盾。毛泽东认为社会主义社会的这些矛盾与旧社会的矛盾具有根本不同的性质，"它可以经过社会主义制度本身，不断地得到解决"，②即通过社会主义制度的不断调整和完善加以解决。社会主义生产关系与生产力之间、上层建筑与经济基础之间，相适应是基本的，相矛盾是次要的，但却是不可忽视的。对于生产关系中那些不适应生产力的部分，上层建筑中不适应经济基础的部分，必须按照具体情况不断加以变革。通过不断变革而日臻完善的社会主义制度，就能够在更高的程度上与生产力发展水平相适应，从而更有力地推进社会主义现代化建设。

（四）关于现代化建设的原则

在探索自己的社会主义现代化道路的过程中，毛泽东和党中央一贯珍视独立自主，认为只有独立自主，才能取得现代化的主动权，才能在关键技术领域赶超世界先进水平。建国之初，党就提出

① 《毛泽东文集》第 7 卷，人民出版社 1999 年版，第 213 页。
② 《毛泽东文集》第 7 卷，人民出版社 1999 年版，第 213 页。

我们搞建设的基点是"自力更生",要坚持把自己的着眼点放在国内,主要是依靠自己的人力和物力,而不是一味依赖外部条件。即使在三年严重经济困难时期,毛泽东和党中央依然没有动摇"独立自主"的信念,提出要"自力更生为主,争取外援为辅,破除迷信,独立地干工业、干农业、干技术革命和文化革命,打倒奴隶思想,埋葬教条主义"。① 20 世纪 60 年代初,党的领导集体在设计社会主义现代化的战略步骤时,又把建立独立的比较完整的工业体系和国民经济体系放在首位,作为战略部署的第一步。

毛泽东和党中央在坚持独立自主搞现代化建设的同时,提出了"向外国学习"的口号。独立自主地走中国自己的现代化道路,并不是要闭关锁国、不是排斥外国的经验、走自我孤立的道路,相反必须正确对待外国的东西,向一切国家和民族学习先进的科学和先进的经验。毛泽东指出:每一个民族都有其长处,这是它们存在和发展的基础,"一切民族、一切国家的长处都要学,政治、经济、科学、技术、文学、艺术的一切真正好的东西都要学"。② 向国外学习,不仅在贫穷落后时要学习,就是"将来我们国家富强了,我们一定还要坚持革命立场,还要谦虚谨慎,还要向人家学习,不要把尾巴翘起来"。③ 但是,向外国学习,必须要批判地学。毛泽东强调,"照抄是很危险的,成功的经验,在这个国家是成功的,但在另一个国家不同本国的情况相结合而一模一样地照搬就会导向失败。照抄别国的经验是要吃亏的,照抄是一定会上当的。这是

① 《毛泽东文集》第 7 卷,人民出版社 1999 年版,第 380 页。
② 《毛泽东文集》第 7 卷,人民出版社 1999 年版,第 41 页。
③ 《毛泽东文集》第 7 卷,人民出版社 1999 年版,第 44 页。

一条重要的国际经验。"①"认真学习外国的好经验,也一定要研究外国的坏经验——引以为戒,这就是我们的路线。"②当然,"外国资产阶级的一切腐败制度和思想作风,我们要坚决的抵制和批判。但是,这并不妨碍我们去学习资本主义国家的先进的科学技术和管理方法中合乎科学的方面"。③ 在受到帝国主义封锁的历史条件下,党的领导集体就提出,在坚持"独立自主"的前提下,"向外国学习",这无疑是有胆识、有远见、有开拓性的,也极其有益于当时和今后的社会主义现代化建设。

工业化是现代化的基石,工业化道路是现代化的主车道。但是,工业化毕竟不能与现代化画等号。现代化涉及政治、经济、文化和社会等各个领域。因此,走"中国自己的社会主义现代化道路",还包括党的领导集体对政治、文化等领域的初步探索。具体说来:

第一,初步勾画出政治现代化的宏伟蓝图。政治现代化,也就是政治民主化。政治民主化是经济现代化的前提和保证。在现代化进程中,民主已经成为普遍认可的一种精神、一种基本原则,是传统社会和现代社会的重要区别之一,代表社会发展的方向。

党的第一代中央领导集体历来十分重视社会主义民主政治建设。在他们看来,民主是社会主义的题中应有之义。早在《新民主主义论》中,毛泽东就指出:中国应该成为"政治上自由"的、"无产阶级领导下的一切反帝反封建的人们联合专政的民主共和

---

① 《毛泽东文集》第 7 卷,人民出版社 1999 年版,第 64 页。
② 《毛泽东文集》第 7 卷,人民出版社 1999 年版,第 380 页。
③ 《毛泽东文集》第 7 卷,人民出版社 1999 年版,第 43 页。

国"。① 建国前,这一理论进一步发展为人民民主专政理论。在《论人民民主专政》中,毛泽东指出,人民共和国实行人民当家作主,最高权力掌握在人民手中,权力的渊源是人民,以及政府是由人民建立的和向人民负责的。新中国的成立,使人民民主专政由理论成为现实。毛泽东和党中央根据马克思主义的基本原理,结合中国的具体实践,建构了具有中国特色的社会主义民主政治制度:人民民主专政,人民代表大会制度,共产党领导下的多党合作制度以及民族区域自治制度。这套民主政治制度构架是新型民主与新型专政的有机结合。然而,建立了民主共和国及其相关的民主制度,并不等于实行了民主制度,还必须建立相关的法律制度来保障民主制度的运行,从制度上保证人民当家作主的权力。1954年,新中国制定了第一部宪法。宪法规定了国家的根本政治制度,确立了两个基本的原则,即"人民民主原则和社会主义原则"。这样,人民民主就初步得以制度化、法制化。在党的八大上,社会主义民主政治理论又有了较大的发展,提出了进一步扩大民主生活、发展和完善社会主义民主制度的任务。尤其是邓小平的修改党章的报告,对发展党内民主生活、健全党的民主集中制、加强对党的组织和党员的监督、反对个人崇拜等作了深刻的阐述。毛泽东指出:"没有广泛的人民民主,无产阶级的专政不能巩固,政权会不稳。"②

随着社会主义现代化道路探索的启动,民主政治建设也就进入了一个新的阶段。首先,党努力加强自身的建设。中国共产党

---

① 《毛泽东选集》第 2 卷,人民出版社 1991 年版,第 675 页。
② 《毛泽东文集》第 8 卷,人民出版社 1999 年版,第 298 页。

是社会主义现代化事业的领导核心。在全国执政的新形势下,加强党的自身建设,是社会主义民主政治建设的主要内容。为了加强党的建设,党的八大要求重视党内的思想教育,提高全党的马克思主义理论水平,坚持全心全意为人民服务的宗旨,发扬党的实事求是、群众路线的优良传统,发展党内民主生活,健全党的民主集中制,加强对党的组织和党员的监督;强调要健全民主集中制,继续坚持集体领导和个人负责相结合的制度,反对官僚主义和个人崇拜。在社会主义的新历史条件下,处理党与非党的关系,也是加强党自身建设的一项重要内容。在《论十大关系》中,毛泽东提出,在接受共产党领导的前提下,共产党和各民主党派"长期共存、互相监督"的方针。这就是明确宣布不搞苏联那样的一党制,确认中国共产党领导的统一战线和多党合作制度要长期存在、发挥作用。为了克服党内存在的主观主义、官僚主义和宗派主义的思想作风,纠正干部特殊化和脱离群众的现象,党的八届二中全会决定实行全党整风。

其次,把正确处理人民内部矛盾作为国家政治生活的主题。随着社会主义改造的胜利完成和社会主义现代化建设的全面展开,大力发展生产力,解决人民日益增长的物质文化生活的需要与落后的社会生产之间的矛盾,就成为我们的主要任务。在我国,人民是国家的主人,同时又是社会主义现代化建设成败的决定力量。由于主要矛盾和主要任务的改变,人民内部矛盾处于突出地位,正确处理人民内部矛盾就成为国家政治生活的"总题目"。正确解决这个"总题目"的目的是要发展我们的经济和文化。毛泽东提出,在社会主义现代化建设中,敌我矛盾和人民内部矛盾是两类不同性质的社会矛盾,必须正确处理这两种不同性质的矛盾。正确区分和处理两类不同性质的社会矛盾,可以调动一切积极因素,并尽可能地化消极因素为积极因素,对于保证和促进社会主义现代化建设具有重大意义。为了正确处理两类不同性质的社会矛盾,创造一个安定团结、生动活泼的政治局面,毛泽东提出了一系列政策和方针。在人民内部实行"团结—批评—团结"的方针;在经济工作中实行对全国城乡各阶层的统筹安排和兼顾国家、集体和个人三者的利益的方针。

最后,提出了社会主义民主政治建设的总目标。在《一九五七年夏季的形势》一文中,毛泽东明确提出,"我们的目标,是想建成一个既有集中又有民主,又有纪律又有自由,又有统一的意志,又有个人的心情舒畅、生动活泼,那样一种政治局面",以利于社会主义革命和社会主义建设较易于克服困难,较快地建设我国的现代工业和现代农业,党和国家较为稳固,较为能够经受风险。他认为,为了实现这个目标,我们应当采取的"方法是实事求是,群众路线。派生的方法是党内党外在一起开一些有关大政方针的会议,公开整风,党和政府的许多缺点错误登报批评"。① 在人民民主问题上,毛泽东强调,我们不能不把人民的权利问题理解为人民只能在某些人的管理下面享受劳动、教育、社会保险等的权利。实际上,劳动者管理国家、管理军队、管理各种企业、管理教育的权利,才"是社会主义制度下劳动者最大的权利,最根本的权利"。② 据此,毛泽东指出:国家机关的工作人员是人民的公仆,他们的权力是人民给的。他们必须全心全意为人民服务,自觉接受群众的

---

① 《建国以来毛泽东文稿》第6册,中央文献出版社1992年版,第543—544页。
② 《毛泽东文集》第8卷,人民出版社1999年版,第129页。

批评和监督。

　　但是,总的说来,建国之初的社会主义民主政治建设基本上停留在理论原则阶段。对这个问题,《关于建国以来党的若干历史问题的决议》作了客观的评价:"逐步建设高度民主的社会主义政治制度,是社会主义革命的根本任务之一。建国以来没有重视这一任务……"①

　　第二,提出要"创造出中国自己的、有独特民族风格"的社会主义文化。社会现代化是按照器物、制度和文化观念三个层面依次演进的。其中,文化现代化是现代化的灵魂,其实质是文化的重塑,即通过各种方式,使全体社会成员的心理、思想、行为方式、价值观念实现从传统到现代的转变。没有文化的现代化,就没有真正意义上的社会现代化。基于此,早在民主革命时期,毛泽东就系统地阐明了中国文化现代化的基本方向,即建立在马克思主义指导下的民族的、科学的、大众的文化。所谓民族的文化,是指中国新文化必须具有民族的特点和表现形式。要积极弘扬中华民族优秀传统文化,坚决反对民族文化虚无主义;所谓科学的文化,是指现代世界已经日趋科学化、理性化,作为社会现代化的重要组成部分的新文化,必须鲜明地体现科学性的方向。同时,必须彻底批判封建文化遗毒,坚持以实事求是的态度来分析、评判任何外来文化。在开始探索社会主义现代化道路之初,党的领导集体就提出了文化现代化的基本目标,那就是,"将我们现在这样一个经济上文化上落后的国家,建设成为一个工业化的具有高度现代文明程

---

①　《三中全会以来重要文献选编》(下),人民出版社 1982 年版。

度的伟大的国家"。① 当时,在他们看来,工业化和现代文化是具有内在联系的。

为了实现中国社会主义文化的现代化,党的领导集体提出了文化建设的基本途径和基本方针。基本途径是采取"古今中外法"。对于"古今中外法",毛泽东的解释是:"所谓'古今',就是历史的发展,所谓'中外',就是中国和外国,就是己方和彼方。"② 运用这个方法,就是无论对待古今问题,还是处理中西关系,都要取其精华,去其糟粕,而不能不加批判地兼收并蓄。"我们的方针是,一切民族、一切国家的长处都要学","但是,必须有批判有分析地学"。古为今用,洋为中用,"创造出中国自己的、有独特民族风格的东西"。③

基本方针是"百花齐放、百家争鸣"。针对当时国内艺术界和科学领域存在教条主义、宗派主义和扣帽子、打棍子的情况,1956年4月的中共中央政治局扩大会议提出了这一方针。1957年3月,毛泽东又在《在中国共产党全国宣传工作会议上的讲话》中将"双百方针"推而广之,作为领导国家的基本方针。"百花齐放,百家争鸣"鼓励人们破除迷信,解放思想,敢于怀疑权威,强调"艺术上不同的形式和风格可以自由发展,科学上不同的学派可以自由争论","艺术和科学中的是非问题,应当通过艺术界和科学界的自由讨论去解决,通过艺术和科学的实践去解决",④而不能采取行政方法,简单粗暴地干涉艺术和科学的发展。只有这样,中国的

---

① 《毛泽东文集》第6卷,人民出版社1999年版,第350页。
② 《毛泽东文集》第2卷,人民出版社1999年版,第400页。
③ 《毛泽东文集》第7卷,人民出版社1999年版,第83页。
④ 《毛泽东文集》第7卷,人民出版社1999年版,第229页。

文化、科学、艺术才能得到发展,中国的社会主义文化才能真正繁荣起来。在毛泽东看来,"双百方针"是符合辩证法的,是"真理的发展规律",是建设中国现代文化的"必由之路"。第一代领导集体所提出的文化现代化的方针和途径,至今仍然适用于发展我国社会主义科学文化事业。

第三,提出要推进人的现代化。人是社会的主体,社会现代化是社会与人的相互作用、共同变迁的过程。社会现代化必然带动人的现代化,而人的现代化又是社会现代化的内在驱动力。正因为认识到这一点,毛泽东在《实践论》中从辩证唯物主义的高度,把人的主观世界的改造,充分发挥人的主观能动性,提到现代化建设中非常重要的高度,视之为社会主义社会的一个重要特征。

为了培养出一代又一代与现代化建设相适应的,有文化、有觉悟的社会主义新人,毛泽东提出了"改造"人的主张:"在建设社会主义社会的过程中,人人需要改造,剥削者要改造,劳动者也要改造。"[①]正如马克思、恩格斯所说的那样,通过革命,清除旧的思想观念,树立共产主义的思想观念。共产主义革命就是同传统的所有制关系进行最彻底的决裂;毫不奇怪,它在自己的发展进程中要同传统观念实行最彻底的决裂。这既是人自身全面发展的要求,也是社会现代化的迫切需要。毛泽东所讲"改造",也就是要实现人的变革。这一变革包括三个方面的内容:一是价值观念的变革,即树立起全新的社会主义价值观念,使人们对中国的社会主义现代化形成普遍的认同态度;二是提高认识的能力,即通过文化的普及、哲学的普及,从根本上提高人认识世界,改造世界的能力;三是

---

① 《毛泽东文集》第 7 卷,人民出版社 1999 年版,第 223 页。

强化中国人民自力更生,艰苦奋斗从事现代化建设的坚韧意志。不难看出,毛泽东心目中的"人的现代化",还是停留在促使人这一社会主体适应社会变迁的阶段上。这是当时人的发展远远落后于社会发展要求的现实状况的反映。

综上所述,新中国探索中国自己的社会主义现代化道路的成就是巨大的。新中国在毛泽东领导时期所取得的伟大的历史性进步,不仅中国人亲身体会到,就是西方公正人士也表示认可。美国学者莫里斯·迈斯纳就把毛泽东领导的时期称为"中国工业革命时期",认为这个时期"为中国现代经济发展奠定了根本的基础,使中国从一个完全的农业国变成了一个以工业为主的国家"。这"是世界历史上最伟大的现代化时代之一"。[①]

三、初步探索中国自己的社会主义现代化道路所产生的失误及其原因

毛泽东曾说:"世界上的事情就是这样,要走弯路,就是 S 形。"确实如此。新中国在近二十年的探索过程中,就不可避免地走了很大的弯路,不可避免地出现了一些重大的失误和偏差。结果造成"中国社会从一九五八年到一九七八年二十年时间,实际上处于停滞和徘徊状态,国家的经济和人民的生活没有得到多大的发展和提高"。[②] 从当代社会主义理论视角来看,这些失误和偏差概括起来,主要有:

(一)对当代中国社会的主要矛盾作出了错误判断

由于受当时社会主义阵营内一些国家动荡的国内形势的影

---

① 余飘:《中外著名人士谈毛泽东》,大众文艺出版社 1999 年版,第242—243 页。
② 《邓小平文选》第 3 卷,人民出版社 1993 年版,第237 页。

响,1957年反右派斗争扩大化以后,当时党的领导集体对社会主义社会主要矛盾的认识发生了重大的变化。这一点在毛泽东身上表现得尤为突出。他开始否定党的"八大"关于社会主义社会主要矛盾的认识,认为无产阶级与资产阶级的矛盾、社会主义道路同资本主义道路的矛盾,构成了当代中国的主要矛盾。社会主义社会主要矛盾认识上的偏差,造成了对社会主义时期阶级斗争认识上的失误。在实际工作中,毛泽东和党中央把阶级斗争放在主要位置,把大量的人民内部矛盾当做敌我矛盾,提出"以阶级斗争为纲",从而把阶级斗争严重地扩大化、绝对化,并且最终导致了"文化大革命"这场持续了10年之久的动乱。在十年浩劫期间,毛泽东和党中央企图通过不断地批判资产阶级思想、批判修正主义、取消和限制"资产阶级法权",通过抓党内所谓"走资本主义道路的当权派"等"无产阶级专政下继续革命"的形式来解决巩固社会主义的问题;通过"抓革命、促生产"的形式来解决建设社会主义的问题,结果事与愿违。由此,中国社会在政治上陷入严重的混乱状态,国民经济滑到了崩溃的边缘,中国的现代化进程又一次受到了严重的挫折。毛泽东晚年曾说,"文化大革命"是他一生中所做的两件大事之一,但是"拥护的不多,反对的不少",这一点他是说对了的。[1]

(二)没有正确处理现代化进程中经济与政治的关系

历史唯物主义告诉我们,经济是政治的基础,政治对经济具有反作用。尽管经济和政治都是现代化建设的主要内容,但就现代化而言,更重要的应该是经济的持续、快速、健康增长和生产力的

---

[1]　武斌:《我们离现代化还有多远》,中国经济出版社1999年版,第139页。

高速发展,而政治则是经济增长和生产力发展的保证。但是,在探索社会主义现代化道路的过程中,毛泽东和党中央未能处理好政治与经济的关系,过分地看重政治对经济的反作用,极端重视生产关系对生产力的反作用;企图通过不断地调整生产关系,即通过不断提高所有制的公有化程度来促进生产力的发展。为了提高所有制的公有化程度,毛泽东和党中央大搞"一大二公"、政社合一的人民公社化运动,急于向共产主义过渡。结果适得其反。我国的社会生产力不仅没有随着公有化程度的提高而飞速发展,反而出现严重的衰退。我国的社会主义现代化建设也因此而偏离了正确的轨道。

(三)经济建设急于求成

经济建设急于求成的集中表现是,党的第一代中央领导集体脱离中国的实际情况,对中国社会主义现代化建设的艰巨性、长期性认识不足,轻率地发动"大跃进"运动。先是农业大跃进,继而引发工业大跃进。大跃进以"赶美超英"为目标,以大炼钢铁为中心,以高速度、高指标、"共产风"、浮夸风、瞎指挥为主要特征。"大跃进"严重违背了经济发展的客观规律,导致了国民经济的比例严重失调。首先是积累和消费比率失调。1958 年到 1960 年三年间,积累率分别达到 33.9%、43.9%、39.6%,大大超过了第一个五年计划期间已经较高的平均积累率 24.2%。其次是工农业比率失调,重工业畸形发展。从 1957 年到 1960 年,重工业增长 2.3 倍,而农业却下降 22.8%。再次是工业内部各部门比例失调,钢铁生产挤占大量能源、原材料和交通运输,使其他部门无法正常生产。与此同时,由于大量农业劳动力被挤占来大炼钢铁,造成了人力物力的巨大浪费,加上高估产带来的高征购严重挫伤了农民的积极性,致使农副产品产量急剧下降,市场供应严重不足,人民生活十分困难。"1960 年同 1957 年相比,城乡人民平均的粮食消费量减少了 19.4%,其中农村人均消费量减少 23.7%。"①总之,"大跃进"运动给我国经济、政治、思想文化、社会生活和人民的身心健康带来了极其恶劣的影响。

我们必须全面地、历史地、发展地看问题,客观地分析上述失误产生的原因。唯如此,才能以史为鉴,避免犯类似的错误。恩格斯说得好:"伟大的阶级正如伟大的民族一样,无论从哪方面学习都不如从自己所犯错误的后果中学习来得快。"②"要获得明确的理论认识,最好的道路就是从本身的错误中学习。"③邓小平也精辟地指出:"一些国家出现严重曲折,社会主义好像被削弱了,但人民经受锻炼,从中吸收教训,将促使社会主义向着更加健康的方向发展。"④那么,在探索中国自己的社会主义现代化道路的过程中,为什么会发生上述严重失误和偏差呢? 总的根源在于历史条件和认识上的限制。

首先,新中国的探索受到了当时社会历史条件的限制。任何社会实践都是在一定的历史条件下发生,在一定的历史环境中进行的,是那个特定历史阶段的投影。因此,必然受到它所处的那个时代的限制而深深地打上时代的烙印。同样,新中国探索社会主义现代化道路的实践,也不可能超越当时的社会历史条件,不可避免地带有那个时代的痕迹。这种历史条件的限制,主要有如下几

---

① 参见胡绳:《中国共产党的七十年》,中共党史出版社 1991 年版,第 381 页。
② 《马克思恩格斯选集》第 4 卷,人民出版社 1995 年版,第 432 页。
③ 《马克思恩格斯选集》第 4 卷,人民出版社 1995 年版,第 679 页。
④ 《邓小平文选》第 3 卷,人民出版社 1993 年版,第 383 页。

个方面：

一是在中国绵延千年的小农经济的消极影响。新民主主义革命取得彻底的胜利后，在中国共产党的领导下，经过三年国民经济恢复，接着在农村进行了社会主义改造，建立了社会主义经济。但是，中国农村生产力仍然极其落后，小生产方式没有改变，自然半自然经济大量存在；占全国人口绝大多数的农民的低下文化素质并没有随着社会主义制度的建立而得以迅速提高。中国仍然处在小生产者的汪洋大海之中。加上，由于党曾经长期处在农村斗争环境，党的领导干部和普通党员中的绝大部分都出身于农民家庭，文化素质也不很高。在这些人身上，仍然残留着浓厚的小农气息。这样，中国农民传统的大同思想、"不患寡，而患不均"的平均主义情结等，就积淀为一种"文化意识"，无时无刻不对党的领导人或党的领导集体的决策产生无形的消极影响。在初步探索的过程中，"中国经济政策中有许多明显的幼稚性和极端性，这既是经济落后的表现，又是文化落后的表现"。① "中国虽然在一九五六年实行了等级工资制度，但受长期革命战争传统的影响，对物质利益原则在思想上一直采取抵制态度。人民公社供给制试验的失败，在分配上的接近平均仍然被当作基本信条。这些都带有自然经济的色彩，不利于商品经济的发展。"② "大跃进"、人民公社化运动以及"五·七指示"模式，都是小生产者急于改变自己落后状况的急性病和追求平均主义的产物。

二是"一穷二白"的严峻国情所产生的巨大压力。自晚清以

---

① 《胡乔木文集》第 2 卷，人民出版社 1993 年版，第 266—267 页。
② 《胡乔木文集》第 2 卷，人民出版社 1993 年版，第 264 页。

来,贫穷落后和被动挨打,一直伴随着苦难深重的中华民族。"我国从十九世纪四十年代起,到二十世纪四十年代中期,共计一百零五年时间,全世界几乎一切大中小帝国主义国家都侵略过我国,都打过我们,除了最后一次,即抗日战争,由于国内外各种原因以日本帝国主义投降告终以外,没有一次战争不是以我国失败、签订丧权辱国条约而告终。其原因:一是社会制度腐败,二是经济技术落后。"①因此,新中国成立后,迅速改变中华民族的落后面貌,自立于世界民族之林,就成了饱经民族屈辱的全体中国人的共同心声和强烈愿望。在这种情况下,党的领导集体更是感到,"如果不在今后几十年内,争取彻底改变我国经济和技术远远落后于帝国主义国家的状态,挨打是不可避免的"。我们应当"力求在一个不太长的时间内改变我国社会经济、技术方面的落后状态,否则我们就要犯错误"。② 急于"在今后几十年内"、"在一个不太长的时间内"改变我国"一穷二白"落后面貌的强烈愿望,使得党的领导集体产生了"一万年太久,只争朝夕"的急躁情绪。由于缺乏经济建设的经验,他们就轻车熟路地沿用革命战争年代行之有效的方法,企图靠大规模的群众运动,靠变革生产关系来发展生产力,从而迅速改变我国的落后状态。结果,只是欲速而不达。

三是政治体制中存在着一定的弊端。在革命战争年代,为了适应残酷斗争形势的需要,我们党实行的是一元化领导,即权力高度集中的政治体制。这一体制有利于在关键时刻迅速作出判断和决策,并能保证决策的贯彻实施。实践证明,这种体制在战争年代

---

① 《毛泽东文集》第 8 卷,人民出版社 1999 年版,第 340 页。
② 《毛泽东文集》第 8 卷,人民出版社 1999 年版,第 341 页。

确实是行之有效的,但也存在着一定的弊端。其中最主要的弊端是,权力的过分集中易于引发领导人的独断专行。可是,在战争年代,这些弊端往往被这种体制的有效性所掩盖,消散在人们的视野之外。因此,建国后,这种权力过分集中的政治体制就被沿用下来,成为党的第一代中央领导集体探索现代化道路的政治基础。在和平建设年代,这种体制的弊端就不可避免地暴露出来了。反映到党和国家事务的决策中来,就是党和国家的路线和政策易因领导人注意力的转移而改变,由此而导致了党和国家的路线和政策缺乏连续性和稳定性。这就为现代化建设的曲折反复埋下了祸根。

四是苏联的消极影响。如果说急于改变贫穷落后面貌的强烈愿望是党的第一代中央领导集体产生急躁冒进情绪的内在动因,那么苏联的消极影响则起到了推波助澜的作用。1957 年 11 月,在莫斯科召开的各国共产党和工人党代表会议上,苏联提出十五年赶上和超过美国。苏联的这一口号在社会主义阵营中产生了巨大的影响,使社会主义各国受到了极大的鼓舞,更加坚定了社会主义的信念,然而也产生了一定的消极影响。这一口号使人们误认为社会主义战胜资本主义是轻而易举的事情。同年"12 月召开的中国工会第八次全国代表大会上,刘少奇代表致辞,向全国人民公开宣布了十五年在钢铁和其他重要工业产品的产量方面赶上或超过英国的口号"。① 在这样的国内外大背景下,全国各省市纷纷召开党代会和各种各样的会议,进行群众动员、布置"赶超"任务,"大跃进"由此而拉开了序幕。

---

① 胡绳:《中国共产党的七十年》,中共党史出版社 1991 年版,第 361 页。

　　除了历史条件限制之外,党的第一代中央领导集体还存在着认识上的某些局限性。中国社会主义现代化建设的复杂性和艰巨性,远非其他国家的现代化建设所能比拟。刚刚从战争的硝烟走出来的党的第一代中央领导集体,对社会主义经济建设理论掌握不够。而当时唯一可以借鉴的苏联模式,本身又存在很大的弊端。这样,党的领导集体对现代化建设的认识出现盲目性和偏离正确的轨道,也就在所难免。这种认识的局限性主要是:

　　其一,在理论上,对"什么是社会主义"这一重大问题认识不清。马克思主义经典作家从来没有经历过什么社会主义社会,缺乏社会主义的实践经验。根据他们的预见,社会主义只会发生在发达的资本主义国家。他们通过对资本主义的分析,对未来社会主义社会的特征作出了一些描绘,初步回答了什么是社会主义。然而,现实的社会主义出乎经典作家的预测,都发生在一些经济文化比较落后的国家。由于缺乏足够的理论指导,在实践中盲目地按照经典作家所提出的社会主义一般理论原则,来建构"一大二公"为主要特征的现实的社会主义的模式难免会出现问题。这种模式坚持社会主义只能实行高度集中的计划经济体制,而不能搞商品经济和市场经济;认为社会主义只能是公有制、按劳分配、人民民主专政和马克思主义为指导的社会意识形态。虽然当时党的领导集体提出社会主义革命的目的就是解放生产力,社会主义的根本任务就是在新的生产关系下面保护和发展生产力,但是他们在实践中并没有一贯地坚持这一原则,而是离开生产力抽象地谈论社会主义。邓小平指出"我们建立的社会主义制度是个好制度,必须坚持。……但问题是什么是社会主义,如何建设社会主义。我们的经验教训有许多条,最重要的一条,就是要搞清楚这个问题"。①

其二，对马克思主义经典作家的某些思想观点存在简单化、教条化理解甚至误解的倾向。按照马克思、恩格斯的设想，社会主义社会中是不存在商品、货币的。恩格斯在《社会主义从空想到科学》中指出："一旦社会占有了生产资料，商品生产就将被取消，而产品对生产者的统治也将随之消除。"②"直接的社会生产以及直接的分配排除一切商品交换，因而也排除产品向商品的转化（至少在公社内部）和随之而来的产品向价值的转化。"③在《资本论》中，马克思进一步指出："如果供求平衡，生产和消费平衡，归根到底实行的是按比例的生产……那么，货币问题就成为完全次要的了。"④值得注意的是，马克思、恩格斯所设想的没有商品和货币的社会主义社会，是以商品经济得到高度发展为前提的。由于历史条件限制和理论认识的偏差，发展商品经济并未成为全党共识得以推行。

综上所述，由于社会历史条件和认识的局限，新中国在探索自己的社会主义现代化道路的过程中出现了严重的失误。然而，这种错误毕竟是探索性的错误，是不可避免的。

---

① 《邓小平文选》第3卷，人民出版社1993年版，第116页。
② 《马克思恩格斯选集》第3卷，人民出版社1995年版，第757页。
③ 《马克思恩格斯选集》第3卷，人民出版社1995年版，第660页。
④ 《马克思恩格斯全集》第46卷上，人民出版社1979年版，第99页。

第三节　有中国特色的社会主义现代化道路的成功开辟与拓展

党的十一届三中全会以后,党的第二代中央领导集体把继承、坚持与发展、创新辩证地结合在一起,成功地开辟出了一条具有中国特色的社会主义现代化道路。在新的历史条件下的新实践中,这条道路得到了不断的拓展,社会主义现代化建设取得了巨大的成就。然而,也出现了一些不容忽视的问题。

一、有中国特色的社会主义现代化道路的成功开辟

有中国特色的社会主义现代化道路的开辟,与新中国的初步探索陷入误区并导致长达十年之久的全面社会危机直接相关。如前所述,虽然"文化大革命"发动的初衷,是为了巩固社会主义制度,是为了找到一条中国自己的社会主义现代化道路,但它实际上把"左"的错误推向了顶峰,致使中国的社会主义现代化建设处于停滞与徘徊的状态。严重的社会危机促使我们去反思原因、总结教训,从而推动了思想的大解放。可以说,如果没有"文化大革命"的严重错误及其灾难性的后果,就不可能发生始于 1978 年 5 月的那场真理标准问题的大讨论,并通过这场讨论重新树立实践的最高权威,然后在新的实践中去寻找新的建设道路。邓小平曾充分肯定了"文化大革命"对思想解放和社会主义现代化建设的推动作用。他指出:"那件事,看起来是坏事,但归根到底是好事。……善于总结'文化大革命'的经验,提出一些改革措施,从政治上、经济上改变我们的面貌,这样坏事就变成了好事。为什么我们

能在七十年代末和八十年代提出现行的一系列政策,就是总结了'文化大革命'的经验教训。"①

有中国特色社会主义现代化道路的开辟经历了一个由浅而深、由表及里的过程。首先提出"一个中心,两个基本点",展示出中国社会主义现代化建设的战略布局;然后提出"社会主义初级阶段理论",揭示出中国社会主义现代化建设的历史方位;最后提出"社会主义市场经济体制理论",点明中国特色社会主义经济体制建设的目标,从而确保了探索沿着正确的方向一步一步向前推进。这条道路的核心内容是探索如何解放和发展生产力。邓小平指出:"马克思主义最注重发展生产力……如果说我们建国以后有缺点,那就是对发展生产力方面有某种忽略。"②党的"十一届三中全会以后,我们探索了中国怎么搞社会主义。归根到底,就是要发展生产力,逐步发展中国的经济"。③ 而要在"社会主义条件下发展生产力,还要通过改革解放生产力"。"改革促进了生产力的发展,引起了经济生活、社会生活、工作方式和精神状态的一系列深刻变化……这是一件大事,表明我们已经开始找到了一条建设有中国特色的社会主义路子。"④

在新的历史时期,为什么能够成功地开辟出一条有中国特色的社会主义现代化道路呢?

这条道路的成功开辟,一方面是由于党的第二代中央领导集体准确地把握时代的脉搏,顺应世界发展的潮流,制定出了正确的

---

① 《邓小平文选》第3卷,人民出版社1993年版,第172页。
② 《邓小平文选》第3卷,人民出版社1993年版,第63页。
③ 《邓小平文选》第3卷,人民出版社1993年版,第117页。
④ 《邓小平文选》第3卷,人民出版社1993年版,第142页。

路线、方针、政策。首先,党的第二代中央领导集体坚持马克思主义立场、观点和方法,通过科学分析国际形势和时代特征,作出了"和平与发展是当今世界两大主题"的正确判断。邓小平反复强调:"当前世界上主要有两个问题,一个是和平问题,一个是发展问题。……这个问题要从人类发展的高度来认识。""应该把发展问题提到全人类的高度来认识,要从这个高度去观察问题和解决问题。"①世界主题转换的正确判断,修正了我们过去很长时期里,对世界战争危险的估计,理性地认识到资本主义灭亡和社会主义胜利的长期性,看清了中国发展所面临的有利的国际条件。正因为如此,党的第二代中央领导集体坚定不移地实行了工作重心的转移,实行对内改革和对外开放,中国社会主义现代化建设因此而焕发出无限的生机。20世纪80年代末到90年代初,中国面临着严峻的国内国际政治形势,但是党的第二代中央领导集体没有改变对时代主题的看法。党的十四大再次提出:和平与发展成为时代主题,是建设中国特色社会主义的历史条件之一。据此,邓小平和党中央没有动摇以经济建设为中心的方针,认为"中国能不能顶住霸权主义、强权政治的压力,坚持我们的社会主义制度,关键就看能不能争得较快的增长速度,实现我们的发展战略"。②"要紧紧抓住经济建设这个中心,不要丧失时机。"③

其次,党的第二代中央领导集体冷静观察国际各种矛盾的演化,从世界格局的变化趋势中分析矛盾,捕捉到了推进我国现代化建设的难得机遇。当今中国所面临的机遇主要来自两个方面:一

---

①　《邓小平文选》第3卷,人民出版社1993年版,第281—282页。

②　《邓小平文选》第3卷,人民出版社1993年版,第356页。

③　《邓小平文选》第3卷,人民出版社1993年版,第270页。

是亚洲太平洋地区的崛起。"现在世界上有人讲'亚洲太平洋世纪'。亚洲有三十亿人口,中国大陆就占十一亿多。所谓'亚洲太平洋世纪',没有中国的发展是形不成的……大陆已经有了相当的基础。我们还有几千万爱国同胞在海外,他们希望中国兴旺发达,这在世界上是独一无二的。我们要利用机遇,把中国发展起来。"①亚洲太平洋地区,尤其是发展中国家的新兴工业和地区经济迅速发展,从根本上打破了西方的战略构想,从而为我国的发展提供了良好的周边环境。二是苏联的解体、东欧的剧变,使世界从冷战时期的美苏两极对抗格局走向多极化格局。世界格局的多极化,意味着国际社会的各种力量此消彼长、重新分化组合,从而使制约新的世界大战的因素大大增强。因此在今后较长时间内,爆发新的世界大战的可能性不是加大而是减少。这无疑极其有利于中国的现代化建设。但是,由于世界上存在着破坏我国发展机遇的势力和因素,我国面临的机遇究竟是否有我国现代化建设所需要的那么长的时间,其中包含着不可测的因素。基于此,邓小平和党中央反复强调,"要抓住机遇","千万不能丧失";"能快就不要慢","能快就不要阻挡";"要抓住西欧国家经济困难的时机,同他们搞技术合作,使我们的技术改造能够快一些搞上去。"②为了牢牢把握住稍纵即逝的机遇,加快我国现代化建设的步伐,80年代中后期,党中央在慎重处理改革、发展与稳定关系的前提下,不断加大改革和开放的力度。

最后,邓小平和党中央还敏锐地观察到经济全球化的趋势。

---

① 《邓小平文选》第3卷,人民出版社1993年版,第358页。
② 《邓小平文选》第3卷,人民出版社1993年版,第32页。

改革开放之初,全球化浪潮始露端倪,所以在邓小平的言论中,还没有出现"全球化"这个术语。然而,如果不是局限于词语,而是从思想实质去考察,我们就会发现,党的第二代中央领导集体已经敏锐地觉察到了经济全球化的趋势。这表现在他们已经认识到了当今世界面临着共同问题以及解决这一问题的重要性。邓小平指出:"现在世界上真正的大问题,带全球性的战略问题,一个是和平问题,一个是经济问题或者说发展问题。和平问题是东西问题,发展问题是南北问题。概括起来就是东西南北四个字。"在"东西南北"问题中,"南北问题是核心问题。"①"还有其他许多问题,但都不像这两个问题关系全局,带有全局性、战略性的意义。"②他还强调,"国际社会虽然提出要解决南北问题,但讲了多少年,南北之间的差距不是在缩小,而是在扩大,并且越来越大。"③"南北问题不解决,就会对世界经济的发展带来障碍。……第三世界国家经济不发展,发达国家的经济也不可能得到较大的发展。"④以邓小平为核心的党的第二代中央领导集体正是敏锐地把握到了经济全球化的趋势,才积极制定了全方位的对外开放政策,指引中国主动走进开放的世界。

有中国特色社会主义现代化道路的成功开辟,另一方面还在于社会主义中国自身存在着有利于推进改革的条件。一是中国社会主义现代化建设的领导者——中国共产党是一个拥有实事求是、群众路线和独立自主优良传统的政党。我们党的这个优良传

---

① 《邓小平文选》第 3 卷,人民出版社 1993 年版,第 105 页。
② 《邓小平文选》第 3 卷,人民出版社 1993 年版,第 96 页。
③ 《邓小平文选》第 3 卷,人民出版社 1993 年版,第 281 页。
④ 《邓小平文选》第 3 卷,人民出版社 1993 年版,第 56 页。

统,是在中国这样一个经济文化异常落后的大国里进行长期艰苦卓绝的革命斗争中,是在长期抵制共产国际和苏联党的错误干预、反对教条主义的斗争中形成的。正是有了这个传统,党的十一届三中全会不仅迅速结束了"文化大革命"以后的两年徘徊,而且恢复了党的一切从实际出发,实事求是的思想路线。这就从根本思想上解除了"两个凡是"的束缚,为克服多年来的"左"倾指导思想,按正确方向来寻求中国自己的社会主义现代化道路奠定了思想基础。如果不是实事求是的传统已深深根植于中国共产党的肌体之中,这条思想路线就不可能如此迅速地得到恢复;如果不是实事求是、群众路线、独立自主的传统在中国共产党内深深扎根,党的十二大也就不可能提出"把马克思主义的普遍真理同我国的具体实际结合起来,走自己的路,建设有中国特色的社会主义"的思想。① 这一思想是党的十二大的指导思想,也是整个新的历史时期改革开放和现代化建设的指导思想。二是中国原有的计划经济体制较为松弛。与苏联和东欧国家比较起来,中国的计划范围相对狭小,由中央统一计划的产品率大大低于前者。此外,中国的地方政府也比苏东地方政府的权力大,具有较强的自主性。中国在改革全面启动前,之所以许多地方能够率先发起实验性的改革,如家庭联产承包责任制先在安徽试验、乡镇企业先在苏南试验等等,就与地方政府有较大的权力有关。三是形成了一个锐意改革、卓有远见的坚强领导集体。这是有中国特色的社会主义现代化道路成功开辟的最为重要的主观条件。这个领导集体的核心是邓小平。对于邓小平所作出的卓越贡献,党的十四大给予了高度的评

---

① 《邓小平文选》第 3 卷,人民出版社 1993 年版,第 3 页。

价："邓小平同志是我国社会主义改革开放和现代化建设的总设计师。他尊重实践，尊重群众，时刻关心最广大人民的利益和愿望，善于概括群众的经验和创造，敏锐地把握时代发展的脉搏和契机，既继承前人又突破陈规，表现出了开辟社会主义建设新道路的巨大政治勇气和开拓马克思主义新境界的巨大政治勇气，对建设有中国特色社会主义理论的创立做出了历史性的重大贡献。"①

二、对初步探索中国自己的社会主义现代化道路成就的继承和发展

在指导起草《关于建国以来党的若干历史问题的决议》时，邓小平指出："从许多方面来说，现在我们还是把毛泽东同志已经提出、但是没有做的事情做起来，把他反对错了的改正过来，把他没有做好的事情做好。今后相当长的时期，还是做这件事。当然，我们也有发展，而且要继续发展。"②其实，这番话也就清楚地说明了党的两代中央领导集体先后探索之间的关系。就两代中央领导集体的现代化的理论和实践而言，两者之间是一脉相承的，既包含着后者对前者的继承，更包含着后者对前者的发展。

对初步探索社会主义现代化道路成就的发展，首先是指把党的第一代中央领导集体那些正确的、但分散而零碎的思想观点加以系统化，并在实践中充分展开。具体有如下几个方面：

（一）开通了社会主义民主政治建设的新道路

如前所述，虽然党的第一代中央领导集体在社会主义民主政

---

① 《十四大以来重要文献选编》上册，人民出版社1996年版，第13—14页。
② 《邓小平文选》第2卷，人民出版社1994年版，第300页。

治建设方面取得了一定的成就,但是,总的说来,他们对民主政治建设重视不够。无论在理论上还是在实践上都存在着一定的缺陷。"解放以后,我们没有自觉地、系统地建立保障人民民主权利的各项制度,法制很不完备,也不受重视。"我们党从遵义会议到社会主义改造时期形成的"好的传统没有坚持下来,也没有形成严格的完善的规章制度"。①

党的十一届三中全会以后,我们党通过总结经验教训,充分认清了社会主义初级阶段民主政治建设的重要性,提出了"没有民主就没有社会主义,就没有社会主义的现代化"的科学论断。② 这就把民主与社会主义之间关系的认识推进到了一个崭新的高度。首先,社会主义民主作为手段,它是实现社会主义现代化的政治基础和可靠政治保证;是党和国家政治生活正常化、有序化和规范化的最根本保证,是党、国家和人民群众密切联系的根本途径。社会主义物质文明和精神文明建设,都要靠继续发展社会主义民主来保证和支持。只有加强民主政治建设,才能调动广大人民群众的积极性,大力发展社会主义生产力;才能化解不断出现的人民内部矛盾和有效地实现对敌专政;也才能切实繁荣社会主义科学文化事业,巩固和发展安定团结的政治局面,才能使社会主义现代化顺利进行。党的十一届三中全会以来,我国改革开放和现代化建设事业之所以取得了巨大的成功,最重要的是我们坚持了两条:"一条是政治上发展民主,一条是经济上进行改革。"③其次,民主是社会主义体系中不可缺少的内容。社会主义民主是社会主义的上层

---

① 《邓小平文选》第 2 卷,人民出版社 1994 年版,第 330—332 页。
② 《邓小平文选》第 2 卷,人民出版社 1994 年版,第 168 页。
③ 《邓小平文选》第 3 卷,人民出版社 1993 年版,第 116 页。

建筑,它与公有制的经济基础一起构成完整的社会主义制度。没有社会主义民主不能算是完善的社会主义。从社会主义国家的国体和政体上看,社会主义政治制度是社会主义国体和政体的统一,没有社会主义的人民民主,也就没有社会主义的政治制度。最后,与物质文明和精神文明建设一样,社会主义民主本身就是社会主义现代化建设的战略目标和重要内容。"我们的国家已经进入社会主义现代化建设的新时期。我们要在大幅度地提高社会生产力的同时,改革和完善社会主义的经济制度和政治制度,发展高度的社会主义民主和完备的社会主义法制。"①

　　基于上述认识,我们党提出:"继续努力发扬民主,是我们全党今后一个长时期的坚定不移的目标。"②但是,在中国进行社会主义民主政治建设是异常困难的。"社会主义本身是共产主义的初级阶段,而我们中国又处于社会主义的初级阶段,就是不发达的阶段。"③尽管如此,党的第二代中央领导集体"摸着石头过河",克服了新中国初步探索中出现的缺陷,把社会主义民主政治建设推进到了一个新的阶段。

　　第一,提出在我国进行民主政治建设,首先必须进行政治体制改革。建国之初,我国仿照苏联模式,建立了权力高度集中的政治体制。虽然这种政治体制在当时形势下曾起到了很大的历史作用,但是它很不成熟、很不完善,存在多方面的缺陷。"我们过去发生的各种错误,固然与某些领导人的思想、作风有关,但是组织制度、工作制度方面的问题更重要。这些方面的制度好可以使坏

　　①　《邓小平文选》第 2 卷,人民出版社 1994 年版,第 208 页。
　　②　《邓小平文选》第 2 卷,人民出版社 1994 年版,第 176 页。
　　③　《邓小平文选》第 3 卷,人民出版社 1993 年版,第 252 页。

人无法横行,制度不好可以使好人无法充分做好事,甚至会走向反面。即使像毛泽东同志这样伟大的人物,也受到一些不好的制度的影响,以至对党对国家对他个人都造成了很大的不幸。"因此,"领导制度、组织制度问题更带有根本性、全局性、稳定性和长期性。这种制度问题,关系党和国家是否改变颜色,必须引起全党的高度重视"。① 而我们在一个相当长的时期内,对这个问题没有给予足够的认识,成为发生"文化大革命"的一个重要原因,使我们付出了沉重的代价。到了80年代中期,随着经济体制改革的全面铺开和整体推进,滞后的政治体制与其不相适应的矛盾日渐突出。邓小平对此深有感触:"现在经济体制改革每前进一步,都深深感到政治体制改革的重要性。不改革政治体制,就不能保障经济体制改革的成果,不能使经济体制改革继续前进,就会阻碍生产力的发展,阻碍四个现代化的实现。"②总之,"党和国家现行的一些具体制度中,还存在不少弊端,妨碍甚至严重妨碍社会主义优越性的发挥。如不认真改革,就很难适应现代化建设的迫切需要,我们就要严重地脱离广大群众"。③ 只有从制度上"对这些弊端进行有计划、有步骤而又坚决彻底的改革,人民才会信任我们的领导,才会信任党和社会主义,我们的事业才有无限的希望。""如果不坚决改革现行制度中的弊端,过去出现过的一些严重问题今后就有可能重新出现。"④正因为如此,党的十三大正式确定:进行政治体制改革,就是要兴利除弊,建设有中国特色的社会主义民主政治;改

① 《邓小平文选》第2卷,人民出版社1994年版,第333页。
② 《邓小平文选》第3卷,人民出版社1993年版,第176页。
③ 《邓小平文选》第2卷,人民出版社1994年版,第327页。
④ 《邓小平文选》第2卷,人民出版社1994年版,第333页。

革的长远目标,是建立高度民主、法律完备、富有效率、充满活力的
社会主义政治体制;改革的近期目标,是建立有利于提高效率、增
强活力和调动各方面积极性的领导体制。党的十四大提出:政治
体制改革的目标,是以完善人民代表大会制度、共产党领导的多党
合作和政治协商制度为主要内容,发展社会主义民主政治。

　　政治体制改革,同样必须从我国国情出发。"有些事情,在某
些国家能实行的,不一定在其他国家也能实行。我们一定要切合
实际,要根据自己的特点来决定自己的制度和管理方式。"①只有
从实际出发,勇于在实践中探索,我们才能找到适合中国情况的具
体制度和管理方式。

　　第二,提出了实现我国民主政治的途径,就是使民主制度化、
法制化。民主及其制度化、法律化是现代化在政治上的特征。所
谓使民主制度化、法制化,就是:一方面将社会主义民主的内容,将
社会主义民主政治建设中所取得的正确认识、理论和方针、政策逐
步形成一套完备的具体形式和具体制度,并作出相应的法律规定。
另一方面,社会主义民主需要依靠完备的法制来保障。法律具有
规范性、普遍实用性和强制性的特点。社会主义法制通过规定实
现民主的原则和程序,从而保证人民真正享受到这些权利。回顾
我国社会主义民主政治建设的曲折和失误,其中一个非常重要的
原因,就是忽视了社会主义法制的建设,在很多情况下造成了无法
可依的局面。所以,"为了保障人民民主,必须加强法制。必须使
民主制度化、法制化,使这种制度和法律不因领导人的改变而改

---

① 《邓小平文选》第3卷,人民出版社1993年版,第221页。

变,不因领导人的看法和注意力的改变而改变";①必须确保"有法可依、有法必依、执法必严、违法必究"。

民主和法制相辅相成,互相制约。法制离开民主就会演变成专制;而民主作为自由、平等的政治活动,如果离开法制、不遵守一定的规则和程序,就会导致无政府主义,就会给社会主义造成灾难。因此,"民主和法制,这两个方面都应该加强,过去我们都不足。要加强民主就要加强法制。没有广泛的民主是不行的,没有健全的法制也是不行的。……民主要坚持下去,法制要坚持下去。这好像两只手,任何一只手削弱都不行"。②

第三,提出我国进行民主政治建设,必须坚持党的领导、改善党的领导。首先必须坚持党的领导。民主政治是政党政治的基础,政党政治是民主政治的集中表现。在现代政治中,无论是资产阶级民主还是无产阶级民主,都是由政党来领导的。因此,邓小平始终认为,中国的民主政治建设必须在共产党的领导下有秩序地进行,"不要党的领导的民主,不要纪律和秩序的民主,决不是社会主义民主"。③ 党的领导是国家统一和社会稳定发展的核心,是社会主义民主政治建设的保证。在我国进行民主政治建设,如果离开党的领导,"抽象地空谈民主,那就必然造成极端民主化和无政府主义的严重泛滥,造成安定团结政治局面的彻底破坏,造成四个现代化的彻底失败。……中国就将重新陷于混乱、分裂、倒退和黑暗,中国人民就将失去一切希望"。④ 实践已经反复证明了这一

---

① 《邓小平文选》第 2 卷,人民出版社 1994 年版,第 146 页。
② 《邓小平文选》第 2 卷,人民出版社 1994 年版,第 189 页。
③ 《邓小平文选》第 2 卷,人民出版社 1994 年版,第 359 页。
④ 《邓小平文选》第 2 卷,人民出版社 1994 年版,第 176 页。

点。因此,搞社会主义民主不能离开党的领导。

　　坚持党的领导的同时,必须改善党的领导。早在 1980 年,邓小平就尖锐地提出这样一个问题要求全党思考、解决:"执政党应该是一个什么样子的党,执政党的党员怎样才合格,党怎样才叫善于领导?"①这个问题不解决,就会极大地影响我国民主政治建设的进程。改善党的领导,很重要的一条就是,改善党的领导制度,即"党的各级组织的权利、任务和工作方式都要改善"。具体说来,一是尽管党有执政的权力和相应的权利,但是党必须在宪法和法律范围内活动,党只有模范地遵守法律的义务,而没有凌驾于法律之上的特权。二是"党的工作的核心,是支持和领导人民当家作主。整个国家是这样,各级党的组织也是这样"。② 党要集中力量总揽全局、把握方向,制定、贯彻好基本理论、基本路线、基本纲领和基本政策,但不能直接包办代替国家机关、人民团体、经济文化组织的任务。三是管好党自身的建设,推进党内民主,并以党内民主带动人民民主,实现社会主义政治生活民主化。这是改善党的领导的基本途径。邓小平明确强调:"国要有国法,党要有党规党法,……没有党规党法,国法就很难保障。"③四是要坚持和完善党领导下的多党合作与政治协商制度。共产党领导下的多党合作和政治协商制度,是我国社会主义民主政治制度的重要组成部分。邓小平指出:"在中国共产党的领导下,实行多党合作,这是我国具体历史条件和现实条件所决定的,也是我国政治制度中的一个

---

① 《邓小平文选》第 2 卷,人民出版社 1994 年版,第 276 页。
② 《邓小平思想年谱》,中央文献出版社 1998 年版,第 173 页。
③ 《邓小平文选》第 2 卷,人民出版社 1994 年版,第 147 页。

特点和优点。"①中国共产党的领导地位是新民主主义革命发展的必然结果。各民主党派不是在野党,也不是反对党,而是参政党,与共产党"长期共存、互相监督、肝胆相照、荣辱与共"。共产党领导下的多党合作与政治协商制度,既不同于西方国家的多党制,也不同于一些社会主义国家的一党制,是具有中国特色的政党制度。改善党的领导,决不是削弱党的领导,更不是否认党的领导,而是为了增强党的领导能力,从而确保社会主义民主政治建设稳定、有序地向前发展。

第四,提出在我国进行民主政治建设,必须坚持人民民主专政。任何民主制的国家,都是一定阶级的民主对一定阶级专政的结合,都是民主与专政的统一体。无产阶级民主,就是无产阶级专政,在中国是人民民主专政。人民民主专政是新型民主与新型专政的统一体。邓小平认为,相对于无产阶级专政,人民民主专政的提法更适合于我们的国情。它明确表达了民主与专政的关系,更能体现我们国家的性质和民主的广泛性,也更利于人们理解,能够避免因为认识的误差而导致"左"和右的错误。坚持人民民主专政,首先是要对广大人民实行充分的民主。我国的政权,是工人阶级领导的、以工农联盟为基础的人民民主专政的社会主义国家政权。它的建立,标志着我国人民已经争得民主,它反映了我国人民成为国家和社会主义主人的事实。这一事实是不容否认的。"粉碎'四人帮'以后,特别是十一届三中全会以后,我们一直在努力发扬民主。现在这方面的工作还做得很不够,还要继续努力

---

① 《邓小平文选》第 2 卷,人民出版社 1994 年版,第 205 页。

做。"①我们在重视人民民主专政的民主职能的同时,又不能忽视其专政的职能。人民民主专政是中国特色社会主义民主政治的基石,在当代中国只有坚定不移地坚持和完善人民民主专政,才能切实保障人民民主权利。邓小平指出:"无产阶级专政对于人民来说就是社会主义民主",同时,"发展社会主义民主,决不是可以不要对敌视社会主义的势力实行无产阶级专政"。② 如果"只有人民内部的民主,而没有对破坏分子的专政,社会就不可能保持安定团结的政治局面,就不可能把现代化建设搞成功"。③ 因此,现阶段的人民民主专政不能削弱,只能加强。"我们在坚定不移地把发展社会主义民主的工作继续做下去的同时,要求全党同志、全国人民高度警惕和坚决打击各种反党和反社会主义活动和刑事犯罪活动。"④

　　第五,旗帜鲜明地指出,我国民主政治建设决不能走西方的民主道路。党的第二代中央领导集体认为,社会主义民主政体的特点,决定了中国只能搞社会主义民主不能搞资产阶级民主。全国人民代表大会制度最符合中国的实际。"社会主义国家有一个最大的优越性,就是干一件事情,一下决心,一做出决议,就立即执行,不受牵扯。"⑤"中国如果照搬你们的多党竞选、三权鼎立那一套,肯定是动乱局面。"⑥党的第二代中央领导集体还从民主的阶级属性出发,分析了中国的民主政治建设必须坚持社会主义方向

---

① 《邓小平文选》第 2 卷,人民出版社 1994 年版,第 372 页。
② 《邓小平文选》第 2 卷,人民出版社 1994 年版,第 168 页。
③ 《邓小平文选》第 3 卷,人民出版社 1993 年版,第 154 页。
④ 《邓小平文选》第 2 卷,人民出版社 1994 年版,第 373 页。
⑤ 《邓小平文选》第 3 卷,人民出版社 1993 年版,第 240 页。
⑥ 《邓小平文选》第 3 卷,人民出版社 1993 年版,第 244 页。

的原因。民主具有阶级性,资本主义民主主要维护资产阶级的利益,社会主义民主才符合中国最广大人民的利益。所以,"中国人民今天所需要的民主,只能是社会主义民主或称人民民主,而不是资产阶级的个人主义的民主"。① 党的领导集体之所以坚决反对照搬西方资本主义民主,还在于他们深刻地认清了资本主义民主的实质。邓小平曾一针见血地指出:"资本主义国家的多党制有什么好处? 那种多党制是资产阶级互相倾轧的竞争状态所决定的,它们谁也不代表广大劳动人民的利益。"②所以,"西方民主那一套我们不能照搬,中国的事情要根据自己的实际情况办。中国的民主只能是社会主义民主,是同社会主义法制相辅相成的"。③

但是,不照搬西方民主,并不等于全盘否定西方民主。党的领导集体认为,处于社会主义初级阶段的民主政治建设,也应该学习和借鉴西方民主的某些好的形式和做法。邓小平指出:"我们说资本主义社会不好,但它在发现人才、使用人才方面是非常大胆的。它有个特点,不论资排辈,凡是合格的人就使用,并且认为这是理所当然的。从这方面来看,我们选拔干部的制度是落后了。"④这就充分显示出我们党实事求是地对待西方民主的科学态度。

(二)赋予国民经济现代化的发展战略以崭新的内容,使之更为清晰、合理和科学

关于中国现代化的模式。如前所述,新中国成立之初就力图

---

① 《邓小平文选》第2卷,人民出版社1994年版,第175页。
② 《邓小平文选》第2卷,人民出版社1994年版,第267页。
③ 《邓小平文选》第3卷,人民出版社1993年版,第249页。
④ 《邓小平文选》第2卷,人民出版社1994年版,第225页。

"以苏为鉴",走出一条自己的社会主义现代化道路。以毛泽东为核心的党的第一代中央领导集体在初步探索的过程中,提出了许多富有创造性的方针和政策。

在新的历史条件下,党的第二代中央领导集体重新提出并解决了这个问题,即确立了"中国式的现代化"的模式。对于"中国式现代化"的目标和概念,邓小平曾作了科学的阐述:"我们要实现的现代化,是中国式的现代化。我们的四个现代化的概念,不是像你们那样的现代化的概念,而是'小康之家'。到本世纪末,中国的四个现代化即使达到某种目标,我们的国民生产总值还是很低的。要达到第三世界比较富裕一点的国家的水平,比如国民生产总值人均一千美元,也还得付出很大的努力。就算达到那样的水平,同西方来比,还是落后的。所以,我只能说,中国到那时也还是一个小康状态。"①后来,邓小平又将中国社会主义现代化的目标之一——国民生产总值调到人均八百美元。"翻两番,国民生产总值人均八百美元,就是到本世纪末在中国建立一个小康社会。这个小康社会,叫做中国式的现代化。翻两番、小康社会、中国式的现代化,这些都是我们的新概念。"②此后,邓小平又多次强调:"我们讲四个现代化,开始时候提出的是一个雄心壮志。但我们一摸索,才感到还只能是中国式的现代化。"③提出中国式的现代化模式,是提出建设有中国特色社会主义问题的前奏。

提出"中国式的现代化"模式,是党的第二代中央领导集体思考和总结历史经验教训,深刻把握当代中国国情的结果。邓小平

---

① 《邓小平文选》第2卷,人民出版社1994年版,第237页。

② 《邓小平文选》第3卷,人民出版社1993年版,第54页。

③ 《邓小平思想年谱》,中央文献出版社1998年版,第187页。

明确指出:"过去搞民主革命,要适合中国国情,走毛泽东同志开辟的农村包围城市的道路。现在搞建设,也要适合中国情况,走一条中国式的现代化道路。……中国式的现代化,必须从中国的特点出发。"①邓小平认为,中国的特点至少有两点必须看到的:一个是底子薄。在邓小平看来,中国的科学技术力量很不足,科学技术从总体上看要比世界先进国家落后二三十年。第二条是人口多,耕地少。耕地少、人口多,特别是农民多,这种情况不是很容易改变的。这就成为中国现代化建设必须考虑的特点。正是基于这种认识,党的十二大第一次明确提出了"建设有中国特色的社会主义"这一新概念。邓小平在开幕词中指出:"我们的现代化建设,必须从中国的实际出发。无论革命还是建设,都要注意学习和借鉴外国经验。但是,照抄照搬别国经验、别国模式,从来不能得到成功。这方面我们有过不少教训。把马克思主义的普遍真理同中国的具体实际结合起来,走自己的路,建设有中国特色的社会主义,这就是我们总结长期历史经验得出的基本结论。"②至此,党的第二代中央领导集体对于如何再次探索中国现代化模式问题已经得到解决。改革开放30年来,我们正是根据这个原则,不断解放思想,破除习惯势力和主观偏见的束缚,研究新情况、解决新问题,终于成功地探索出了有中国特色的社会主义现代化道路。

关于中国现代化的战略步骤。在现代化的步骤问题上,第一代领导集体先后在三届人大和四届人大上两次正式提出,要在20世纪内分"两步走"实现"四个现代化"的构想。尽管就当时的物

---

① 《邓小平文选》第2卷,人民出版社1994年版,第163—164页。

② 《邓小平文选》第3卷,人民出版社1993年版,第2—3页。

质技术条件来看,这一构想根本不具有实现的可能性,但是它终究为"三步走"发展战略的提出奠定了最初的基础。

改革开放之初,党的第二代中央领导集体基本上是遵循三届人大和四届人大所设定的现代化战略步骤,多次强调在20世纪末实现四个现代化。随着对中国国情的进一步认识和世界现代化进程的进一步观察、分析、比较,党的领导集体对中国现代化战略步骤的思考逐渐发生了变化,逐渐拉长了实现现代化所需要的时间。根据邓小平的设想,党的十三大系统地概括了自十一届三中全会以来党关于实现四化的战略构想,明确指出:"我国经济建设的战略部署大体分三步走。第一步,实现国民生产总值比1980年翻一番,解决人民的温饱问题。这个任务已经基本实现。第二步,到本世纪末,使国民生产总值增长一倍,人民生活达到小康水平。第三步,到下个世纪中叶,人均国民生产总值达到中等发达国家水平,人民生活比较富裕,基本实现现代化。"[1]"三步走"的战略步骤正确反映了我国现代化历史过程的三个阶段,是党的第二代中央领导集体对我国社会主义现代化发展战略理论的重大贡献。

两代中央领导集体关于我国现代化建设战略步骤的构想,在本质上是一脉相承的,但是比较起来,后者有了重大的发展,表现出许多新的特点:一是"三步走"战略从改善人民生活的角度出发来描述现代化的目标,尤其是使用了"温饱"、"小康"、"中等"这样与人民的生活紧密联系在一起的词语,充分体现了社会主义生产的目的。这样有利于人们在自己生活水平逐步提高的过程中,直观体验、感受和认识现代化目标,从而进一步激发他们投身于现

---

[1]　《十三大以来重要文献选编》,人民出版社1991年版,第16页。

代化建设的积极性,更坚定社会主义的信念。二是"三步走"战略目标用国民生产总值、人均国民生产总值来加以定量化,明确而具体。这反映出,党的第二代中央领导集体是在同世界经济发展的比较中来考虑我国经济发展战略的。尤其是,"人均国民生产总值"这种概念,是第一代中央领导集体的发展战略中所未涉及的。三是"三步走"战略在突出"加快发展的"同时,强调的是"速度"与"效益"的统一,避免了重犯不顾经济效应、片面追求速度的错误。邓小平多次强调,"一定要首先抓好管理和质量,讲求经济效益和总的社会效益,这样的速度才过得硬"。① "经济发展得快一点,必须依靠教育和科技。我说科学技术是第一生产力"。② 要实现依靠科技进步的集约型经营,坚决走以内涵为主扩大再生产的路子。这些都是党的第二代中央领导集体总结经验教训,根据科学技术与经济、社会发展的关系越来越密切的新历史条件,对我国现代化发展战略提出的新的思路。四是"三步走"战略提出的奋斗目标更为切合中国的实际。党的第二代中央领导集体把第三步目标定为基本实现现代化,"达到中等发达国家的水平",所用的时间是"在下个世纪用三十到五十年"。而第一代中央领导集体的目标,则是"三年基本上超过英国,十年超过美国"。两者比较起来,尽管"三步走"的战略目标显得不够气派,却完全符合中国实际。

关于中国现代化建设的原则。第一代中央领导集体认为,要实行社会主义现代化,必须在坚持自力更生的基础上向外国学习。

①　《邓小平文选》第 3 卷,人民出版社 1993 年版,第 143 页。
②　《邓小平文选》第 3 卷,人民出版社 1993 年版,第 377 页。

但是,在实践中,由于种种原因,特别是由于"左"倾思想的干扰,他们并没有始终如一地贯彻对外开放的原则,没有能够和资本主义国家建立正常的经济联系,几乎在一种与外部世界隔绝、半隔绝的环境中进行社会主义现代化建设。

党的十一届三中全会以后,党中央通过总结历史经验教训,深刻地认识到闭关自守对我国社会主义现代化的巨大阻碍作用,提出了对外开放的基本国策。邓小平指出:"建国以后,人家封锁我们,在某种程度上我们也还是闭关自守,这给我们带来了一些困难。三十几年的经验教训告诉我们,关起门来搞建设是不行的,发展不起来。"①"总结历史经验,中国长期处于停滞落后状态的一个重要原因是闭关自守。经验证明,关起门来搞建设是不能成功的,中国的发展离不开世界。"②对外开放已经成为当今世界发展的客观趋势和必然要求。没有一个国家能够在孤立的状态下实现现代化,封闭只能导致落后。发达国家是如此,发展中国家也是如此,资本主义国家是如此,社会主义国家也是如此。因此,中国的社会主义现代化建设再也不能走闭关自守的老路了,如果再来个闭关自守,"我们要在本世纪末达到小康、在下个世纪达到中等发达国家水平的目标就没有希望了"。③ 正是随着认识的不断深化,党的十二届三中全会正式提出把对外开放作为长期的基本国策,作为加快社会主义现代化建设的战略措施来实施。社会主义社会只有在对外开放中才能获得更大发展,对外开放是中国实现现代化的必由之路。

---

① 《邓小平文选》第 3 卷,人民出版社 1993 年版,第 64 页。
② 《邓小平文选》第 3 卷,人民出版社 1993 年版,第 78 页。
③ 《邓小平文选》第 3 卷,人民出版社 1993 年版,第 218 页。

党的第二代中央领导集体不仅提出了实行对外开放,而且主张要全方位地开放。所谓全方位,就是开放的领域涉及社会生活的各个领域。面向世界,党中央所提出的开放领域是宽阔的,除了经济领域的对外开放之外,还包括文化、教育、科技等许多领域不同程度的对外开放。经济领域的对外开放,带动其他领域的对外开放;其他领域的对外开放,又促进经济领域的对外开放。对外开放政策实行 30 年来,我国基本上形成了"经济特区—沿海开放城市—沿海经济开发区—内地"这样一个从东到西、从沿海到内地的多层次、多方位、多形式的对外开放格局。

对外开放就是要积极吸收和借鉴发达国家现代化的成果和经验,充分发挥后发优势,加速我国的现代化建设。但是,在"一球两制"的国际环境中,外国敌对势力利用我国对外开放的机会,以经济技术为诱饵,加紧实施其"和平演变"战略,企图置我国于"依附"的境地。为此,党中央强调,在不断提升对外开放的程度和水平的同时,必须始终以"独立自主,自力更生"作为中国现代化建设的基本方针。"中国的事情要按中国的情况办,要依靠中国人自己的力量来办。独立自主、自力更生,无论过去、现在和将来,都是我们的立足点。中国人民珍惜同其他国家和人民的友谊和合作,更加珍惜自己经过长期奋斗而得来的独立自主权利。任何外国不要指望中国做他们的附庸,不要指望中国会吞下有害我国利益的苦果。"①新时期的对外开放,对于利用外资、引进先进技术、管理方式与经营方式、扩大对外贸易等都起到了难以估量的作用,大大加快了我国现代化的进程。

---

① 《邓小平文选》第 3 卷,人民出版社 1993 年版,第 3 页。

（三）提出了"富强、民主、文明"的现代化建设总体目标，现代化的内涵更加具体而完善

党的第一代中央领导集体对现代化总体目标的认识，经历了一个从"工业化"到"现代化"的演变过程。20世纪60年代初，我国现代化建设的目标正式确定为"四个现代化"，即农业现代化、工业现代化、国防现代化和科学技术现代化。相对于"工业化"来说，"四个现代化"的提出是一个进步，但它仍然侧重于社会经济，还不是完整意义上的现代化观念。

现代化是社会的全面进步。它不仅仅是指经济现代化，而且是指政治、经济、文化以及人等多方面的变迁过程。我们党在新的实践中认识到这一点，逐步提出了完整的现代化建设总目标。1979年9月，叶剑英代表中央在建国30周年纪念大会上的讲话中指出，我们所说的四个现代化是指现代化的四个主要方面，并不是说现代化以这四个方面为限；并提出把高度民主和高度文明作为在政治领域和思想文化领域进行社会主义建设的目标。在党的文献中，这是第一次提出我国社会主义现代化不仅仅包括四个现代化。随后，邓小平又指出："我们在大幅度提高社会生产力的同时，改革和完善社会主义的经济制度和政治制度，发展高度的社会主义民主和完备的社会主义法制，我们要在建设高度的物质文明的同时，提高全民族的科学文化水平，发展高尚的丰富多彩的文化生活，建设高度的社会主义精神文明。"[1]这段话重新概括了中国社会主义现代化的内涵，即现代化的建设包括政治现代化、经济现代化和文化现代化。1981年党的十一届六中全会的决议，把党在

---

[1] 《邓小平文选》第2卷，人民出版社1994年版，第208页。

新时期的奋斗目标概括为建设现代化的"具有高度民主和高度文明的社会主义强国",指出"逐步建设高度民主的社会主义政治制度"和"社会主义必须有高度的精神文明"是适合我国情况的社会主义现代化道路的两个"基本点"。① 党的十二大在重申社会主义经济特征、政治特征的基础上,提出以共产主义思想为核心的社会主义精神文明也是社会主义社会的重要特征,高度的社会主义民主政治是社会主义建设的根本任务和目标。据此,党的十三大明确提出,社会主义民主政治和精神文明是社会主义重要特征,并首次明确提出要"为把我国建设成为富强、民主、文明的社会主义现代化强国而奋斗"。② 这样,"富强、民主、文明"就正式确定为我国现代化建设的奋斗目标。

"富强、民主、文明"三个方面,三位一体,不可偏废。"富强"是一个国家现代化程度的标志,是现代化的首要目标。对于我们这样一个穷国来说,其意义是显而易见的。邓小平指出,现代化的任务是多方面的,但在现阶段,"实质是搞四个现代化,最主要是搞经济建设,发展国民经济,发展生产力"。③ 这是解决国内国际问题的基础。经济不上去,人民生活水平无法提高,将会影响社会政治的稳定;国力不强大,我们在国际上就没有发言权,肯定会再次面临被动挨打的厄运。"民主"是一个国家政治现代化的标志。民主既是现代化的,又是现代化建设的战略目标之一。"我们进行社会主义现代化建设,是要在经济上赶上发达的资本主义国家,

---

① 《新时期党的建设文献选编》,人民出版社 1991 年版,第 154—158 页。
② 《新时期党的建设文献选编》,人民出版社 1991 年版,第 362 页。
③ 《邓小平文选》第 2 卷,人民出版社 1994 年版,第 276 页。

在政治上创造比资本主义国家的民主更高更切实际的民主。"①任何民主都必须以高度的精神文明为条件。"文明"体现了文化现代化的要求。鉴于我国精神文明落后并影响现代化进程的状况,鉴于西方发达国家现代化过程中精神文明衰落的巨大落差和负作用,党的第二代中央领导集体创造性地把社会主义精神文明作为现代化建设的战略目标之一,并纳入现代化建设的总体布局之中。精神文明建设的核心是要造就有理想、有道德、有文化、有纪律的一代新人。精神文明建设,能够提高全民族的思想道德素质和科学文化素质,为现代化建设注入健康的精神动力和提供智力支持,减少伴随现代化而来的负面效应。我国社会主义现代化的目标由工业、农业、国防和科学技术现代化,跃升为政治、经济、文化三位一体的全面现代化,现代化的内涵更加现实、完善、科学,现代化的目标更加明确。

以上就是把新中国初步探索社会主义现代化道路的成果,系统化并加以展开的几个主要方面。在此基础上,党的第二代中央领导集体还创造性地提出了一些具有深远意义的理论原则。这些理论和原则,是党的第一代中央领导集体的探索成果得到发展的另一个重要表现。

第一,提出中国社会主义现代化建设必须以经济建设为中心。把全党和全国人民的注意力从"以阶级斗争为纲"转移到"以经济建设为中心"上来,实现政治路线的拨乱反正,是党的第二代中央领导集体在改革开放之初所取得的最重要的成就。早在《坚持四项基本原则》的讲话中,邓小平就指出:"我们的生产力发展水平

---

① 《邓小平文选》第2卷,人民出版社1994年版,第322页。

很低,远远不能满足人民和国家的需要,这就是我们目前时期的主要矛盾,解决这个主要矛盾就是我们的中心任务。"①这个主要任务的实现,决定着我们国家的命运,民族的命运。在新的历史时期,邓小平和党中央一直强调要发展生产力,要以经济建设为中心。邓小平指出:"经济工作是当前最大的政治,经济问题是压倒一切的政治问题。不只是当前,恐怕今后长期的工作重点都要放在经济工作上面。"②在邓小平和党中央看来,以经济建设为中心,从一定意义上来说,就是以四个现代化为中心,因为经济建设是现代化的核心,这是一个关乎"大局"的问题。"要加紧经济建设,就是要加紧四个现代化建设。四个现代化,集中起来讲就是经济建设。"③"现代化建设的任务是多方面的,各方面需要综合平衡,不能单打一。但是说到最后,还是要把经济建设当作中心。离开了经济建设这个中心,就有丧失物质基础的危险。其他一切任务都要服从这个中心,围绕这个中心,决不能干扰它,冲击它。"④党的第二代中央领导集体一再强调实现四个现代化是党和国家长期的工作中心,而实现四个现代化的关键是发展经济——强调经济在实现现代化过程中的基础作用,甚至提出了现代化建设集中起来讲就是经济建设的论断,从根本上抓住了实现社会主义现代化的关键。在1992年南方谈话时,邓小平又提出了三个"有利于"标准。这表明党中央对经济建设的重要性又有了更深刻的认识。30年来,以经济建设为中心、发展生产力的观念深入人心。由于党和

---

① 《邓小平文选》第 2 卷,人民出版社 1994 年版,第 182 页。
② 《邓小平文选》第 2 卷,人民出版社 1994 年版,第 194 页。
③ 《邓小平文选》第 2 卷,人民出版社 1994 年版,第 240 页。
④ 《邓小平文选》第 2 卷,人民出版社 1994 年版,第 250 页。

人民毫不松懈地紧紧抓住这个"中心"，我国才得以初步建成小康社会。

第二，逐步形成了社会主义初级阶段的理论。正确认识我国社会所处的历史阶段，或者说，正确认识我国的基本国情，是认清一切有关现代化建设问题的基本依据。在以往很长的一段时间里，党在领导社会主义现代化建设中出现失误的重要原因之一，就在于没有认清国情，没有认清我国社会主义所处的历史阶段，从而制定出超越历史阶段的理论、路线和政策。党的十一届三中全会以后，邓小平和党中央对我国社会主义所处历史阶段的认识逐步深化。邓小平指出："现在虽然说我们也在搞社会主义，但事实上不够格。只有到了下个世纪中叶，达到了中等发达国家的水平，才能说真正的搞了社会主义，才能理直气壮地说社会主义优于资本主义。"①在党的十三大召开前夕，邓小平就提出了我国现在还处在社会主义初级阶段的论断："我们党的十三大要阐述中国社会主义是处于一个什么样的阶段，就是处在初级阶段，是初级阶段的社会主义。社会主义本身是共产主义的初级阶段，就是不发达的阶段。一切要从这个实际出发，根据这个实际来制定规划。"②据此，党的十三大正式完整地阐述了社会主义初级阶段理论。所谓初级阶段就是不发达阶段，就是像中国这样经济文化落后的国家，在进入马克思所设想的发达社会主义社会之前，所经历的特定的历史阶段，还必须在社会主义条件下经历一个相当长的时期去实现工业化、市场化、现代化。这是不可逾越的阶段，至少需要上百

---

① 《邓小平文选》第 3 卷，人民出版社 1993 年版，第 225 页。
② 《邓小平文选》第 3 卷，人民出版社 1993 年版，第 252 页。

年的时间。

社会主义初级阶段理论的确立,阐明了中国社会主义建设所处的历史方位,把我国社会主义现代化建设的理论和实践置于当代中国现实的基础上,成为党制定路线、方针和政策的立足点和出发点。这也是我国社会主义现代化建设的航船到达胜利彼岸的保证。

第三,对社会主义的本质作出了崭新的界定。建国后长时期的缓慢发展和停滞状态,迫使我们重新考虑问题:到底什么是社会主义? 怎样才能建设社会主义? 以邓小平为核心的党的第二代中央领导集体对这两个问题的回答,也就是对社会主义本质的揭示。早在改革开放之初,邓小平就提出了社会主义本质这一概念。他说:"社会主义是个很好的名词,但是如果搞不好,不能正确理解,不能采取正确的政策,那就体现不出社会主义的本质。"①针对当时我国国内的资产阶级自由化思潮,邓小平再次指出:"有些人脑子里的四化同我们脑子里的四化不同。我们脑子里的四化是社会主义的四化。他们只讲四化,不讲社会主义。这就忘记了事物的本质,也就离开了中国的发展道路。"②伴随着新时期社会主义现代化实践的拓展,党的第二代中央领导集体对这两个问题的认识不断走向深入。邓小平在发表南方谈话时,对于"社会主义本质"进行了集中的表述:"社会主义的本质,是解放生产力,发展生产力,消灭剥削,消除两极分化,最终达到共同富裕。"③

社会主义本质的新概括,体现了基础、条件与目标的统一。

---

① 《邓小平文选》第 2 卷,人民出版社 1994 年版,第 313 页。
② 《邓小平文选》第 3 卷,人民出版社 1993 年版,第 204 页。
③ 《邓小平文选》第 3 卷,人民出版社 1993 年版,第 373 页。

"解放生产力,发展生产力"是基础,是前提,是根本。只有生产力的高度发展,才能满足劳动者多方面的要求,才能为最终达到共同富裕提供坚实的物质基础。"消灭剥削,消除两极分化"是条件,是途径。不消灭剥削,不消除两极分化,即使生产力上去了,也不能实现共同富裕。"最终达到共同富裕"是目标,是结果。共同富裕是一个历史发展过程。在此之前出现不平衡状况,不能人为地加以削平。如果过早地强调共同富裕,反对差别,不允许一部分个人和地区先富起来,就会挫伤积极性,导致发展停滞。这三个基本方面是不可分割的有机统一体,离开哪一方面都不可能完整地体现社会主义的本质。

党对社会主义本质的崭新界定,是对科学社会主义理论的巨大贡献。在此之前,无论是马克思主义经典作家,还是现实的社会主义运动都没有深入到社会主义本质这一层次上去认识社会主义,而只是停留在社会主义特征的浅层次上,或者是没有区分社会主义本质、社会主义特征这两个不同层次。我们党对社会主义本质的揭示,第一次分清了社会主义本质和社会主义特征这两个不同层次的问题,从而破解了科学社会主义理论和社会主义实践所亟待解决的重大课题。

第四,对计划与市场的关系的认识有了新的重大突破。按照马克思主义创始人的观点,经过资本主义高度发展阶段后建立起来的社会主义,应该建立计划经济体制。这样,才能清除资本主义的弊端,更快地发展生产力。但是,经典作家对落后国家建立社会主义之后,应该建立什么样的经济体制并没有作出具体论述。这样,就留下一大理论空白有待于后人去填补。令人遗憾的是,社会主义实践者们却忽视了现实的社会主义与马克思和恩格斯所设想的社会主义之间的差别,割裂了计划与市场的关系。将计划等同于社会主义,而把市场等同于资本主义。

在新的历史时期,党的第二代中央领导集体凭着高度的理论修养和丰富的实践经验,逐步澄清了传统社会主义在计划和市场关系认识上的误区,实现了对计划和市场关系认识上的重大突破。针对长期以来把计划和市场对立起来的看法,提出计划和市场都是经济手段,而不是区分"姓资"与"姓社"的标准。邓小平指出:"计划多一点还是市场多一点,不是社会主义与资本主义的本质区别。计划不等于社会主义,资本主义也有计划;市场不等于资本主义,社会主义也有市场。计划和市场都是经济手段。"[1]"为什么一谈市场就是资本主义,只有计划才是社会主义呢? 计划和市场都是方法嘛。只要对发展生产力有好处,就可以利用。"[2]所以,"我们必须从理论上搞懂,资本主义与社会主义的区分不在于是计划和市场这样的问题。"[3]这就解除了长期以来束缚人们头脑的禁锢,大胆应用各种经济手段来发展经济。

计划和市场作为经济手段,都不可避免地存在着一定的缺陷。只有把计划和市场结合起来,才能够扬长避短,最大程度地发挥各自的作用。邓小平指出:"我们过去一直搞计划经济,但多年的实践证明,在某种意义上来说,只搞计划经济会束缚生产力的发展。把计划经济和市场经济结合起来,就更能解放生产力,加速经济发展。"[4]提出计划与市场相结合,实际上也就是提出要实现社会主

---

① 《邓小平文选》第3卷,人民出版社1993年版,第373页。
② 《邓小平文选》第3卷,人民出版社1993年版,第203页。
③ 《邓小平文选》第3卷,人民出版社1993年版,第364页。
④ 《邓小平文选》第3卷,人民出版社1993年版,第148—149页。

义与市场经济的有效结合,以加快社会主义现代化建设。

社会主义也搞市场经济,但是社会主义市场经济与资本主义市场经济是不同的。邓小平突出强调了社会主义市场经济的特色。社会主义的市场经济,当然在方法上和资本主义基本相似,但也有不同。中国是在社会主义公有制为主体的基础上搞市场经济,这与资本主义的市场经济以私有制为基础是不同的。对计划和市场关系认识的重大突破,打破了人们对于社会主义的传统观念,使全党和全国人民的思想得到了极大的解放,为党的十四大正式提出建立社会主义市场经济体制作了充分的理论准备。

综上所述,正是在继承和发展前一代领导集体探索成就的过程中,中国社会主义现代化找到了一条正确的发展道路,从而为中国现代化在21世纪中叶的实现奠定了基础。

三、在新的历史条件下拓展有中国特色的社会主义现代化道路

进入20世纪90年代,国际局势风云变幻和中国改革开放不断走向深入。有中国特色的社会主义现代化建设面临着一种前所未有的形势。

首先,伴随着东欧各国的剧变和苏联的解体,冷战时期的美、苏两极对立的世界格局宣告瓦解。世界格局多极化的趋势日渐明显,国际社会的和平民主力量得到了发展与壮大。这一切都极其有利于国际局势不断趋向缓和。然而,与此同时,美国凭借着它极度膨胀的经济和军事力量"一极独大",妄图主宰世界命运,霸权主义和强权政治重新抬头。它将其触角伸到世界各个角落,动辄以"人权"、"反恐"为借口,绕过联合国肆意干涉别国内政。在公

平合理的国际政治新秩序还没有得到建立的情况下,包括中国在内的广大发展中国家承受着前所未有的巨大压力。它们要想抗击以美国为首的西方新霸权主义和强权政治,维护国家主权和领土的完整,就必须尽快地发展生产力和增强综合国力。

其次,经济全球化的进程明显加快,世界各国的经济交流与贸易往来更为频繁;科学技术日新月异,知识经济初露端倪,世界经济开始向数字化、网络化、信息化方向演进,国际上综合国力的竞争日趋激烈。能否顺应世界潮流,抢占科技、产业和经济的制高点,已经成为事关各国未来发展的重大问题。这种形势对于经济文化相对落后、面临着工业化和信息化双重任务的中国来说,机遇与挑战并存,风险因素增多。如果我们不能抓住机遇,利用后发优势迎头赶上,就有被淘汰出局的危险。

再次,我国改革开放和现代化建设经过 30 年的发展后,已经进入一个关键时期。改革已处于攻坚阶段,改革难度加大。改革的领域已经由经济体制延伸到政治体制、由体制外进入体制内,直逼国有大型企业和国家金融机构等关键领域,所牵涉的利益面更广、关系更为复杂。发展已处于关键时期。粗放型的经济增长方式,已使我国的人口、资源、环境与发展间的矛盾日益凸显。如果不彻底转变增长方式,我国的经济发展将难以持续。反腐倡廉的任务艰巨。如何从制度上铲除腐败滋生的根源,成为党和政府亟待解决的重大问题。精神文明建设面临着严峻的考验。信息时代的到来和国内国际形势的变化,使以往行之有效的工作方式、方法显得力不从心。如果社会主义精神文明建设不在方式、方法等方面创新,就将难以适应形势发展的需要,就无法发挥应有的作用。

就是在这种机遇与挑战并存、危机与希望同在的形势下,党的第三代中央领导集体不断进取、开拓创新,有中国特色的社会主义现代化道路得到了拓展和完善。我国在实现经济快速、持续、健康增长的同时,还保持了政治和社会的稳定。改革开放、民主法制建设、精神文明建设和党的建设等各方面都取得了新的成就。

（一）构建了新时期社会主义民主政治建设理论

进入新的历史时期,社会主义市场经济不断发展,社会主义精神文明不断提高,社会日益进步。形势的变化,对社会主义民主政治建设提出了新的更高的要求。适应形势发展的要求,党的第三代中央领导集体对社会主义民主政治建设实现了重大突破和创新。

第一,提出要继续推进政治体制改革。为了消除我国政治体制中的种种弊端,在改革开放之初,党中央就提出了改革党和国家领导制度的问题。党的十三大突出强调把"党政分开"作为"政治体制改革的关键"。[1] 十三大后,我国的政治体制改革全面展开,并且取得了显著的成效。但是,我国政治体制中政企不分、机构庞大、效率低下等国家行政方面的问题,官僚主义、形式主义等工作作风方面的问题,以权谋私、滥用权力等权力运用方面的问题,在一些地方和部门还存在着,有的甚至是严重存在着。如果这些问题不加以解决,必将阻碍其他社会改革的正常推进。

为此,党的第三代中央领导集体提出要继续推进政治体制改革。党的十四大在把社会主义市场经济确立为改革目标的同时,强调政治体制改革必须"同经济体制改革和经济发展相适应",把政治体制改革的重点放在"使社会主义民主和法制建设有一个较

---

[1] 《十三大以来重要文献选编》,人民出版社 1991 年版,第 36 页。

大的发展",并"下决心进行行政管理体制和机构改革,切实做到转变职能、理顺关系、精兵简政、提高效率"。① 这就解决了"党政分开"后政府机构的运作问题。接着,党的十五大从跨世纪的高度,正式提出"继续推进政治体制改革",并作了全面部署。一是强调"我国经济体制改革的深入和社会主义现代化建设的跨世纪发展,要求我们在坚持四项基本原则的前提下,继续推进政治体制改革",阐明了继续推进政治体制改革的必要性和前提。二是根据邓小平政治体制改革的思想、苏东剧变的教训以及我国政治体制改革的经验,提出了推进政治体制改革的基本要求:"必须有利于增强党和国家的活力,保持和发挥社会主义制度的特点和优势,维护国家统一、民族团结和社会稳定,充分发挥人民群众的积极性,促进生产力的发展和社会进步。"三是对当前和今后的政治体制改革规定了五项主要任务,即"发展民主、加强法制,实行政企分开、精简机构,完善民主监督制度,维护安定团结"。② 政治体制改革的五项任务已经涉及了市场经济的深层次需要,表明党中央努力使政治体制改革与经济体制改革互相配套。党的十六大则把政治体制改革进一步具体化和细化,使之具有了较强的操作性。十六大报告提出了要改革和完善决策机制,推进决策科学化民主化,建立重大事项社会公示制度和社会听证制度,完善专家咨询制度,实行决策的论证制和责任制,防止决策的随意性;要深化干部人事制度改革,扩大党员和群众对干部选拔任用的知情权、参与权、选择权和监督权;要加强对权力的制约和监督,重点加强对领

---

① 《十四大以来重要文献选编》,人民出版社 1996 年版,第 29 页。
② 《十五大以来重要文献选编》,人民出版社 2000 年版,第 31 页。

导干部特别是主要领导干部的监督,建立结构合理、配置科学、程序严密、制约有效的权力运行机制等。[1] 这就大大拓宽了改革的领域,标志着我国政治体制改革揭开了新的一页。

实践证明,党的第三代中央领导集体"继续推进政治体制改革"的决策是完全正确的。政治体制改革的成功推进,为经济体制改革的推进营造了良好的政治条件,使社会主义市场经济体制在本世纪初得以初步确立。

第二,从治国方略的高度,提出了"依法治国,建设社会主义法治国家"的新战略。发扬民主必须同健全法制紧密结合,是党的第二代中央领导集体民主政治建设理论的精髓所在。在社会主义民主政治建设史上,邓小平第一次提出社会主义民主制度化、法制化的课题。社会主义民主政治建设的新实践中,党的第三代中央领导集体坚持和发展了这一理论,提出了依法治国,建设社会主义法治国家的基本方略。1992 年 2 月,在参加中共中央举办的中央领导同志法制讲座时,江泽民首次使用了"依法治国"的概念。他指出:"加强社会主义法制建设,依法治国,是邓小平建设有中国特色社会主义理论的重要组成部分,是我们党和政府管理国家和社会事务的重要方针。"[2]在十四大报告中,江泽民把"积极推进政治体制改革,使社会主义民主法制有一个较大的发展"作为全党必须努力实现的十个关系全局的主要任务之一。[3] 党的十五大

---

① 参见江泽民:《在中国共产党第十六次全国代表大会上的报告》,人民出版社 2002 年版,第 31—38 页。

② 《江泽民论建设有中国特色社会主义(专题摘编)》,中央文献出版社 2002 年版,第 326 页。

③ 《十四大以来重要文献选编》,人民出版社 1996 年版,第 28 页。

正式对"依法治国"作了一个完整的、明确的表述："依法治国，就是广大人民群众在党的领导下，依照宪法和法律的规定，通过各种途径和形式管理国家事务，管理经济文化事业，管理社会事务，保证国家各项工作都依法进行，逐步实行社会主义民主的制度化、法律化，使这种制度和法律不因领导人的改变而改变，不因领导人看法和注意力的改变而改变。"在这里，江泽民揭示了依法治国的主体、客体、方式、目标和领导力量等，阐明了依法治国的三个重要方面，即党的领导、人民民主和依法办事。党的领导是关键，发扬民主是基础，依法办事是保证，三者是有机统一的整体。同时，党的十五大还强调依法治国，是"党和人民治理国家的基本方略，是发展社会主义市场经济的客观需要，是社会文明进步的重要标志，是国家长治久安的重要保障"。① 把依法治国作为"党领导人民治理国家的基本方略"，是党的领导方式和执政方式的重大变革和发展，是党的第三代中央领导集体对社会主义民主理论的突破性贡献，标志着我国民主政治建设取得了具有里程碑意义的伟大进步，对有中国特色的政治现代化将产生极其重大的影响。

第三，提出了建设"社会主义政治文明"的新目标。这一新目标的提出是对邓小平两个文明理论的新发展。在领导改革开放过程中，邓小平反复强调，社会主义建设要把物质文明和精神文明一起抓、两个文明协调发展。建设"社会主义政治文明"的提出，是我国社会主义现代化建设开始实施第三步发展战略的必然要求。"三步走"发展战略的最终目标，就是要在本世纪中叶把我国建设成为富强、民主、文明的社会主义现代化国家，而21世纪头20年，

---

① 《十五大以来重要文献选编》，人民出版社2000年版，第30—31页。

是实施第三步发展战略的关键机遇期,是我国开始全面建设小康社会的历史阶段。把"发展社会主义民主政治,建设社会主义政治文明"列为现代化建设的重要目标,是题中应有之义。提出建设"社会主义政治文明",又是实施"依法治国"战略的必然结果。20世纪90年代初,党的第三代中央领导集体确立了"依法治国"方略。在这一思想的指导下,我国各项民主制度不断健全和完善,我国民主政治建设全面进入了法治的轨道。在这种情况下,党的第三代中央领导集体对民主政治建设的战略地位产生了新的认识。

　　"政治文明"概念,是在2001年1月的全国宣传部长会议上首次提出的。江泽民在会上谈到要把依法治国和以德治国结合起来时,指出法治属于政治建设、属于政治文明,德治属于思想建设,属于精神文明。这里江泽民把法制建设、依法治国、法治纳入政治文明之中。2002年5月31日,江泽民在中央党校省部级干部进修班毕业典礼上,再次指出,建设社会主义政治文明,是社会主义现代化建设的重要目标。同年7月16日,江泽民在考察中国科学院时,把物质文明、政治文明和精神文明并列,指出:建设有中国特色社会主义,应是我国政治、经济、文化全面发展的进程,是我国物质文明、政治文明、精神文明全面建设的过程。党的十六大则把建设社会主义政治文明确立为全面建设小康社会的奋斗目标。"发展社会主义民主政治,建设社会主义政治文明,是全面建设小康社会的重要目标。"①这是党的正式文献中第一次提出"建设社会主

---

　　①　江泽民:《在中国共产党第十六次全国代表大会上的报告》,人民出版社2002年版,第31页。

义政治文明"的科学命题。

党的第三代中央领导集体反复强调,建设社会主义政治文明,必须把坚持党的领导,人民当家作主和依法治国有机结合、辩证统一。这是有中国特色的社会主义政治文明的基本特征和当代中国政治文明的主体结构。建设社会主义政治文明,关键是坚持党的领导。共产党执政,就是领导和支持人民掌握管理国家的权力,实行民主选举、民主决策、民主管理和民主监督,保证人民依法享有广泛的权利和自由,尊重和保障人权,其实质就是人民当家作主。坚持党的领导是当代中国政治文明建设的特色。人民当家作主,是社会主义民主的本质要求,也是社会主义民主政治区别于资本主义民主政治的本质所在。建设社会主义政治文明必须依法治国。依法治国是保证党的领导和人民民主顺利实施的根本手段。无论是党的领导的实行,还是人民民主的推进,都必须在宪法和法律的范围内进行。建设"社会主义政治文明"新目标的提出,标志着党的第三代中央领导集体对人类发展规律、共产党执政规律和社会主义民主政治建设规律认识的深化。

第四,提出了新时期党的建设的总目标和总要求。建设有中国特色的社会主义现代化,"把我们的事业全面推向二十一世纪,关键在于坚持、加强和改善党的领导,进一步把党建设好"①,全面推进党的建设的新的伟大工程,不断提高领导能力和执政水平。这样,就能得到人民群众真心实意的拥护和支持;就能凝聚人心,同心同德,向着宏伟的目标前进。为此,经过党的十四届四中全会到十五大,党中央确立了"建设成为用邓小平理论武装起来、全心

---

① 《十五大以来重要文献选编》,人民出版社 2000 年版,第 44 页。

全意为人民服务、思想上政治上组织上完全巩固、能够经受住各种风险、始终走在时代前列、领导全国人民建设有中国特色社会主义的马克思主义政党"的建党总目标；①提出要建立一支适应跨世纪发展需要的，政治强、业务精和作风正的高素质干部队伍；把反腐败斗争提到关系党和国家生死存亡的高度，并采取各种措施加大反腐败的力度。2000年3月和5月，江泽民在视察广东、江苏等地的讲话中，又进一步提出了"三个代表"的重要思想，要求中国共产党始终代表中国先进生产力的发展要求，始终代表中国先进文化的发展方向，始终代表中国最广大人民的根本利益，指出这是我们党的立党之本、执政之基、力量之源。这样，就解决了在新形势下建设一个什么样的党和如何建设这个党的问题。党的十六大进一步强调："中国共产党是中国特色社会主义事业的领导核心。共产党执政就是领导和支持人民当家作主，最广泛地动员和组织人民群众依法管理国家和社会事务，管理经济和文化事业，维护和实现人民群众的根本利益。"②"全面建设小康社会，加快推进社会主义现代化，必须毫不放松地加强和改善党的领导，全面推进党的建设的新的伟大工程。"③这是在新的历史条件下对邓小平建党思想和现代化建设思想的进一步深化和发展，是全面加强党的建设，坚持和改善党的领导的伟大纲领。它为我们党在现代化进程中如何搞好自身现代化建设、发挥核心领导作用指明了方向。

---

①　《十五大以来重要文献选编》，人民出版社2000年版，第45页。

②　江泽民：《在中国共产党第十六次全国代表大会上的报告》，人民出版社2002年版，第31—32页。

③　江泽民：《在中国共产党第十六次全国代表大会上的报告》，人民出版社2002年版，第49页。

（二）进一步提出了新形势下经济现代化建设的思路和方针

在新时期的经济建设中，党的第三代中央领导集体把"抓住机遇、深化改革、扩大开放、促进发展、保持稳定"作为总揽全局的总方针，研究新情况、解决新问题。在克服困难、不断前进的过程中，党中央提出了许多新思路、新见解。

第一，提出经济体制改革的目标就是建立社会主义市场经济体制，以市场经济推动中国经济现代化。从 1979 年到 1992 年年初，邓小平曾先后 12 次谈到市场经济的问题。① 但明确将社会主义经济体制改革的目标定位为建立社会主义市场经济体制的，是党的第三代中央领导集体。1992 年 6 月，江泽民在中共中央党校的讲话中，首次提出了建立社会主义市场经济体制的设想。江泽民提出："在党的十四大报告中，总得确定一种绝大多数同志赞同的比较科学的提法，以利于进一步统一全党同志的认识和行动，以利于加快我国社会主义的新经济体制的建立。我个人的看法，比较倾向于使用'社会主义市场经济'这个提法。"② 同年 10 月，党的十四大正式宣布："我国经济体制改革的目标是建立社会主义市场经济体制，以利于进一步解放和发展生产力"，"我们要建立的社会主义市场经济体制，就是要使市场在社会主义宏观调控下对资源配置起基础性作用。"③ 这就实现了社会主义经济理论的重大突破。随后，党的十四届三中全会通过了《关于建立社会主义市场经济体制若干问题的决定》，把十四大确立的目标、原则和要求等加以具体化、系统化，提出了国有企业转换经营机制，建立现代

---

① 龚育之：《从毛泽东到邓小平》，中共党史出版社 1994 年版，第 201 页。
② 《十三大以来重要文献选编》，人民出版社 1991 年版，第 2073 页。
③ 《十四大以来重要文献选编》，人民出版社 1996 年版，第 18—19 页。

企业制度,培育和发展市场,转变政府职能,建立宏观调控体系,大力推进财政、税收、金融等各方面的改革,勾画了社会主义市场经济体制的基本框架,成为建立新经济体制的工程化蓝图。党的十四届五中全会,特别是十五大又进一步明确了建立社会主义市场经济体制的时间表,规定到2010年要建立起比较完善的社会主义市场经济体制;阐明了加快国有企业改革的指导思想和基本方针,提出切实转换经营机制,实行分类指导、抓大放小,实施战略性改组,把改组、改造、加强管理等改革措施结合起来,推进社会主义市场经济的进程;确立了以公有制为主体、多种所有制共同发展的基本经济制度。党的十五届四中全会通过的《关于国有企业改革和发展若干问题的决定》,进一步明确了国有企业改革和发展的基本目标和指导方针,经济体制改革继续深入。在党的第三代中央领导集体的领导下,本世纪初我国初步建立了社会主义市场经济体制。但是,我国当前的市场经济体制仍然很不成熟、很不完善。基于此,党的十六大提出了"完善社会主义市场经济体制"的任务。

在对社会主义经济理论的认识取得重大突破之后,通过深化经济体制改革而建立的经济体制,是一种使市场在国家的宏观调控之下,对资源配置起基础性作用的崭新的社会主义经济体制,而绝非是对建国之初所设想的"主体——补充"模式的简单回归。社会主义市场经济体制解决了社会主义与市场经济的兼容性问题,它把市场化、社会化和社会主义改革这三项重大的社会变革结合在一起,汇合成一股强大的动力,推动着中国经济现代化的实现,从而大大加速了我国社会主义现代化的历史进程。

第二,提出在实行经济体制转变的同时,要实现经济增长方式的根本性转变。"实现经济增长方式的根本性转变",是《关于制定国民经济和社会发展"九五"计划和 2010 年远景目标的建议》中提出来的。《建议》提出,实现我国 15 年以至更长时期内现代化建设的奋斗目标,促进国民经济持续、快速、健康发展和社会全面进步,关键是实施两个全局性的转变:一是经济体制从传统的计划经济体制向社会主义市场经济体制转变;二是经济增长方式从粗放型向集约型转变,促进国民经济持续、快速、健康发展和社会全面进步。① 这两个根本性转变都是深化改革的必然要求,前者是生产关系方面的变革,后者是生产力方面的变革。

提出在转变经济体制的同时,实现经济增长方式的根本性转变,反映了党对社会主义现代化规律认识的进一步深化。党的十四届五中全会指出:"我们是发展中国家,要实现现代化,缩小与发达国家的差距,关键在于要走出一条既有较高速度又有较好效益的国民经济发展路子。"多年来,我国的经济发展偏重数量扩张,单纯追求增长速度,忽视经济质量,效益不理想,整体素质不高,已经成为"今后经济工作中需要认真解决的一个关键问题"。针对这种长期形成的思维定式及其所产生的不良后果,江泽民提出:"正确处理速度和效益的关系,必须更新发展思路,实现经济增长方式从粗放型向集约型转变。""这种转变的基本要求是,从主要依靠增加投入、铺新摊子、追求数量,转到主要依靠科技进步和提高劳动者素质上来,转到以经济效益为中心的轨道上来。"② 这就是说,把扩大再生产的方式从外延为主转移到内涵为主的轨

① 《十四大以来重要文献选编》,人民出版社 1996 年版,第 1481 页。
② 《十四大以来重要文献选编》,人民出版社 1996 年版,第 1462—1463 页。

道上来,是解决当前经济发展中诸多矛盾的必然要求,是提高经济效益的正确抉择。

第三,制定了未来 50 年的新"三步走"战略发展目标。经过全党和全国人民 30 年的共同努力,中国现代化"三步走"发展战略的第一步早已实现,第二步目标也即将胜利达到。一个 13 亿多人口的发展中大国,人民生活总体上达到了小康水平,是改革开放和现代化建设的丰硕成果,是中华民族发展史上的一个崭新的里程碑。据此,党的第三代中央领导集体高瞻远瞩,在党的十五大上庄严宣告了到 21 世纪中叶的新"三步走"发展战略:"展望下世纪,我们的目标是,第一个 10 年实现国民生产总值比 2000 年翻一番,使人民的小康生活更加宽裕,形成比较完善的社会主义市场经济体制;再经过 10 年的努力,到建党一百年时,使国民经济更加发展,各项制度更加完善;到下世纪中叶建国 100 年时,基本实现现代化,建成富强民主文明的社会主义国家。"①对我国来说,二十一世纪的前一二十年是必须紧紧抓住并且大有可为的战略机遇期。全党和全国人民要上下一致,抓住机遇,坚定不移地为实现我们的目标而奋斗。这个新"三步走"战略,是对邓小平"三步走"中第三步进程的进一步深化和展开,为邓小平的战略构想添加了富有浓郁时代气息的内容。它为我们进入小康社会后,如何区分 2010 年、2020 年、2050 年三个阶段,逐步达到现代化的目标,作出了进一步的总体规划,从而有利于全国各族人民继续保持拼搏进取的精神,坚定、扎实、稳步地向富强民主文明的社会主义现代化目标迈进。

第四,确立了科教兴国发展战略。所谓"科教兴国战略",就

---

① 《十五大以来重要文献选编》,人民出版社 2000 年版,第 4 页。

"是指全面落实科学技术是第一生产力的思想,坚持教育为本,把科技和教育摆在经济、社会发展的重要位置,增强国家的科技实力及其向现实生产力转化的能力,提高全民族的科技文化素质,把经济建设转移到依靠科技进步和提高劳动者素质的轨道上来,加速实现国家的繁荣昌盛"。①

确立科教兴国战略,是党的第三代中央领导集体站在时代的制高点上,深刻把握科学技术的重要作用的结果。以科技为先导的综合国力的竞争,是当今国际竞争的一个重要特征。振兴经济首先要振兴科技。建立和完善科技与经济的有效结合机制,加速科技成果的商品化和向现实生产力的转化;提高科技在经济增长中的含量,促使整个经济由粗放型经营向集约型经营转变。努力提高全民族的思想道德和科学文化水平,是关系到实现我国现代化与中国特色社会主义事业在新世纪的兴衰成败的根本大计。我国人口多,资源相对缺乏,把现代化建设寄托在外向型、粗放型经济发展模式上更是难以为继。据此,在 20 世纪 90 年代中期,党的第三代中央领导集体提出了科教兴国战略,并把它作为加快我国现代化建设的重大方针。1995 年 5 月,党中央作出了《关于加速科学技术进步的决定》,首次提出了科教兴国战略。在同年召开的全国科学技术大会上,江泽民对科教兴国战略进行了深刻的阐述。他指出:"党中央、国务院决定在全国实施科教兴国战略,是总结历史经验和根据我国现实情况所作出的重大部署。没有强大的科技实力,就没有社会主义的现代化。"我们要在经济、科技、文化十分落后的基础上实现现代化,在较短的时间内达到已经实现

---

① 《十四大以来重要文献选编》,人民出版社 1996 年版,第 1385 页。

现代化的国家的水平,更是必须"把科技和教育放在经济、社会发展的重要位置",①充分发挥科技生产力在经济、社会发展中的巨大推动作用。党的十五大进一步强调要"把加速科技进步放在经济社会发展的关键地位,使经济建设真正转移到依靠科技进步和提高劳动者素质的轨道上来"。② 党的十六大再次强调"必须发挥科学技术作为第一生产力的重要作用,注重依靠科技进步和提高劳动者素质,改善经济增长的质量和效益"。③

　　实施科教兴国的战略任务十分艰巨,必须有计划、有步骤地进行。为此,党的第三代中央领导集体提出了一系列具体的实施方案:一是要走经济和科技相互促进的发展道路。"经济建设必须依靠科学技术,科学技术工作必须面向经济建设,始终把经济建设作为主战场,把攻克国民经济发展中迫切需要解决的关键问题作为主要任务。"④要"强化应用技术的开发和推广,促进科技成果向现实生产力转化,集中力量解决经济社会发展的重大和关键技术问题。"⑤二是建立适应社会主义市场经济发展的新型科技体制。"要深化经济体制和科技体制改革,在国家宏观调控下,充分发挥市场机制促进科技与经济结合的重要作用。"⑥三是统筹全局、突出重点地制订中长期科学发展规划。"在开发研究、高新技术及

————————

　　①　《江泽民论有中国特色社会主义(专题摘编)》,中央文献出版社2002年版,第232页。

　　②　《十五大以来重要文献选编》,人民出版社2000年版,第27页。

　　③　江泽民:《在中国共产党第十六次全国代表大会上的报告》,人民出版社2002年版,第22页。

　　④　《十四大以来重要文献选编》,人民出版社1996年版,第1483页。

　　⑤　《十五大以来重要文献选编》,人民出版社2000年版,第27页。

　　⑥　《十四大以来重要文献选编》,人民出版社1996年版,第1386页。

其产业、基础性研究这三个方面合理配置力量,确定各自攀登高峰的目标",尤其"在世界高科技领域中,中华民族要占有应有的位置"。① 四是大力培养和造就大批德才兼备的科技人才。"科学技术人员是新的生产力的重要开拓者和科技知识的重要传播者,是社会主义现代化建设的骨干力量。实施科教兴国战略,关键是人才。"②"人才是科技进步和经济社会发展最重要的资源,要建立一套有利于人才培养和使用的激励机制。"③

中国社会主义现代化应该是"质"和"量"相统一的现代化。党的第三代中央领导集体提出的科教兴国战略,进一步丰富了邓小平的发展观,对中国现代化提出了更为明确的"质"的要求。

(三)明确提出建设有中国特色的社会主义文化的战略任务,以精神文明建设推动中国的文化现代化

当代中国,所谓文化的现代化,就是要建设有中国特色的社会主义文化。早在庆祝新中国成立40周年的大会上,江泽民就系统地阐述了建设有中国特色的社会主义文化的问题。党的十五大对有中国特色的社会主义文化的纲领进行了阐述,提出有中国特色的社会主义文化是"综合国力的重要标志"的科学论断,强调文化既反映我国社会主义经济、政治的基本特征,又对经济政治的发展起巨大的促进作用。庆祝中国共产党成立八十周年大会,正式对有中国特色的社会主义文化作出了界定:"建设有中国特色社会主义的文化,就是以马克思主义为指导,以培育有理想、有道德、有文化、有纪律的公民为目标,发展面向现代化、面向世界、面向未来

---

① 《十四大以来重要文献选编》,人民出版社1996年版,第25页。
② 《十四大以来重要文献选编》,人民出版社1996年版,第1392页。
③ 《十五大以来重要文献选编》,人民出版社2000年版,第28页。

的,民族的、科学的、大众的社会主义文化。"①会议强调在建设有中国特色的社会主义文化时,要把"三个面向"与"民族的、科学的和大众的社会主义文化统一起来",这就为我国社会主义文化建设指明了方向。

"有中国特色社会主义的文化,就其主要内容来说,同改革开放以来我们一贯倡导的社会主义精神文明是一致的。文化相对于经济、政治而言。精神文明相对于物质文明而言。"②社会主义现代化事业是物质文明与精神文明相辅相成、互相协调的事业,在推进物质文明建设的同时,要努力推进精神文明的建设。"任何时候都不能以牺牲精神文明为代价换取经济一时的发展。"③

为了加强精神文明建设,推动中国的文化现代化,党的第三代中央领导集体还提出了一系列新观点、新要求。首先,要坚持正确的方向。党的十六大强调:"必须坚持马克思列宁主义、毛泽东思想和邓小平理论在意识形态领域的指导地位,用'三个代表'重要思想统领社会主义文化建设。"④其次,必须以坚持弘扬和培养民族精神为目标。"民族精神是一个民族赖以生存和发展的精神支柱。一个民族没有振奋的精神和高尚的品格,不可能自立于世界民族之林。"⑤因此,必须把弘扬和培育民族精神纳入精神文明建

---

① 江泽民:《在庆祝中国共产党成立八十周年大会上的讲话》,人民出版社 2001 年版,第 20 页。

② 《十五大以来重要文献选编》,人民出版社 2000 年版,第 35 页。

③ 《十五大以来重要文献选编》,人民出版社 2000 年版,第 688 页。

④ 江泽民:《在中国共产党第十六次全国代表大会上的报告》,人民出版社 2002 年版,第 38 页。

⑤ 江泽民:《在中国共产党第十六次全国代表大会上的报告》,人民出版社 2002 年版,第 39 页。

设的全过程,使全体人民始终保持奋发向上的精神状态。最后,必须贯彻百花齐放、百家争鸣的方针,立足于改革开放和建设现代化的实践,着眼于世界文化发展的前沿,发扬民族文化的优秀传统,汲取世界各民族的长处,积极创新,"不断增强中国特色社会主义文化的吸引力和感召力"。[①]

综上所述,有中国特色的社会主义现代化道路的拓展和完善,是当代中国共产党人深刻把握社会主义现代化建设规律的结果。同时,也凝聚着几代中国共产党人对现代化理想的不懈追求,是前两代中央领导集体探索的继续和延伸。党的中央三代领导集体的探索前后相续,从理论和实践两个方面勾画出中国社会主义现代化道路的独特轨迹,展示出"开拓—超越—创新"的历史传承关系。

四、探索和拓展有中国特色的社会主义现代化道路过程中所出现的问题

改革开放以来,有中国特色的社会主义现代化建设成绩斐然。国民经济高速增长,综合国力和人民的生活水平迈上了新的台阶。从 1978 年到 1995 年,我国国民生产总值年均增长 9.8% ,人均国民生产总值年均增长 8.3% 。但是,不可否认,我国经济和社会发展仍然面临着许多突出的矛盾和问题。一些是长期存在的没有得到根本解决的深层次矛盾,一些则是新积累的矛盾和问题。

第一,城乡分割的二元社会经济结构,一直没有得到很大的改变,城乡之间始终未能建立起均衡增长的良性互动机制。这种城

[①] 江泽民:《在中国共产党第十六次全国代表大会上的报告》,人民出版社 2002 年版,第 39 页。

乡之间的割裂、对立表现为：一是农村人口比重大，城市化程度低，城乡人口结构性矛盾突出。我国工业化起点低，改革开放以前，农村人口占全国人口总数的80%以上。1978年以后，由于经济结构调整，尤其是农村乡镇企业的快速发展，城乡人口和劳动力结构发生了较大变化。现在，虽然直接从事农业生产的农民已经不占总人口的80%，但农村人口仍然过多、农业劳动力大量富余，比重过大的结构性矛盾并没有改变。二是城乡居民存在两种不同的身份，形成两种社会形态和两大利益集团。长期以来，两种身份制和两种待遇，在城乡之间构筑起一道不可逾越的鸿沟。城市居民身份高，受国家保护，享受着国家每年提供的上千亿元的各类社会保障（养老、医疗、失业、救济、补助等）。而农民身份最低，被牢牢地束缚在早已是不堪重负的土地上，不能自由流动和进城。除遇到自然灾害而得到国家一点少得可怜的扶贫救济外，生老病死伤残几乎没有任何保障。城乡之间两大身份不同、待遇迥异的经济社会结构和利益集团，在经济、社会和政治利益等方面存在许多尖锐的矛盾。城乡居民间不平等的关系，实质上是一种支配与被支配的关系，农民处于被动和被支配的地位。改革开放以后，户口管理和劳动就业制度略有松动，但是进城农民在城市没有合法地位，城乡居民在身份和待遇等方面的巨大差异和不平等仍然严重存在，歧视、排斥农民的现象司空见惯。三是城市以国有经济为主，农村以集体和个体所有制为主，形成互相独立的两大不同性质的经济板块。目前，我国已经形成了以国有经济为主、非国有经济成分积极发展的所有制结构。从城乡分布来看，城乡所有制结构有明显的差别。城市经济以国有为主；农村经济以非国有为主。这样，在我国城乡间形成了具有不同企业性质、经济目标、经济行为、经营环境和运行机制的两大类型经济板块。这两大板块之间既有经济联系(包括不等价交换)的一面,又有因资源分配和利益分享矛盾产生各种摩擦和冲突的一面。我国的配置资源,历来是重城轻乡,确保国有经济,在人力、物力和财力等各个方面,都向城市和国有经济倾斜。在农村,国家除对水利和粮棉等产品给予一定的资金(贷款)和物资(化肥、农药)支持外,其他方面都极少关注。尤其是,乡镇企业从问世之日起,就没有纳入过国家计划,主要靠市场调节来取得生存与发展。城乡经济关系是不等价交换,通过工农产品价格剪刀差剥夺农村,以牺牲农业利益为代价来支撑国家的经济建设和城市建设。四是城乡经济发展水平悬殊,城乡差距有扩大的趋势。改革开放促进了全国城乡经济的迅速发展,增强了城乡经济联系,城乡对立有所缓和。但由于我国农村经济起点低,生产力水平不高,劳动生产率低下,因此,从总体上说,城乡经济发展水平差别很大。

城乡二元结构给经济社会发展造成了严重的后果。多年来,农民收入增长速度过慢,导致农民有支付能力的消费需求持续低迷。这样,一端是高速增长的生产能力,另一端是占人口绝大多数的农村人口消费水平低下,从而引发了经济快速增长的良好态势与社会需求不足的矛盾。此外,由于不能真正融入城市,大量涌入城市的农村人口长期在城市与农村之间处于"漂流状态",处在非农产业与农业的兼业状态。"漂流状态"往往给行政管理带来极大的不便,同时对正常的社会秩序也构成了一定的威胁。总之,如果不能切实加以改变当前的状况,就无法实现全面建设小康社会的战略目标。

第二,地区间的发展很不平衡。一是东部与中西部的生活水平差距显著。东部地区城镇居民的收入明显高于中西部地区,且收入差距还在不断扩大。1990 年同 1978 年相比,中部、西部与东部的绝对差距分别由 177 元和 236 元,增加为 525 元和 646 元。"八七"扶贫攻坚计划完成后,我国还有 3000 万没有解决温饱问题的贫困人口,其中 85% 分布在中西部地区。二是东部与中西部的发展趋势更趋于不平衡。进入 80 年代以来,中西部地区经济增长速度不但持续落后于东部地区,更为重要的是,中西部与东部相比,二者在增长速度上的差距也在逐年增大。东部地区的国民生产总值是中部地区的 2.21 倍,是西部地区的 3.25 倍。伴随着地区经济的不平衡增长,全国生产力分布进一步向沿海集中。从固定资产投资来看,无论是增长速度还是增长总量,都是东部高于中西部。从 1988—1992 年,中国 500 家最大的工业企业继续向东部地区集中,进一步加大了地区间的差异。三是外贸和利用外资的不平衡加剧。由于中西部地区基础设施建设滞后,思想观念跟不上形势发展的要求,投资的软、硬环境都不如东部地区,因而,利用外资的效应也大大低于东部地区,基本处于"荒芜"状态。1995—2001 年,沿海地区占出口总额的比重由 88.14% 上升到 91.62%,沿海地区占实际利用外资比重由 85.53% 上升到 86.88%。四是产业结构调整不平衡。东部地区体制渐渐与国际接轨,特别是入世后这一进程在加快,原有的产业结构相对合理、国有企业比重低,使产业结构调整进程顺利。中西部地区受所有制结构和产业结构的约束非常突出,产业结构调整缓慢。时至今日,西部地区仍然是第一产业——传统的农业占的比重大,第二、三产业和乡镇企业发展缓慢。

　　这种地区间发展的不平衡,是历史、经济、自然和社会等多方面综合因素作用的结果。由于历史的原因,东部地区经济技术基础较好,文化资源也很优越。在改革开放过程中,党和政府在体制改革、资源分配上,向东部地区倾斜,无疑在很大程度上加剧了东西差距扩大的趋势。长期的不平衡发展,一方面,不利于民族团结、社会稳定和边防安全,削弱我国在国际竞争中的综合实力;另一方面,这也是与社会主义国家发展的目标和职能不相符合的。邓小平指出:"社会主义不是少数人富起来、大多数人穷,不是那个样子。社会主义最大的优越性就是共同富裕,这是体现社会主义本质的一个东西。"[①]全面建设小康社会是全国人民的共同目标,如果不改变目前地区之间不平衡的发展状况,富的越富,穷的越穷,有悖于社会主义的本质要求。不仅如此,如果地区差异继续存在下去,不仅中国的经济发展难以持久,而且收入分配的悬殊会造成各种社会矛盾进一步激化。

第三,我国人口、资源、环境与实现工业化之间存在不容忽视的问题。随着我国经济的快速发展,以及工业化、城市化、现代化加速推进,经济社会发展和人民生活水平提高对资源和自然环境的要求越来越大。由于过度开发自然资源、环境保护的科学技术落后和投入不足,我国生态环境日趋恶化:水源枯竭、江河水体不同程度遭到污染、土地沙化严重以及地表下沉等。我国数量扩张型的经济增长方式至今也没有得到根本性的转变,GDP 的高增长主要靠高投入、高消耗、高排放来维持。新中国成立 50 多年来,我国 GDP 增长了 10 多倍,而矿产资源的消耗增长了 40 多倍。[②] 如

---

① 《邓小平文选》第 3 卷,人民出版社 1993 年版,第 364 页。
② 参见 2004 年 5 月 10 日《人民日报》。

果不采取有效措施尽快改变当前的发展模式,兼顾经济发展与环境保护,那么,不仅在不久的将来资源供应难以为继、经济增长无法持久,而且由于生态环境的崩溃而危及人类自身的生存。

第四,在实施对外开放的过程中出现了一些缺点和偏差。正确的对外开放应该是,把产业发展战略与对外贸易战略、利用外资战略结合起来,把国内战略和国外战略结合起来,把"引进来"和"走出去"发展战略结合起来。"引进来"与"走出去"是对外开放的两个轮子,必须同时转动起来。但是,改革开放30年来,我们一直以"引进来"为主,即以引进国外的技术和设备为主,而"走出去"则做得非常不够——对国际经济形势和全球资源配置格局的变化缺少应有的关注,对于引导技术力量较强、具有一定竞争力的企业走出国门,参与国际竞争也缺少应有的力度。不仅如此,由于国际贸易经验匮乏和缺少必要的防范,出现过不少盲目引进和重复引进的现象,甚至"引进"一些早已淘汰的技术和设备。

除了上述几个主要的矛盾和问题之外,我国的社会保障、国民教育、公共卫生、社会公正等方面还有不少薄弱环节,重经济增长轻社会发展、人与自然发展的偏向还在一定程度上存在着。

总之,我国经济和社会发展的矛盾和问题,有些是在现阶段的发展中在所难免的,有些则是由于体制的弊端和发展观的偏差所导致的或者加剧的。这些矛盾和问题,影响着改革的进一步深化,制约着我国社会主义现代化建设的进程,甚至危及社会和政治的稳定。

五、科学发展观视野中的中国社会主义现代化道路

在党的十六届三中全会上,以胡锦涛为总书记的党中央提出

了科学发展观。科学发展观的提出绝非偶然,它是新世纪新阶段中国社会主义现代化建设的必然诉求。

实践基础上的理论创新是社会发展和变革的先导。科学发展观的提出,使我们对中国社会主义现代化道路又有了新认识和新思路。

（一）科学发展观的提出是新世纪我国社会主义现代化建设的必然诉求

"以人为本,全面、协调、可持续发展"的科学发展观,是针对我国社会主义现代化建设中所存在的突出问题和矛盾而提出的重大战略决策,是我国社会主义现代化建设经验教训的概括与总结,也是对全球发展经验教训和发展理论的借鉴和吸收,体现了新世纪加快我国社会主义现代化进程的必然诉求。

1. 科学发展观的提出是化解当前我国社会主义现代化建设中一系列现实的问题的迫切要求

马克思主义理论的每一次重大发展总是根植于社会现实问题,着眼于服务社会实践,并力求成为现实。科学发展观也是如此。今天,我国已进入加快社会主义现代化建设的关键时期,但长期积累的结构性矛盾和粗放型经济增长方式并没有根本改变,城乡区域发展很不平衡,成为制约经济社会进一步发展的瓶颈;社会发展与经济发展不同步,社会发展严重滞后于经济发展。社会各阶层收入分配差距,特别是城乡差距不断扩大,社会阶层矛盾加深。一些地方安全生产事故频频发生,人民的生命财产受到严重威胁。加上对一些事件处理不及时、不够妥当,在一些地方激化了社会矛盾和冲突。与此同时,国际形势复杂多变,综合国力竞争日趋激烈,经济全球化的影响日益加深,影响和平与发展的不稳定、不确定因素增多。在这样的情况下,改变已有的发展模式,保持自主创新,全面协调经济、政治、文化以及社会的发展,应对国际竞争压力问题等,就成为新世纪我国社会主义现代化建设所面对和必须解决的紧迫问题。否则,就会陷入难以自拔的社会危机之中。

2. 科学发展观是总结和反思新中国近60年社会主义现代化建设经验和教训后的理论飞跃

在新中国近60年的社会主义现代化道路探索的历程中,中国共产党的三代中央领导集体摸索出许多成功的经验。

八大前后,党的第一代中央领导集体提出:要走中国自己的现代化道路,在经济建设中"既反保守又反冒进,在综合平衡中稳步前进",正确处理"十大"关系;在文化建设中实行"百花齐放,百家争鸣"的方针,正确处理人们内部矛盾。改革开放后,党的第二代中央领导集体果断地中止了"以阶级斗争为纲"的错误路线,提出"发展才是硬道理",形成了以经济建设为中心,分"三步走"基本实现现代化的发展理论;注重物质文明和精神文明的协调发展,发扬社会主义民主。党的第三代中央领导集体则提出了要处理好改革、发展、稳定的关系问题,提出了发展政治文明、生态文明、科教兴国和可持续发展等现代化建设方略。经过30年的改革开放,一方面,我国经济持续高速发展,经济发展水平上了几个台阶,国际地位大幅度提高,被世界称为"奇迹",人民的物质生活也有长足的改善。另一方面,随着改革开放和社会主义现代化建设向纵深发展,某些领域长期积累的深层次矛盾不断凸显出来,并且有激化的趋势。后续发展的重重困难促使新的中央领导集体进行了深入的探索,更新现代化建设的模式与理念。

3. 科学发展观是借鉴和吸收近代西方国家工业革命以来的现代化建设经验教训和发展理论后的跃升

近代以来相当长的工业化历史时期里，在"现代化 = 工业化"、"发展 = 经济增长"口号的鼓动下，发展和现代化一般都被等同为经济增长。单纯的经济增长是传统发展观的核心内容，对于物质财富的追求成为人们的主要价值目标。在这种片面的发展观导向下，工业化国家在物质财富方面取得了辉煌的成绩，社会生产力空前提高，人的主体性空前增强的同时，却出现了空前的全球问题和人性问题，人类陷入了深重的危机之中。西方国家的经验教训为科学发展观的提出提供了借鉴。另外，科学发展观的提出吸收了世界发展理论的有益成果。伴随着全球环境的恶化和资源消耗的加强，要求可持续发展已经成为世人的共识。当今世界大部分国家已经抛弃了单纯强调经济增长的发展观，逐渐形成了以"人类发展"为核心、追求可持续发展的现代发展观。

4. 科学发展观是对马克思主义社会发展理论基本内涵的继承和创新

马克思主义的社会发展理论，特别是马克思主义社会有机体理论和人的自由全面发展理论，是科学发展观的重要思想理论来源。科学发展观在坚持马克思主义发展理论的基础上，进一步适应时代要求，鲜明地提出坚持以人为本，把提高人民群众物质文化生活水平作为发展的归宿，把提高人的素质、促进人的自由全面发展作为社会发展的目标；强调要实现经济社会的全面发展，促进城乡、区域、人与自然的协调发展，坚持可持续发展。此外，科学发展观的提出，还可以从中华传统文化所固有的发展观中，找到它的历史渊源。

（二）科学发展观是新世纪我国社会主义现代化建设的行动指南

新世纪的中国社会主义现代化建设究竟选择什么样的道路呢？科学发展观指明了方向。科学发展观的最大特点是：以人为本、全面考虑、协调安排、统筹兼顾。它深化了我们对社会主义现代化建设规律的认识，是社会主义现代化建设的根本指针。随着科学发展观的落实，世界将目睹社会主义中国所走的是一条完全不同于以往资本主义大国的现代化道路。

1. 在科学发展观指引下，新世纪的社会主义现代化将始终坚持以经济建设为中心，同时保持一定的经济增长速度

社会主义的根本任务和我国社会主义初级阶段的主要矛盾，决定了新世纪的社会主义现代化建设必须以经济建设为中心，大力解放和发展生产力，"其他一切任务都要服从这个中心，围绕这个中心，决不能干扰它，冲击它"。因为"离开了经济建设这个中心，就有丧失物质基础的危险"。① "科学发展观，是用来指导发展的，不能离开发展这个主题，离开了发展这个主题，就没有意义了"。②

对当前我国社会主义现代化建设中暴露出来的一系列问题，我们只能有针对性地统筹加以解决，而不能改变经济建设的中心地位。对于经济建设，我们必须"扭着不放，'顽固'一点，毫不动摇"。③ "只有坚持以经济建设为中心，不断增强综合国力，才能为

---

① 《邓小平文选》第 2 卷，人民出版社 1994 年版，第 250 页。
② 《十六大以来重要文献选编》（上），中央文献出版社 2005 年版，第 850—851 页。
③ 《邓小平文选》第 2 卷，人民出版社 1994 年版，第 249 页。

抓好发展这个党执政兴国的第一要务,为全面协调发展打下坚实的物质基础。因此,全党全国都要增强促进发展的紧迫感,在任何时候任何情况下都紧紧扭住经济建设这个中心不放松,充分调动和切实保护广大干部群众加快发展的积极性,坚定不移地推动经济持续快速协调健康发展"。① 坚持以经济建设为中心不动摇,是对过去现代化建设成功经验的总结和坚守。

新世纪的社会主义现代化建设,还必须保持一定的经济建设速度。"发展观的第一要义是发展。离开发展,就无所谓发展观。坚持科学发展观,其根本着眼点是要用新的发展思路实现更快更好的发展。发展是硬道理,这是我们必须始终坚持的重要战略思想。"②

改革开放 30 年来,我国经济建设取得了举世瞩目的成就:1979—2005 年平均经济增长速度高达 9.6%,大大高于亚太地区的 5.22%、发展中国家的 4.03% 和发达国家的 1.9% 的平均水平。2005 年中国城镇居民人均可支配收入为 10493 元,农村居民人均纯收入 3255 元,城乡居民储蓄存款超过 14 万亿元,居民经济条件得到巨大改善。③

但是相形之下,我国与西方发达国家之间的差距是十分惊人的,经济发展水平依然比较低。现代国际关系研究所"综合国力课题组"的《综合国力评估系统(第一期工程)研究报告》分析指

---

① 胡锦涛:《在中央人口资源环境工作座谈会上的讲话》,2004 年 4 月 5 日《人民日报》。

② 温家宝:《提高认识 统一思想 牢固树立和认真落实科学发展观》,2004 年 3 月 1 日《人民日报》。

③ 转引自武俊芳:《科学发展观:必要性、难点与出路》,《经济问题与探索》2007 年第 8 期。

出：中国的综合国力值约相当于美国的 1/4，法、英、德的 1/2，俄罗斯的 2/3。该评估报告认为，假设美国综合国力年均增长速度为 3%，中国综合国力年均增长速度为 7%，中国要达到美国同期综合国力水平需 36 年，要达到排行第三的法国综合国力水平需 18 年。① 在新世纪的征途中，要尽快弥补与发达国家之间的"数字鸿沟"，实现我们中长期发展的战略目标中，提升综合国力；要解决许多日益凸显的社会问题，大幅度提高我国人民的生活水平，我们别无选择，只有保持"又好又快"的经济增长速度。

2. 在科学发展观指引下，新世纪我国社会主义现代化建设将始终把立足点放在主要依靠自己的力量上，坚定不移地依靠最广大的人民群众

新世纪的中国社会主义现代化建设的任务，依然极其繁重而艰巨。当前，我国的社会主义现代化建设基础薄弱的现状并没有得到根本性的扭转。与此同时，又面临着工业化和信息化的双重任务。面对着如此沉重的历史任务，离开了最广大的人民群众，离开了最广大人民群众的主动性、积极性、创造性的发挥，一切都无从谈起。近代以来的中国历史，使中国人民深深地懂得，无论是革命还是建设，都只能依靠自己的力量。中国的社会主义现代化建设有着自身特有的优势，我们的人民勤劳智慧，劳动力资源丰富，市场极其广大。也正因为如此，科学发展观提出"以人为本"，把它作为自己的本质、核心和灵魂，突出强调人民群众是推动发展的基本动力，是推动经济社会发展的创造主体。

---

① 转引自武俊芳：《科学发展观：必要性、难点与出路》，《经济问题与探索》2007年第 8 期。

在新世纪的社会主义现代化建设中，我们坚持"以人为本"，就是要继续坚持依靠工人阶级的方针，强调包括知识分子在内的工人阶级和农民阶级，是推动我国先进生产力发展和社会进步的根本力量。同时，又鼓励和支持其他社会阶层人员为社会主义现代化建设贡献力量。坚持"以人为本"，就是要善于从群众的实践中汲取营养，从群众的意见中汲取智慧，依靠人民群众的创造力量来加速我国社会主义现代化建设的进程。

"以人为本"是对新世纪我国现代化建设中人的主体地位的新提升，是对现代化过程中人的主体地位和作用日益突出的反思。近30年来的现代化实践，使我们尝到了这样做的好处，中国决不会改变已经被实践证明了的正确抉择。

3. 在科学发展观的指引下，新世纪我国社会主义现代化建设将牢固树立促进人的全面发展的价值诉求

社会主义发展的根本目的，是要满足人的全面发展的需要。坚持"以人为本"，就是要坚持我国社会主义现代化建设为了人民，是为了促使全体社会成员的全面发展，从人民群众的根本利益出发谋发展、促发展，不断满足人民群众日益增长的物质文化需要，切实保障人民群众的经济、政治和文化权益，不断提高人们的思想道德和科学文化素质，努力创造人人平等发展、充分发挥聪明才智的社会环境，让现代化建设的成果惠及全体人民。"今天，我们坚持以人为本，就是要坚持发展为了人民、发展依靠人民、发展成果由人民共享，关注人的价值、权益和自由，关注人的生活质量、发展潜能和幸福指数，最终是为了实现人的全面发展"。① 科学发

① 《胡锦涛在美国耶鲁大学的演讲》，2006年4月23日《人民日报》。

展观的这种社会价值诉求,是胡锦涛为总书记的党中央在新的历史条件下,以新的视野审视世界和中国的发展变化,丰富和发展党的三代领导集体有关社会主义现代化建设目的的一系列重要思想的结果。

促进人的全面发展,首先必须加快我国社会主义现代化的进程,大幅度提升社会生产力。人的全面发展离不开物的发展,必须以一定的生存和发展物质条件为基础。正如马克思所说:"人们为了能够'创造历史',必须能够生活。但是为了生活,首先就需要吃喝住穿以及其他一些东西。因此第一个历史活动就是生产满足这些需要的资料,即生产物质生活本身。"①只有加快推进我国社会主义现代化建设的进程,才能使我国的社会生产力得以大幅度的提升。生产力是最活跃最革命的因素,生产力的发展,是人类社会发展的最终决定力量,也是人的全面发展的最终决定力量。社会生产力发展了,人民的物质生活就会日益改善,物质文明程度就能不断提高,就能为人的全面发展提供条件和保障。

要促进人的全面发展,就必须切实弘扬求真务实的精神,坚决克服主观主义、形式主义和官僚主义,按照立党为公、执政为民的要求,坚持不懈地做好关系人民群众生产、生活的各项工作,认真解决好关系人民群众切身利益的突出问题,促进经济社会的全面进步和人的全面发展。

促进人的全面发展,还必须努力提高全体社会成员的综合素质。所谓综合素质,它包括高尚的道德情操,正确的世界观、人生观和价值观以及较高的科学文化素养。一定的综合素质是人的全

---

① 《马克思恩格斯选集》第 1 卷,人民出版社 1995 年版,第 79 页。

面发展不可缺少的条件。促进人的全面发展,就必须加强社会主义精神文明建设,着眼于提高人的素质。随着人们综合素质的不断提高,人的全面发展就会不断实现。党的十六大报告指出全面建设小康社会的目标之一是,"全民族的思想道德素质、科学文化素质和健康素质明显提高,形成比较完善的现代国民教育体系、科技和文化创新体系、全民健身和医疗卫生体系……形成全民学习、终身学习的学习型社会,促进人的全面发展"。① 科学发展观根据我国经济社会发展的新要求,在坚持以经济建设为中心的同时,把促进人的全面发展作为一项基本要求,实现了从"以物为本"发展观到"以人为本"发展观的转变,使中国社会主义现代化建设的目标更加明确。

4. 在科学发展观的指引下,新世纪我国社会主义现代化将实现发展模式的彻底转变

发展模式是科学发展观的根本问题,它关系到新世纪我国社会主义现代化建设的成败。"多年来的经验表明,我们讲发展,难就难在把速度和效益有机结合起来。问题往往出在偏重数量扩张,单纯追求增长速度,而忽视经济质量,效益不理想,整体素质不高。"②我国原有的现代化建设模式,有其历史的必然性,也曾发挥过重要作用。但是随着经济社会的发展,暴露出来的问题和矛盾越来越多,已经到了非转变不可的程度。基于此,科学发展观从理论和实践的结合上科学地指明了新世纪我国现代化的模式,即在全面推进新世纪我国社会主义现代化建设的实践中,必须坚持全

---

① 《江泽民文选》第3卷,人民出版社2006年版,第543页。
② 《江泽民文选》第1卷,人民出版社2006年版,第462页。

面、协调、可持续地发展。

全面发展是新世纪社会主义现代化建设的基本特征。所谓全面发展，就是要以经济建设为中心，全面推进经济、政治、文化、社会建设，实现经济社会的全面发展进步。科学发展观所要求的协调发展，就是要人与社会的发展同保护、优化自然生态环境保持一致，实现生产力与生产关系、经济基础与上层建筑相互协调发展，实现城乡协调发展，实现工业和农业的协调发展。我国社会主义现代化建设的实践已证明，只有做到协调发展，全面、可持续发展才有可能。可持续发展是一种崭新的现代化建设思想和战略。它的目标是保证经济社会具有长时期可持续发展的能力。所谓可持续发展，就是强调要牢固树立生态文明的观念，建立和维护人与自然相对平衡的关系，从人与自然是一个有机整体的视角理解人类生存，坚持走生产发展、生活富裕、生态良好、社会和谐的文明发展道路，不以牺牲后代人的利益为代价来满足当代人的利益为基本要求。

新世纪，实现我国社会主义现代化建设模式的转变，必须着力抓好以下几个环节：一是要真正实现发展观念的转变。不转变发展观念，就不能真正把科学发展观落到实处，就不能真正实现发展模式的转变。二是要进一步转变经济增长方式，走新型工业化道路。党的十六大提出走新型工业化道路，完全符合科学发展观的要求，是科学发展观的重要体现。三是要进一步转变政府职能。在社会主义市场经济条件下，政府应当把主要职能转向市场无法发挥作用的社会管理和公共服务领域。四是要建立新的与科学发展观相适应的政绩评价体系。新的政绩评价体系不仅仅要考察GDP的增长，还要同时考核城乡人民的可支配收入、环境保护和生态建设、完善社会保障等其他指标。五是要努力构建有利于科学发展的长效机制。实现我国现代化发展模式的根本性转变,从根本上说有赖于体制和制度的保证。要从体制创新和制度建设入手,进一步深化各项改革,打破影响经济社会可持续协调发展的体制性障碍。

5. 在科学发展观的指引下,新世纪我国社会主义现代化将坚守统筹兼顾的基本路径

社会主义现代化建设谋篇布局,关键在于搞好"五个统筹"。科学发展观提出的"五个统筹":统筹城乡发展、统筹区域发展、统筹经济社会发展、统筹人与自然和谐发展、统筹国内发展和对外开放,是对改革开放 30 年新经验的总结和对社会主义现代化建设规律的深刻认识,指明了新世纪我国现代化建设的基本路径。

新世纪我国社会主义现代化建设成败的关键是农村。农村经济社会发展明显滞后,农业投入不足,农民收入增长缓慢,已成为制约经济增长的重要问题。农业是国民经济的基础,没有农民的小康,就不可能实现全面的小康;没有农村的现代化,就不可能有全国的现代化。只有城乡统筹发展,"三农"问题才可能真正解决。统筹城乡发展,就需要一是合理调整国民收入分配结构和政策,加大对农业的支持和保护力度;二是加快实施农业和农村经济结构的战略性调整,全面提高农业综合生产能力;三是实行工业反哺农业、城市支持农村,大力推进社会主义新农村建设;四是统筹推进城乡改革,消除体制性障碍。

新世纪社会主义现代化建设,还要消除区域发展不平衡,促进共同发展。我国地域辽阔,自然条件相差很大,发展不平衡,差距在不断拉大。这不仅是重大的经济问题,也是重大的政治问题,这

不仅关系到现代化建设的全局,也关系到社会稳定和国家的长治久安。统筹区域协调发展,一是要坚定不移地实施西部大开发战略,积极振兴东北地区等老工业基地,促进中部地区崛起,鼓励东部地区加快发展;二是要加快建立具有中国特色的促进区域经济协调发展的机制,学习和借鉴发达国家在区域协调发展方面的相关机制和方法;三是要淡化行政区划色彩,强化经济区域功能。

统筹经济社会发展就是要求我们把社会发展与经济发展兼顾并重,使之共同发展。社会事业发展不能永远落后于经济产业的发展水平,必须关注公共领域,关心社会保障,关心健康事业、教育事业等。对中国而言,新世纪的社会主义现代化建设,必须走生产发展、生活富裕、生态良好的和谐发展道路。

统筹国内发展和对外开放,就是要通过改革开放,进一步突破制约我国现代化建设的各种难题。经过近30年的努力,我国初步建立起社会主义市场经济体制和基本经济制度。但我们也必须看到,改革任务尚未完成,经济社会发展还面临着很多尖锐矛盾和问题。因此,要毫不动摇地坚持改革方向,进一步坚定改革的决心和信心。同时注重提高改革决策的科学性,增强改革措施的协调性,使改革兼顾到各方面利益,照顾到各方面关系,真正得到广大人民群众的拥护和支持。当前要着力推进行政管理体制改革,推进财政税收体制改革,推进现代市场体系建设,实施互利共赢的开放战略等。同时注意把行之有效的改革开放措施规范化、制度化和法制化。在新的形势下全面提高对外开放水平,是我国实现和平发展的重要保证,是保持国内经济繁荣的必要条件。这就要求我们必须树立宽广的世界眼光,统筹国内发展和对外开放,不断提高对外开放水平。统筹国内发展和对外开放,是经济全球化的新形势对我们提出的时代课题,更是中国与世界同步发展的关键。

总之,科学发展观的提出,是我们党对 20 世纪中国社会主义现代化建设经验的新的科学总结。在科学发展观的指引下,我们必将成就在古老中国实现现代化的宏伟大业,实现中华民族的伟大复兴。

第 四 章

二十世纪中国社会主义现代化
道路的若干理论思考

中华人民共和国的成立,使古老的中华大地彻底摆脱了纠缠其几千年"治"、"乱"交替的历史怪圈,真正开始了社会主义现代化建设的强国之路。50 余年的历程艰难曲折,50 余年的社会变迁巨大,50 余年的发展经验宝贵,启示良多。

知往鉴来。本章拟深刻总结我国社会主义现代化建设的经验教训,对一些深层次的问题进行思考,揭示符合我国国情的社会主义现代化建设规律,展示中华民族在 21 世纪实现伟大复兴的历史必然。

第一节　探索中国社会主义
现代化道路的启示

五十多年来,中国社会主义现代化道路的探索始终是在前进与曲折之中进行的。在此过程中,我们既取得了成功的经验又饱尝了失败的教训。恩格斯指出:"从人类发展的历史来看,没有哪一次巨大的历史性灾难不是以历史的进步为补偿的。"①总结昔日的经验教训,我们能从中得出极为深刻的启示,并以之为今后的现代化建设的指南。

第一,中国现代化建设必须以中国共产党为领导核心。社会主义现代化建设既是一项浩大的社会系统工程,又是一场广泛而深刻的社会革命。其规模宏大,影响深远,情况复杂,工作难度非常大。要顺利完成这样一项宏大的社会系统工程,需要有一个安定团结的政治局面,这就必须有一个能够从中国人民的根本利益和长远利益出发来考虑问题的、深受中国各族人民拥护的领导核心来领导中国的现代化事业。历史和现实都已证明,只有中国共产党才能完成这个伟大的历史使命。建国后,在领导中国人民探索社会主义现代化道路的二十多年里,毛泽东始终强调,"指导我们思想的理论基础是马克思列宁主义","领导我们事业的核心力量是中国共产党"。② 只要在中国共产党的领导下,全心全意依靠全体劳动人民的智慧和力量,有组织、有步骤地推进社会主义现代化建设,我们就一定能够达到理想中的目的。虽然我们有过"大跃进"的失误,经受了"文化大革命"的民族灾难,但是中国社会主义现代化始终没有停顿和中断。究其原因,关键就在于我们的探索始终坚持了党的领导。在当代中国,如果离开中国共产党的领导,全国就会失去一个坚强的领导核心,且不说改革无法深化,现代化建设难以继续进行,甚至连稳定的社会秩序都不可能维持。

---

① 《马克思恩格斯全集》第 39 卷,人民出版社 1974 年版,第 149 页。
② 《毛泽东文集》第 6 卷,人民出版社 1999 年版,第 350 页。

这是全体中国人民在半个世纪的现代化实践中深刻地认识到的一条真理,这也是从中国五十余年现代化建设中得出的一条基本经验。"中国一向被称为一盘散沙,但是自从我们党成为执政党,成为全国团结的核心力量,四分五裂、各霸一方的局面就结束了。只要我们党领导是正确的,那就不仅能够把全党的力量,而且能够把全国人民的力量集合起来,干出轰轰烈烈的事业。……中国由共产党领导,中国的社会主义现代化事业由共产党领导,这个原则是不能动摇的;动摇了,中国就要倒退、分裂和混乱,就不可能实现现代化。"①党的十五大报告也指出:"百年剧变得出的结论是:只有中国共产党才能领导中国人民取得民族独立、人民解放和社会主义的胜利,才能开创建设有中国特色社会主义的道路,实现民族振兴、国家富强和人民幸福。"②这的确是中华民族从一个多世纪的沧桑巨变中得出的最根本的结论。

要保证党对现代化的坚强领导,最为关键的是要有一个稳定成熟的政治核心。邓小平从领导岗位上退下来之后一再强调,关键在领导核心。"这是最关键的问题。国家的命运、党的命运、人民的命运需要这样一个领导集体。""任何一个领导集体都要有一个核心,没有核心的领导是靠不住的。第一代领导集体的核心是毛主席。因为有毛主席作领导核心,'文化大革命'就没有把共产党打倒。第二代实际上我是核心。因为有这个核心,即使发生了两个领导人的变动,都没有影响我们党的领导,党的领导始终是稳定的,进入第三代的领导集体也必须有一个核心。"③"希望大家能

①　《邓小平文选》第 2 卷,人民出版社 1994 年版,第 267—268 页。
②　《十五大以来重要文献选编》,人民出版社 2000 年版,第 3 页。
③　《邓小平文选》第 3 卷,人民出版社 1993 年版,第 310 页。

够很好地以江泽民同志为核心,很好地团结。只要这个领导集体是团结的,坚持改革开放的,即使是平平稳稳地发展几十年,中国也会发生根本的变化。"①邓小平的这些重要论述,是对中国现代化建设经验的深刻总结。

要保证党始终是现代化建设的领导核心,还必须不断加强党自身的建设。20 世纪 90 年代初,东欧剧变、苏联解体,是世界社会主义运动历史上所遭遇到的最大的挫折。虽然这一挫折并不意味着科学社会主义运动的失败,但是也的确昭示了"成也在党,败也在党"的历史悲剧,昭示了如果无产阶级政党不加强自身建设,提高拒腐防变的能力,那么也难以跳出"其兴也勃焉,其亡也忽焉"的兴亡周期率。在中国,改革开放新时期以来,党的基层组织不同程度地出现了软弱、松散的现象;部分党员干部经不起考验,陷入了贪污腐化的泥潭。中国共产党也面临着执政的考验,面临着改革开放的考验,面临着社会主义市场经济的考验。在这种情况下,我们党不仅要进一步加大反腐败斗争的力度,而且要进一步加强思想政治工作的力度,进一步加强党的思想、组织和作风建设的力度,从严治党。只有这样,才能铲除腐败滋生的根源,才能不断提升党的执政能力,始终做到"三个代表"。可以说,中国共产党自身建设搞好了,党对现代化建设的领导地位就不会丧失,中国社会主义现代化建设事业就会在 21 世纪前途无量。

第二,必须始终坚持一切从实际出发,实事求是的思想路线,探索和完善中国特色的社会主义现代化道路。所谓一切从实际出发,就是要一切从中国正处于、并将长期处于社会主义初级阶段这

---

① 《邓小平文选》第 3 卷,人民出版社 1993 年版,第 301 页。

个最大的实际出发。这是我国现代化建设的一个基本立足点。不能唯书也不能唯上，不能照抄马克思主义经典著作的个别词句，不能照搬别国的模式和经验，必须把马克思主义的基本原理与中国现代化的具体实践结合起来，制定出符合中国国情的路线、方针和政策，走中国自己的现代化的道路，建设有中国特色的社会主义现代化。实践已经证明并将继续证明，党的理论、路线和方针符合这个实际，现代化建设就顺利进行，反之，就会遭到挫折。建国后的很长一段时间里，党在建设社会主义现代化的理论和实践中发生的一些错误，归根到底就在于脱离了这个实际，偏离了这条思想路线，把马克思主义经典作家在特定的历史条件下作出的某些结论，照搬到经济文化落后的中国社会主义实践中。改革开放 30 年来，我国现代化建设在理论和实践上取得了巨大的成功，从根本上说来，是由于基本符合了这个实际。

那么，中国的国情、中国的实际有哪些具体的特点呢？对此，邓小平早在改革开放之初就作出了客观的分析："现在全国人口九亿多，其中百分之八十是农民。人多有好的一面，也有不利的一面。在生产还不够发展的条件下，吃饭、教育和就业就都成为严重的问题。……我们地大物博，这是我们的优越条件。但是许多资源还没有勘探清楚，没有开采和使用，所以还不是现实的生产资料。土地面积广大，但是耕地很少。耕地少，人口多特别是农民多，这种情况是不容易改变的。这就成为中国现代化建设必须考虑的特点。"[1]这些特点决定了中国现代化建设必须从中国实际出发，走一条具有中国特色的社会主义现代化道路。

---

[1]　《邓小平文选》第 2 卷，人民出版社 1994 年版，第 164 页。

有中国特色的社会主义现代化道路的开辟,是几代中国共产党人实践党的思想路线,把马克思主义与中国实际和时代特征相结合的结果。探寻这条通向现代化目标的符合中国实际的现代化道路固然是困难重重,而沿着这条道路坚定不移地走下去更不容易。有中国特色社会主义现代化道路的开辟并不是一劳永逸的,它不可能解决中国社会主义现代化建设中的所有问题。在实现社会主义现代化的征途上,还不可避免地会出现许多新情况、新问题,也还会出现"左"的或右的错误和偏差。这就需要我们不断总结经验,克服困难,纠正错误,开拓前进。只有经过这样长期艰苦的探索和努力,中国现代化道路才会更宽广、更清晰、更完善。

第三,必须正确处理好社会主义现代化建设中经济建设与阶级斗争的关系。新中国脱胎于经济文化极其落后的半封建半殖民地社会,社会主义现代化建设的起点非常之低。这就决定了在相当长的一个历史时期内,我国社会的主要矛盾将始终是人民日益增长的物质文化需要同落后的社会生产之间的矛盾,将长期是广大人民对富裕生活的渴望与落后贫穷的现实生活之间的矛盾。这个基本矛盾要求我国的现代化建设必须始终把解放生产力、发展生产力,发展经济放在首要位置,不断地扩大对外开放的水平和规模,尽快增加社会物质财富的总量,在生产发展的基础上不断提高广大人民群众的生活水平。在现代化建设中,要始终把是否有利于发展生产力,是否有利于增强综合国力,是否有利于提高人民生活水平作为衡量各项工作是非得失的标准。如果不发展生产力,人民生活水平长期得不到应有的提高,社会主义现代化就没有根基,社会主义的优越性就会丧失最深刻的经济根源,社会主义的巩固和国家的长治久安也就无从谈起;如果不发展生产力,当前我国现代化建设中所日益凸显的种种社会问题和环境问题就将无法解决。一句话,现代化建设的着眼点和落脚点要始终放在大力发展生产力和强国富民上。无论遇到什么情况,都不能影响和动摇经济建设这个中心。

把经济建设放在首位,以经济建设为中心,并不等于可以忽视阶级斗争。虽然在社会主义社会,阶级斗争已经不是社会的主要矛盾,但阶级斗争还将在一定范围内长期存在,并可能在一定条件下激化。这是由我国的社会历史条件和所处的国际环境所决定的。半个世纪以来国际共产主义运动的历史证明,无论是夸大还是忽视阶级斗争都会犯错误。社会主义制度确立后,中国社会的主要矛盾发生了变化,历史的任务已经由"革命"转变为"建设"。但是由于种种原因,从20世纪50年代后期开始,"以阶级斗争为纲"的指导思想逐渐占据了上风,现代化逐渐偏离了经济建设这个中心。结果,不仅极大地阻碍了现代化建设的步伐,而且把国民经济推向了崩溃的边缘。而20世纪末,我国发生"八九政治风波"、东欧产生剧变、苏联出现解体,其原因固然很多,其中极为重要的一条就是长期忽视阶级斗争。因此,在整个社会主义的历史时期,都必须正确处理经济建设与阶级斗争的关系。经济建设是社会主义现代化的中心,而阶级斗争则是确保经济建设健康发展的锐利武器。

第四,必须充分认识到中国社会主义现代化建设的艰巨性和长期性,有步骤、分阶段地推进现代化进程。中国是一个人口众多、经济文化落后的农业大国,商品化、城市化水平低下。在这样的历史条件下进行现代化建设,其难度之大就可想而知。加上,既没有现成的经验可吸取,又没有成功的范例可借鉴,就更加大了中国现代化建设的艰巨性、复杂性,同时也决定了这必将是一个长期的历史过程。正因为如此,我们必须从中国的实际情况出发,尊重科学知识,遵循客观经济发展规律,科学分析和正确把握中国的基本国情,有步骤、分阶段地推进社会主义现代化建设。这就要求我们把握好现代化建设的速度问题,反对过分夸大主观能动性。任何企图超越生产力发展水平,急于求成、急于过渡的举动只能是欲速则不达。不仅不能加快社会主义现代化建设的进程,反而会迟滞社会主义现代化建设的步伐。20 世纪 50 年代的"大跃进"、人民公社化运动以及 80 年代价格体系改革过猛而造成的抢购风潮,就充分证明了这一点。相反,党的十一届三中全会后,由于党中央正确认识和把握国情,提出了"三步走"的发展战略,从而确保了新时期社会主义现代化建设持续、快速、健康地向前发展。

第五,必须加强社会主义民主法制建设,使民主制度化、法制化。封建专制统治在中国延续长达两千多年,没有民主的传统,这种落后统治方式的消极影响并没有随着封建王朝的覆灭而销声匿迹。不仅如此,国际共产主义运动中的社会主义各国普遍存在着权力高度集中的现象。受其影响,我们党在建国后对社会主义民主法制建设重视不够。虽然党的八大提出了要"发展党内民主生活,健全党的民主集中制,加强对党的组织和党员的监督",要"继续坚持集体领导和个人负责相结合的制度",①但是,在实际工作中这些设想没有落到实处。其突出表现就是,当时我们党没有建立和健全具体的、具有可操作性的民主制度,并把它用法律的形式确定下来,权力过分的集中。"权力过分集中的现象,就是在加强

---

① 胡绳:《中国共产党的七十年》,中共党史出版社 1991 年版,第 347 页。

党的一元化领导的口号下,不适当地、不加分析地把一切权力集中于党委,党委的权力又往往集中于几个书记,特别是第一书记……党的一元化领导,往往因此而变成了个人领导。全国各级都不同程度地存在这个问题。"①权力过分集中,妨碍社会主义民主制度和党内民主集中制的实行,阻碍社会主义建设的发展,影响集体智慧的发挥,造成个人专断、破坏集体领导。"权力过分集中,越来越不能适应社会主义事业的发展。"②毛泽东之所以能够在长时间内,推行许多不正确甚至错误的决策,并最终导致"文化大革命"这种灾难的发生,党内民主制度不健全,权力过分集中不能不说是一个最重要的原因。要防止历史悲剧的重演,必须加强社会主义民主法制的建设,使党内民主和社会主义民主制度化、法制化,使党和国家的决策不因领导人的变动、注意力的转移而变动,从而保持基本方针政策的稳定性和连续性。要防止历史悲剧的重演,必须建立一种适合中国国情的权力制衡机制和纠错机制。毛泽东在探索社会主义现代化道路时,曾犯过这样或那样的缺点和错误。这是在所难免的,也是不可怕的。可怕的是,在当时特定的历史条件下,对一个享有崇高威望的领袖没有一种权力制衡机制或纠错机制,既不能有效地防止错误于发生之前,又不能及时纠正错误于发生之后。对领导人权力予以适当的制衡,并不是要削弱领导人的个人权威。"领导人个人的权威是重要的,应该受到尊重和维护;但是尊重和维护这种权威,应该建立在尊重和维护党章、宪法、法律的权威的基础上。"③

① 《邓小平文选》第2卷,人民出版社1994年版,第329页。
② 《邓小平文选》第2卷,人民出版社1994年版,第329页。
③ 薄一波:《若干重大决策与事件的回顾》,人民出版社1997年版,第1334页。

改革开放 30 年来,我国社会主义民主法制建设已经取得了巨大的进展。值得注意的是,党的组织和政府部门中权力过分集中的现象并没有得到根本性的改变,权力制衡机制和纠错机制也由于种种错综复杂的原因而迟迟未能建立起来。而党的纪律检察制度只能起到"惩前毖后"的作用,并不能防患于未然。不仅如此,由于纪律检察机关是受同级党委领导的,其仅有的"惩前毖后"作用的发挥和适用范围也就大打折扣。这样,党的领导干部,尤其是高级干部是否能够正确使用权力,基本上是靠共产党员的道德自律。一旦领导干部放松了对自身的修养,其作为普通个体的私心杂念膨胀起来,就往往经受不住"糖衣炮弹"的袭击,他们手中的权力就成为牟取私利、寻求享受的筹码。不受约束的权力必然导致绝对的腐败。党内的腐败现象之所以滋生、蔓延,大有"野火烧不尽,春风吹又生"之势,我们在此可以找到最深刻的根源。领导干部的腐败问题不仅严重损害了党的形象,而且败坏了社会风气,妨碍着社会主义现代化的进程。为此,必须进一步加大政治体制改革的力度,加快民主法制建设的步伐。

第二节　中国社会主义现代化与
资本主义现代化的关系

"统筹国内发展和对外开放"是科学发展观提出的一项方针。切实贯彻这一方针就是要在新形势下,认清和处理好社会主义现代化同资本主义现代化的关系。世界社会主义运动经历了一个由空想到科学、由理论到实践、由单一社会主义的模式到各国根据本国的国情探索自己发展道路的过程。在每个阶段,不论是作为思想,还是作为制度和运动,不论在胜利凯歌中前进,还是在失败低谷中徘徊,社会主义的命运都是与资本主义紧密地联系在一起的。正确认识和把握二者之间的关系,事关中国社会主义现代化事业的成败,具有极其重要的意义。

令人遗憾的是,在党的十一届三中全会前的二十多年的时间里,我们党在认识和处理社会主义现代化和资本主义现代化关系问题上曾陷入了严重的误区。尽管 1956 年年底,毛泽东在同工商界人士谈话中提出了"可以消灭资本主义,又搞资本主义"的设想,①但是 1957 年的反右派斗争扩大化后,他在 1955 年曾讲过的要"让资本主义绝种"、"让小生产绝种"的观点占了上风。1962年重提"以阶级斗争为纲"后,更是大割资本主义尾巴,限制资产阶级法权,以致人为地制造出一个"党内资产阶级",造成十年"文革"的巨大灾难。"文化大革命"提出"无产阶级专政下继续革命理论",对资产阶级实行全面专政,要将资本主义彻底消灭。"文化大革命"将社会主义现代化与资本主义现代化的错误认识推到极端,堵塞了利用资本主义的文明成果来建设社会主义现代化的路子,从而也对社会主义现代化事业的破坏达到了极端。所谓"宁要社会主义的草,不要资本主义的苗","宁要穷的社会主义,也不要富的资本主义",就是对两者关系错误认识的最荒谬的形式。直到粉碎"四人帮"以后,我们依然把资本主义视为洪水猛兽,并加以绝对地拒绝和排斥。1978 年 5 月出版的《"四人帮"对马克思主义政治经济学的篡改》一书指出,我们既不允许外国资本家同我们办合资企业,更不允许把领土领海主权租让给外国。

---

① 《毛泽东文集》第 7 卷,人民出版社 1999 年版,第 170 页。

当时的对外贸易部长也代表官方在春季广交会上宣称,中国坚决不准向外国贷款和不准外商来华投资办企业。结果,造成了我国现代化建设中不该出现的两年徘徊局面。党当时的领导集体之所以会出现上述失误,主要是因为:其一,把马克思主义经典作家根据西欧发达资本主义国家的情况所作出的关于社会主义的设想,机械地套用于现实中的社会主义社会,力图建立一个纯而又纯的理想王国,不能容忍资本主义的存在,以为把资本主义消灭得越彻底,社会主义制度才会越巩固,也就越有利于社会主义现代化建设。其二,我国没有经历过完整的资本主义发展阶段,加上长期处在极其封闭的农村斗争环境,党不仅对资本主义缺少亲身的感受,而且对发展变化着的世界资本主义的认识也比较肤浅,所以把资本主义的许多文明成果,如经济手段、机制、经济体制和管理模式之类的东西看成是同社会主义水火不相容的、属于基本制度范畴的东西,把这些文明成果当成了资本主义的专利。其三,由于资本主义的封锁,国际社会两大阵营针锋相对,实行"一边倒"外交政策的新中国主要与社会主义国家做生意,学习苏联,这就在客观上使党的领导集体对资本主义以及资本主义与社会主义关系的认识走向绝对化,导致他们不加分析、不加区别地认为资本主义的成分是完全过时和绝对反动的,把社会主义现代化与资本主义现代化的关系看成是绝对对立的关系。

事实上,社会主义与资本主义,是人类社会发展历史上两个制度不同而又相互衔接的社会。虽然两者之间有本质的不同,但是又有着多方面的联系。这就决定了中国社会主义现代化与资本主义现代化的关系不是单一的,而是多重的。

首先,中国社会主义现代化与资本主义现代化之间具有一定的继承关系。社会主义和资本主义作为两种具有本质区别的社会制度,其对立与质的差异表现在生产关系以及保护生产关系的国家政权方面,而两者在生产力方面则为继承关系。"历史不外是各个世代的依次交替。每一代都利用以前各代遗留下来的材料、资金和生产力;由于这个缘故,每一代一方面在完全改变了的条件下继续从事所继承的活动,另一方面又通过完全改变了的活动来改变旧的环境。"①正是在这个意义上,列宁指出:"没有资本主义文化的遗产,我们建不成社会主义。除了利用资本主义遗留给我们的东西之外,没有别的东西可以用来建设共产主义。"②"要获得胜利,就必须懂得旧资产阶级世界全部悠久历史;要建设共产主义,必须掌握技术,掌握科学,并为了更广大的群众而运用它们,而这种技术和科学只有从资产阶级那里才能获得。"③显然,中国的社会主义现代化建设也不例外。尤其是,中国的社会主义不是脱胎于发达的资本主义社会,而是在经济文化相当落后的半殖民地半封建的特殊历史条件下建立起来的,"现在虽然说我们也在搞社会主义,但事实上不够格"。④ 特殊的历史原因决定了中国现代化建设的困难就更多,任务也更艰巨,更加需要从资本主义世界引进资金、技术和人才,更加需要采用一些根本不具有阶级性的、普遍适用的经济规律如价值规律、效率和效益原则等并与本国的具体情况相结合,成为发展、壮大自己的有益成分,加快发展自己。可见,中国社会主义现代化对资本主义现代化的纵向继承,不仅是

---

①　《马克思恩格斯选集》第 1 卷,人民出版社 1995 年版,第 88 页。

②　《列宁全集》第 29 卷,人民出版社 1985 年版,第 131 页。

③　《列宁全集》第 38 卷,人民出版社 1986 年版,第 283 页。

④　《邓小平文选》第 3 卷,人民出版社 1993 年版,第 225 页。

社会主义本质的要求,而且是人类历史发展客观规律的表现,更是历史赋予社会主义的历史使命。

其次,中国社会主义现代化与资本主义现代化是借鉴的关系。尽管苏东剧变使国际共产主义运动受到严重的挫折,但是由于中国改革开放的成功,社会主义站稳了阵脚,社会主义现代化事业展现出无限的生机与活力。与此同时,冷战结束后的世界资本主义虽然屡遭危机、矛盾重重,但还有较强的生命力,仍然在世界上处于优势地位。因此"一球两制"的局面还会继续存在一个很长的历史时期。在这种历史条件下,为了实现社会主义事业的复兴并最终战胜资本主义创造条件,中国的社会主义现代化建设必须大胆借鉴为资本主义现代化所采用的且行之有效的东西。从人类社会历史的发展来看,比较落后的民族和国家,吸收和借鉴比较先进的民族和国家的文明成果,来更好更快地发展自己,这是一个自然的历史现象。列宁一再强调:"社会主义能否实现,就取决于我们把苏维埃政权和苏维埃管理组织同资本主义最新的进步的东西结合的好坏。"①我国改革开放的成功,就更证明了借鉴资本主义现代化成果的重要性。邓小平认为:"社会主义要赢得与资本主义相比较的优势,就必须大胆吸收和借鉴人类社会创造的一切文明成果,吸收和借鉴当今世界各国包括资本主义发达国家的一切反映现代化生产规律的先进经营方式、管理方法。"②在中国社会主义现代化建设中,对资本主义现代化成果予以吸收和借鉴的最大成就在于,把市场经济从资本主义制度中剥离出来,并成功地使之

①　《列宁全集》第34卷,人民出版社1985年版,第170—171页。
②　《邓小平文选》第3卷,人民出版社1993年版,第373页。

与社会主义相结合。社会主义市场经济体制的提出和建立,不仅更新了社会主义现代化的观念,而且更新了资本主义现代化的观念。市场经济作为一种调节资源分配的手段,它既可以为社会主义服务,也可以为资本主义服务。在政治现代化方面,我们也注意吸收借鉴了西方国家的一些东西,如已经普遍推行的公务员制度、听证制度、选拔公示制度和保障人权等。但是,在这方面我们还有这样、那样的疑虑,需要进一步解放思想。此外,我们对西方国家政治文明的成果的研究也很不够。毛泽东曾经指出,斯大林搞肃反扩大化,错杀了那么多人,严重破坏社会主义法制,这种情况在英、法、美西方资本主义国家就不可能发生。邓小平也提出,在发现人才方面,"要学发达国家"。诸如此类的问题,都是政治体制和机制的问题,是民主与法制建设的问题。我们要从我国的实际出发,从政治文明的高度以科学的态度进行研究,大胆吸收和借鉴。这对于推进政治体制改革,发展社会主义民主政治,建设社会主义法治国家,无疑具有积极意义。

再次,中国社会主义现代化与资本主义现代化是相互合作的关系。历史的车轮前行到 20 世纪后半叶时,和平与发展成为世界的主题,经济的全球化把世界各国的发展越来越紧密地联系在一起。科技交流、贸易往来更为密切,国际分工与专业协作更加发展。"今天,全球资本一体化已经打破了生产体系的国家界限,把各个部分重构为一个全球生产体系。""一个由民族国家组成的世界正让位于一种全球参与者构建的'世界经济'。这是一个最基本的转变。"①也就是说,在经济全球化的过程中,一国经济的发展

---

① 王列:《全球化与世界》,中央编译出版社 1998 年版,第 5—6 页。

是建立在世界资源的配置上的,世界经济形势的变化在更大程度上影响着世界各国经济形势的变化。在这样的背景下,没有一个国家能够不借助国际合作,关起门来生产现代化所需要的一切物质和精神产品,没有一个国家可以孤立于世界经济体系之外求得经济的迅速繁荣和发展。中国的现代化建设只有加强与发达资本主义国家的合作,才能解决技术、资金、设备和管理方面的问题,加快发展的步伐;而发达资本主义国家的进一步发展也迫切需要加强与致力于现代化建设的中国合作,以便利用中国广大的市场和廉价的劳动力。二者之间的合作就能形成优势互补和优化的效应。不仅如此,中国的社会主义现代化建设与资本主义各国面临着不少共同的问题,如地区冲突、防止核扩散、打击国际恐怖主义、毒品走私、资源浪费、保护臭氧层和海洋生物等,这些问题的解决,有赖于共同合作,而不管愿意不愿意。一句话,在机遇与挑战并存的时代,无论是中国的社会主义现代化建设,还是资本主义现代化的发展,都需要相互合作。只有相互合作,才能赢得机遇,战胜挑战。

值得注意的是,在中国社会主义现代化和资本主义现代化合作的过程中,发达资本主义国家凭着雄厚的经济实力,把持着合作的主导权。在合作的过程中,西方国家凭借着优势的技术力量和雄厚的资金,不断将其影响力渗透到政治、思想文化等领域,使尽浑身的解数来展示资本主义制度的"优越性",力图使中国青少年对资本主义产生认同心理。在这种情况下,社会主义中国在加强与资本主义国家合作的同时,必须对其"和平演变"的战略保持高度的警惕。

最后,中国社会主义现代化必将实现对资本主义现代化的超越。所谓"超越",就是限制、克服资本主义现代化的弊端。这种"超越的过程"是一种不可避免的"自然历史的过程"。虽然资本主义现代化"所创造的生产力,比过去一切世代创造的全部生产力还要多,还要大",①但是资本主义现代化是靠剥削本国劳动人民和掠夺海外殖民地而起步的,而且造成了社会的两极分化和畸形发展,以及人、自然和社会的冲突等弊端。这些弊端随着资本主义的发展而日趋尖锐并最终导致资本主义制度的灭亡。而由于中国现代化是社会主义性质的现代化,同时又是后发型的现代化,社会主义的本质以及社会主义的生产目的,决定了中国现代化建设选择了一条与资本主义现代化截然不同的发展道路;社会主义现代化的后发性又使中国现代化得以"占有资本主义制度所创造的一切积极的成果",②而又避免资本主义现代化所造成的种种弊端。

第三节　中国社会主义现代化建设当前面临的重大历史难题

在中国实现社会主义现代化是一项艰巨、复杂的历史任务。我们不仅遇到了发达国家现代化过程中所遇到的问题,而且面临着它们所未曾面临的严重困难:一是基础差,二是任务重。这二者紧密地交织在一起,共同构成了我国社会主义现代化建设的历史难题。

---

① 《马克思恩格斯选集》第 1 卷,人民出版社 1995 年版,第 277 页。
② 《马克思恩格斯选集》第 3 卷,人民出版社 1995 年版,第 769 页。

　　20世纪中国社会发展最伟大的事件之一,就是社会主义革命取得了胜利。社会主义制度的建立,使中国跨越了资本主义的"卡夫丁峡谷",为中国现代化的顺利推进提供了牢固的制度支撑,但是它不可能立即"治愈"半殖民地半封建社会的"后遗症",即改变"两半"社会所遗留下来的十分薄弱的物质技术基础。中国的现代化进程始于19世纪中后期。然而经过长达一个多世纪的发展,时至1949年,工业产值在国民生产总值中仅占18.9%,农业却占到国民经济的52.5%。商品经济未得到充分发展,生产的社会化、商品化程度相当低,中国仍然是一个传统的农业国家。每个农户基本上是一个独立的经济单位,用简单的生产工具耕耘着数亩农田,年复一年地重复着简单再生产,对现代技术装备、生物技术工程根本没有任何追求,更谈不上形成规模化的经营。

　　中国社会主义现代化就是在如此薄弱的物质条件之下启动的。毛泽东曾十分形象地称之为"一穷二白"。尽管如此,通过几十年的努力,特别是经过30年的改革开放,我国现代化取得了重大的进展。我国已经从落后的农业大国转变成为拥有独立的、比较完整的工业体系和国民经济体系,工业已经在国民经济中占据重要地位。1978年与1949年相比,工业总产值增长了38倍,年均增长13.48%;从1978年到2002年,我国经济已经持续快速增长了24年,其中第二产业增加值平均每年增长11.3%,第三产业增加值平均每年增长10.1%;第一产业在国民经济中的比重已从1949年的90%,下降到2001年的15.4%。但是,把我们所取得的成就与国际上最重要标准相比较,就会发现我国现代化的主体部分——工业化直到今天也没有真正完成。这突出表现在:农业现代化和城市化水平低,农村劳动力和农村人口在全社会劳动力和总人口中分别占59%和62%左右;就业结构同工业化国家相比明显不合理,大多数劳动力集中在第一产业;产业结构层次不合理,竞争力不强,工业特别是制造业的技术水平落后,一直停留在一般(劳动密集型为主)加工工业为重心的时期,服务业的比重和水平同已经实现工业化的国家相比存在很大的差距。此外,在企业规模方面,我国独立核算企业、国有企业、规模以上的非国有企业的平均生产规模都很小,化学工业、石油加工工业、钢铁工业的平均规模的国际差距更为突出。2002年,中国企业500强的平均生产规模只有世界500强的6.5%,平均的营业收入只有世界500强的5.3%;在工业效率方面,工业的劳动生产率、工业增加值率,与世界先进水平比较也有较大的差距,大致相当于工业现代化国家的10%—20%左右。可见,实现工业化仍然是我国现代化进程中艰巨的历史性任务。

然而,就在中国还要为完成繁重的工业化任务而努力的时候,却发现自己早已置身于一个日益走向信息化的世界。20世纪80年代,信息化的浪潮首先在西方资本主义国家兴起,并迅速成为全球发展的主题。所谓信息化,是指信息技术在农业、工业、服务业和科学技术等社会生产和生活领域广泛应用,深入开发、广泛利用信息资源,加速现代化的过程。信息化的主要特点是,传输高通量化、网络普及化、服务综合化以及系统智能化。从历史的逻辑关系来讲,信息化是工业化之后的产物,是工业化基础之上发展起来的新生事物。信息化并非只是一种技术,更是一种经济、社会形态。工业化和信息化是两种不同的生产方式。在这一意义上,两者之间客观上具有某种排斥性。如果不能很好地处理工业化和信息化的关系,那么在装备、人员、资金配置上存在对有限资源的争夺,在技术系统及其运用上存在各自"锁定",在组织、管理、企业文化等方面存在冲突等。当然,工业化与信息化之间,也存在着内在的有机联系。信息基础设施的建设,信息技术的研究和开发,信息产业的发展,都是以工业化的成果为基础的。工业化为信息化提供物质基础,又为信息化的发展提供应用要求,信息化是通过工业化发展而不断深化和加速的。同时,信息化赋予工业化以新的内容和现代化意义。信息技术及其产业发展具有运用性强、渗透面广、影响程度大的特点,它对传统产业部门进行深度的改造,从而使传统产业的结构、技术水平、产品质量和管理水平等得到全面提升。工业化和信息化并存的现实以及它们之间的相互关系,决定了我们既不能走先工业化后信息化的老路,也不能"跨越"工业化而去搞信息化,而必须是以信息化带动工业化,以工业化促进信息化,"两化"并举、"两条腿走路"。这样,我们现阶段的社会主义现代化建设,就面临着必须同时完成工业化和信息化的双重任务。

面对着如此沉重的历史难题,中国将何以应对?消极观望、无所作为,显然是极其错误的。它只能使我国与西方发达国家的差距进一步拉大,形成新的"数字鸿沟"。而跟在发达国家后面亦步亦趋地爬行,也是没有出路的。从英国的工业革命算起,西方的现代化已经走了几百年。如果我们重复西方现代化的思路,按部就班,不仅短时间内无法望其项背,而且会重蹈它们的失误,比如工业化的副产品:污染、能源浪费等。这样,我们就将永远无法缩小与发达国家在物质财富上的差距。因此,对于世界上最大的发展中国家——中国而言,其现代化建设必须在科学发展观的指导下,打破常规,采取赶超战略。实施以科学发展观为指导的赶超战略,是破解中国面临的历史难题、尽快实现现代化的一个不可逆转的逻辑。

实施以科学发展观为指导的赶超战略,就是要着眼于尽快缩小与先进国家和地区的差距,直接吸收人类先进文明成果,主要是先进的科学技术和管理经验,通过实行不平衡的发展政策,在重点行业、重点领域和重点地区率先突破,然后带动和促进其他行业、其他领域和其他地区快速跟进,最终实现政治、经济、科技和文化等领域的全面跃升,接近乃至超过先进的国家。在实施赶超战略的过程中,必须协调好人、经济、资源和自然环境的关系,扭转把自然看成是人类掠夺和享用的对象,近乎无度地开采和利用各种自然资源的现象;改变人与自然这种对抗性的关系,还自然以其本性,把自然纳入社会发展的系统中,看成是现代化建设的有机组成部分。

实施赶超战略,加速中国社会主义现代化的进程不仅是必要的,而且是可能的。实施赶超战略之所以可能,是因为世界历史的发展具有不平衡性。纵观人类几千年的历史,世界范围的各民族的发展是不平衡的,没有哪个民族永远处于先进的地位,由落后转为先进,由先进转为落后的事例比比皆是。古代四大文明古国都有过辉煌的历史,但是后来落后了。反之,一些国家起初处于落后状态,后来一跃而成为先进的国家的事例并不罕见。最为典型的事例莫过于 19 世纪的美国和德国,20 世纪初的日本。法国著名的经济学家弗朗索瓦·佩鲁曾指出:"在整个经济发展的历史上,还找不到一个不同群体和地区经历了相似的、平衡的、分布均匀的增长这样的事例,也找不到一个不同群体和地区曾经经历了分布均匀的持续增长这样的特例。"①毛泽东也指出:"世界上没有绝对

---

① 　[法]弗朗索瓦·佩鲁:《新发展观》,华夏出版社 1987 年版,第 12 页。

地平衡发展的东西,我们必须反对平衡论,或均衡论。"①世界各国的发展也像任何事物发展一样,也是不平衡的。正是这种发展的不平衡性为我国赶超发达国家提供了可能性。

实施赶超战略之所以可能,还在于以信息化为核心的世界"新技术革命"确实给我国加快现代化的进程带来了千载难逢的机遇。这个机遇表现为我国可能用比早发国家更少、更短的时间来走完现代化的征程。在通往现代化的道路上没有捷径可走,但我们可以利用"后发国的优势",走得比别人更快一些。第一,现代化的先行国当前基本上处于"产业空心化",即产业向全球阶梯式转移的过程中。许多西方发达国家加速了产业结构的调整,在其本土主要发展高新技术产业,而把传统产业转移到各种费用相对低廉的发展中国家。这种"产业空心化"的现象,有人曾形象地称之为产业传递的"雁形发展"。这种现象在亚洲经济发展中表现得最为典型,即欧、美、日等发达国家将其成熟的产业传递给"亚洲四小龙",然后再由"亚洲四小龙"传递给亚洲其他发展中国家(包括中国)。对我国来说,这些"传递"来的很大一部分产业,仍然是需要大力发展的主导产业,如汽车制造业以及各种加工工业等。这就给我国经济发展带来了十分宝贵的国外资金、技术和相应的管理经验,从而为加快国内工业化步伐提供了契机。第二,信息化的一个很重要的作用,就在于它从根本上改变了工业、农业及其他传统产业的面貌。借"信息化"到来之机会,我国就有可能吸收不断涌现的信息技术,从而在崭新的基础上建立或改造我国的传统产业。一方面可以利用信息技术产业的高成长性、高关联

① 《毛泽东选集》第 1 卷,人民出版社 1991 年版,第 326 页。

性和高渗透性来带动传统产业的升级,提高产品的技术含量、附加值及竞争力;另一方面可以加快工业化向信息化过渡的过程,实现主导产业群的更迭,催生出一批"新产业"。这也无疑将大大缩短我国工业化的进程。第三,我国人力资源丰富,人均国民生产总值较低,价格低廉的劳动力、举世无双的庞大的国内市场需求、日臻成熟的投资环境以及这一切对国外资金、技术所构成的强有力的吸引,无疑都将为我国现代化的加速发展提供可能。第四,回顾西方发达国家的发展状况,从 20 世纪 70 年代以来,都陆续进入了低速增长时期,到了 90 年代以后许多西方发达国家的经济更是日渐萎缩,难以自拔。尽管早在 20 世纪 70 年代之初,就有一些西方经济学家预言了"第三次浪潮"和"后工业化社会"的到来,著名的未来学家奈比斯特甚至提出,20 世纪 90 年代后,"新技术革命"将促使西方发达国家取得新的更大的发展。可惜的是,这些西方学者们并不是算命先生。他们种种美妙的猜测至少在目前还没有成为现实。"新技术革命"所推起的经济增长浪潮并不十分高涨,局面也远非想象中那么壮观。由此可见,西方发达国家所推行的"新技术革命"的成果,暂时还不足以成为促使经济强劲上升的新产业。这样一来,我国跟踪西方"新技术革命"成果就赢得了极其宝贵的天赐良机。跟踪经济往往就是赶超经济,而当前我国的现代化建设正处在快速、健康发展的最佳时期,只要我们真正实现经济增长方式的转变、提高经济增长质量,那么,我国与西方发达国家之间的差距就完全可以不断缩小,几代中国人梦寐以求的百年"强国之梦"就会成为现实。

在实施赶超战略的问题上,我国 20 世纪 50 年代曾提出了"赶美超英"的战略设想。然而,这一战略设想却出乎意料地结出了

"大跃进"和人民公社化运动的严重恶果。于是,时至今日,不少人还视"赶超"为急躁冒进的代名词,谈及"赶超"时依然心有余悸。其实,这一战略设想本身并没有错。错就错在于赶超的战略目标不切实际、脱离国情、超越国力、急于求成;错就错在受"左"的指导思想的影响,企图"抓革命、促生产",把经济置于次要的乃至可有可无的位置。由此可见,以科学发展观为指导,正确把握国情、尊重客观经济规律,乃是我们以赶超战略来推进21世纪的社会主义现代化进程的前提。如果偏离了这个前提,赶超战略就必然引发出错误的路线、方针和政策,导致现代化建设的失败。

结　束　语

全球化形势下的中国社会主义现代化建设

　　转眼间,人类又迈入了一个新的千年。当我们站在新世纪历史长河的源头眺望未来的时候,就会发现全球化浪潮正以雷霆万钧之势扑面而来。面对着全球化浪潮的冲击,"中国社会主义现代化应如何应对"? 这个问题以严峻的形式摆到了全体中国人的面前。这是决定中国未来的重大课题。中国现代化命运如何,中国特色的社会主义的命运如何,乃至中华民族的命运如何,在很大程度上取决于我们能否在理论上和实践上对这个课题作出正确的回答,取决于我们能否在这个重大课题上作出富有时代精神和中国特色的理论创新与实践创新。

　　全球化是人类从各个领域、民族、国家之间彼此隔离的多中心时代走向全球一体化的社会历史变迁过程。全球化是由资本主义体系所推动和主导的,而包括中国在内的广大发展中国家则是被动地卷入这一浪潮之中的。因此,我们所面临的全球化,必然是一个复杂的历史过程。它给我国的现代化建设带来的既有正面影响，又有负面影响；既有良好机遇，又有严峻挑战。

全球化将给中国社会主义现代化建设带来前所未有的有利条件和大好机遇：

在经济方面。经济全球化仍然是当今全球化的主旋律。经济全球化的发展，加速了生产要素在全球范围内的自由流动和优化配置，加快了生产国际化分工和协作的进程，促使世界各国之间的相互联系、相互依赖不断加强，为广大发展中国家利用世界资源，加速现代化提供了历史机遇。"全球化是一场革命，它使企业家能够使用任何地方的资金、技术、信息、管理和劳动力在他希望的任何地方进行生产，然后把产品销往任何有需要的地方。全球化意味着很多好处：人们能享用来自世界各地的大量的新颖而便宜的商品和服务；控制经济信息的、受过高度训练的工作人员能得到王公俸禄般的薪水；特别是贫穷国家成千上万的工人有机会过上体面的生活。"①对正在进行社会主义现代化建设的中国来说，经济全球化的发展，国际资本流动规模的扩大和跨国公司的发展，使我们有更多的机会和条件利用国际资本及其管理和技术，加强与其他国家的合作，扩大对外贸易，提升我国的经济实力，加快我国现代化的步伐，不断缩小与发达国家之间的差距。

在政治和文化方面。如前所述，现代化所涵盖的范围极为广泛，它不仅仅是指经济现代化，而且还包括政治、文化等方面的现代化。随着全球化的推进，各个国家、民族之间共同的利益与价值需求日益增多，形成了越来越多的超越国界、超越社会制度的文化

———————

① 郎沃斯：《经济革命的痛苦代价》，载美国 1996 年 10 月 6 日《芝加哥论坛报》。

意识和价值观念。就政治而言,全球化使西方国家成功的政治体制、民主政治程序和方法、法制观念、法律制度和学说等广为传播,因而对加快我国政治文明建设的步伐,推动民主和法制现代化产生重大的影响。就文化而言,西方国家人文社会科学中所蕴涵的符合人类文明进步要求的普遍价值,如理性、科学、民主、法治、人权等,以及一些新的文化观念,如可持续发展观念、知识经济观念、社会均衡观念等,无疑有利于更新人们的思想观念,提高国民的整体素质,都是中国在进行社会主义现代化建设时应该批判地吸收的文化资源。

在国际环境方面。全球化加速了世界一体化,和平与发展成为时代的主题,军事上、政治上的冷战和对峙已经不适应时代的要求,世界的形势趋于缓和。与此同时,在全球化过程中,国际社会的各种力量此消彼长,重新分化组合,世界格局多极化的趋势明显增强,这就对世界霸权主义和强权政治产生了巨大的制衡作用,大大缓解了大规模战争爆发的可能。可见,全球化为我国现代化建设提供了有利的外部环境。在这种相对稳定的环境中,我们就可以把发展模式进一步转移到以提高综合国力为目标的轨道上来,将军事技术应用于民用工业,集中精力搞建设。

但是,全球化绝非是一首各国利益均沾、人类大同的田园牧歌。全球化更有利于西方发达国家而不是发展中国家,它将给我国的现代化建设带来严峻挑战,可能使包括中国在内的广大发展中国家更难于抉择。

全球化会对我国的主权造成损害。一方面,经济全球化冲破了国家的界线,摆脱了国家疆界的束缚,使传统国家主权内容发生了一定程度的变化。原本是一国所独有的权力,现在却日益成为国际社会所共同拥有的权力。各国的经济活动越来越多地必须根据国际惯例和国际条约来运作。这些已有的国际公约、协定和惯例,完全是在世界经济体系中处于主导地位的西方发达国家根据自身的利益制定出来的,其中的霸王条款比比皆是,国际经济秩序和制度中的强权逻辑暴露无遗。然而,为了获得全球化带来的好处,我国有时也被迫根据这些条款和惯例在经济管理权限上做出某些让步,不可避免地造成国家的一些经济活动受制于发达国家。另一方面,冷战结束以后,以美国为首的西方国家把日益崛起的中国看成是最大的威胁,强化了对中国实行遏制、西化、分化及和平演变战略。全球化为西方国家推行这种战略提供了方便条件。他们通过经济活动,向中国渗透、传播其意识形态和价值观念,扩大其对中国政治、社会生活的影响。随着中国融入全球化程度的加深,西方国家的这种"西化"攻势,利用经济手段达到政治目的的倾向还会加强。

全球化给我国经济的健康发展埋下了巨大的隐患。首先,西方发达国家借助经济全球化的时机,进行产业结构调整,有目的地将劳动密集型工业和部分资本密集型工业转移往我国,而在本国主要发展高新技术产业,这就对我国的民族工业构成了极大的威胁。如果我们决策不当,找不到对外开放和自我保护的结合点,就很有可能会招致民族工业被淘汰出局的严重后果。其次,虽然引进外资能够带动我国部分产业的发展,但是外资主要投放在利润率高和外向型的产业,并不能带动产业的整体发展。尤其是,这种经济结构相当脆弱,一旦国际市场发生波动,就会造成结构性过剩危机,给我国的经济建设带来巨大的损失。再次,外资投入大都集中在我国经济相对发达、基础设施较好且进出口方便的地方。这种集中很有可能造成我国地区经济畸形发展和区域差距不断扩大,并带来一系列严重的社会问题。最后,经济全球化将使我国国民经济外贸依赖性日益增大,受到其他国家经济波动冲击的风险日益增加。经济全球化使经济周期波动在国家之间的传递速度加快。因此,如何调开中国经济周期与主要贸易伙伴国经济周期波峰和波谷之间的重叠,既保障我国经济充分利用各国经济周期互动的积极效应,又能避开其消极效应,达到我国经济持续、稳定高速增长的目的,就成为一个高难度的问题。

全球化会危及我国意识形态的安全。随着全球化的发展,以美国为首的西方资本主义国家,利用因特网、影视节目、书籍报刊等多种工具,向我国大肆渗透西方的价值观、自由观和生活方式。同时,我国与西方在文化领域的交流和接触中,西方敌对势力的一些反动思想和文化垃圾也趁机穿疆越境。这样,我国社会主义意识形态领域就面临着一系列严峻的挑战。

全球化作为一种世界潮流,任何人都无法扭转。从"世界市场"的形成,到"世界经济"的出现,再到"全球化"时代的到来,都是技术革命和生产力发展的结果。置身于全球化潮流的中国现代化,挑战与机遇并存、危机与希望同在。善驭之则自强,不善驭之则自伤。面对全球化的浪潮,作为走向现代化和参与全球化的后来者,中国必须主动回应并积极地投入这一客观的历史进程。要抓住机遇,充分利用后发优势,根据我国的实际和现代化建设的规律,来进行社会主义现代化建设。

主动回应全球化的浪潮,就是要利用加入 WTO 的契机,进一步深化改革,扩大对外开放。任何一个国家都不可能在自我封闭中求得发展,闭关自守只能导致落后和倒退。我国要在 21 世纪基本实现社会主义现代化,就必须坚定不移地奉行对外开放的政策,完善全方位、多层次、宽领域的对外开放格局;就是要进一步深化改革,按照现代性的要求对自身的经济社会结构和文化价值体系进行重构,规范政府部门的运行机制;就要积极参与国际经济组织和地区性经济组织,争取世界经济运行规则的制定权,以保证中国在全球化中的主动权,最大限度地维护国家经济利益和安全;就必须积极推动建立国际政治新秩序,反对全球化进程中各种形式的霸权主义。

在全球化的过程中推进中国社会主义现代化建设,或许是艰难而痛苦的,但无疑也是一个制度结构、思想文化重构或创新的天赐良机。如果正视这一点,积极应对而不是消极无为,中国就一定能在全球化过程中争得与其他国家"共赢"的结果,中国社会主义现代化事业就一定能在新世纪取得成功。

参考文献

一、中文参考书目

1. 《马克思恩格斯选集》(第 1—4 卷),人民出版社 1995 年版。

2. 《马克思恩格斯全集》(第 1、19、21、22、23、25、26、39、40、46 卷),人民出版社 1956—1980 年版。

3. 《列宁选集》(第 1—4 卷),人民出版社 1995 年版。

4. 《列宁全集》(第 29、34、38 卷),人民出版社 1985—1986 年版。

5. 《斯大林选集》(上、下卷),人民出版社 1979 年版。

6. 《孙中山全集》,中华书局 1981—1986 年版。

7. 《国父全集》第 1 册,台北近代中国出版社 1989 年版。

8. 《孙中山选集》上卷,人民出版社 1981 年版。

9. 《毛泽东文集》(第 1—8 卷),人民出版社 1993—1999 年版。

10. 《毛泽东选集》(第 1—4 卷),人民出版社 1991 年版。

11. 《建国以来毛泽东文稿》(第 1—13 册),中央文献出版社 1987—1989 年版。

12. 《毛泽东年谱》(上、中、下卷),中央文献出版社 2002 年版。

13. 《周恩来选集》(下卷),人民出版社 1984 年版。

14. 《邓小平文选》(第 1、2 卷),人民出版社 1994 年版。

15. 《邓小平文选》(第 3 卷),人民出版社 1993 年版。

16. 《邓小平思想年谱(1975—1997)》,中央文献出版社 1998 年版。

17. 《江泽民论有中国特色社会主义(专题摘编)》,人民出版社 2002 年版。

18. 江泽民:《在中国共产党第十六次全国代表大会上的报告》(单行本),人民出版社 2002 年版。

19. 薄一波:《若干重大决策与事件的回顾》(上、下卷),人民出版社 1997 年版。

20. 《薄一波文选》,人民出版社 1992 年版。

21. 《胡乔木文集》(第 1—3 卷),人民出版社 1992—1994 年版。

22. 《中国共产党大事年表》,中共党史出版社 1988 年版。

23. 胡绳:《中国共产党的七十年》,中共党史出版社 1991 年版。

24. 《建国以来重要文献选编》(第 1—13 册),中央文献出版社 1992—1998 年版。

25. 《三中全会以来重要文献选编》(上、下),人民出版社 1982 年版。

26. 《新时期党的建设文献选编》,人民出版社 1991 年版。

27. 《十三大以来重要文献选编》(上、中、下),人民出版社 1993 年版。

28. 《十四大以来重要文献选编》,人民出版社 1996 年版。

29. 《十五大以来重要文献选编》(上),人民出版社 2000 年版。

30. 丰子义:《现代化的理论基础——马克思现代社会发展理论研究》,北京大学出版社 1995 年版。

31. 龚唯平:《工业范畴论——对马克思主义工业化理论的系统研究》,经济管理出版社 2001 年版。

32. 冯钢:《非西方社会发展理论与马克思》,浙江人民出版社 1992 年版。

33. [意]翁贝托·梅洛蒂:《马克思与第三世界》,商务印书馆 1981 年版。

34. 金冲及:《毛泽东传(1893—1949)》(上、下卷),中央文献出版社 1996 年版。

35. [美]斯图尔特·施拉姆:《毛泽东》,红旗出版社 1987 年版。

36. [美]斯图尔特·施拉姆:《施拉姆集》,天津人民出版社 1993 年版。

37. [英]克莱尔·霍林沃斯:《毛泽东及其反对者》,东南大学出版社 1989 年版。

38. [加]陈志让:《毛泽东与中国革命》,中央文献出版社 1993 年版。

39. [美]莫里斯·迈斯纳:《毛泽东的中国及后毛泽东的中国》,四川人民出版社 1992 年版。

40. [美]弗雷克里克·C.秦伟斯:《从毛泽东到邓小平》,中共中央党校出版社 1991 年版。

41. 龚育之:《从毛泽东到邓小平》,中共党史出版社 1994 年版。

42. 胡乔木:《胡乔木回忆毛泽东》,人民出版社 1994 年版。

43. 吴冷西:《忆毛主席》,新华出版社 1995 年版。

44. 李君如:《海外学者论"中国道路"与毛泽东》,上海社会科学院出版社 1993 年版。

45. 石仲泉:《毛泽东的艰辛开拓》(增订本),中共党史出版社 1996 年版。

46. 许全兴:《毛泽东晚年的理论与实践》,中国大百科全书出版社 1993 年版。

47. 张文儒:《毛泽东与中国现代化》,北京大学出版社 1993 年版。

48. 萧延中:《外国学者评毛泽东》,中国工人出版社 1997 年版。

49. 《毛泽东百周年纪念》(上、中、下册),中央文献出版社 1994 年版。

50. 梁柱:《毛泽东思想若干理论研究》,高等教育出版社 1999 年版。

51. 萧延中:《外国学者评毛泽东》(第 1—4 卷),中国工人出版社 1997 年版。

52. 余飘:《中外著名人士谈毛泽东》,大众文艺出版社 1999 年版。

53. 沈渭滨:《孙中山与辛亥革命》,上海人民出版社 1993 年版。

54. 《"孙中山与亚洲"国际学术研讨会论文集》,中山大学出版社 1994 年版。

55. 冷溶:《邓小平理论与当代中国基本问题》,法律出版社 2000 年版。

56. 金羽:《邓小平的生平思想研究丛书》,辽宁人民出版社 1992 年版。

57. 薛泽洲:《邓小平与中国现代化》,福建教育出版社 2001 年版。

58. 戴茂柱:《毛泽东与邓小平:中国现代化建设的理论与实践》,时代文艺出版社 1993 年版。

59. 程美东:《20 世纪中国革命理论与中国现代化的历程》,济南出版社 2002 年版。

60. [德]黑格尔:《法哲学原理》,商务印书馆 1961 年版。

61. [美]西里尔·E. 布莱克:《日本和俄国的现代化》,商务印书馆 1984 年版。

62. [美]西里尔·E. 布莱克:《现代化的动力》,四川人民出版社 1988 年版。

63. [美]西里尔·E. 布莱克:《比较现代化》,上海译文出版社 1996 年版。

64. [美]塞缪尔·亨廷顿:《变化社会中的政治秩序》,(北京)三联书店 1989 年版。

65. [美]塞缪尔·亨廷顿:《现代化:理论与历史经验的再探讨》,上海译文出版社 1993 年版。

66. [美]柯文:《在传统与现代性之间》,江苏人民出版社 1994 年版。

67. [美]西蒙·库兹涅茨:《现代经济增长》,北京经济学院出版社 1989 年版。

68. [美]阿卜杜勒:《发展的新战略》,中国对外翻译出版公司 1990 年版。

69. [美]吉尔伯特·罗兹曼:《中国的现代化》,江苏人民出版社 1995 年版。

70. [美]斯塔夫里·阿诺斯:《全球通史》(上、下册),上海社会科学院出版社 1992 年版。

71. [美]斯塔夫里·阿诺斯:《全球分裂》(上、下册),商务印书馆 1993 年版。

72. [美]钱纳里:《工业化和经济增长的比较研究》,(上海)三联书店 1989 年版。

73. [美]M. P. 托达罗:《第三世界的经济发展》(上、下册),中国人民大学出版社 1988 年版。

74. [美]韦政通:《儒家与现代化》(新版),台北水牛图书出版事业有限公司 1989 年版。

75. [美]兰比尔·沃拉:《中国:前现代化的阵痛——1800 年至今的历史回顾》,辽宁人民出版社 1989 年版。

76. [美]海尔布鲁纳:《现代化理论研究》,华夏出版社 1989 年版。

77. [美]T. 肯普:《现代工业模式》,中国展望出版社 1985 年版。

78. [英]安德鲁·韦伯斯特:《发展社会学》,华夏出版社 1987 年版。

79. [美]道格拉斯·诺斯:《经济史中的结构变迁》,上海三联书店 1991 年版。

80. [美]W. W. 罗斯托:《经济成长的阶段:非共产党宣言》,商务印书馆 1962 年版。

81. [美]W. W. 罗斯托:《从第七层楼上展望世界》,商务印书馆 1973 年版。

82. [美]阿历克斯·英格尔斯:《人的现代化》,四川人民出版社 1985 年版。

83. [美]库马:《社会的剧变——从工业社会迈向后工业社会》,台北志文书局 1984 年版。

84. [美]罗伯特·海尔布罗那:《现代化理论研究》,华夏出版社 1989 年版。

85. [美]艾恺:《世界范围内的反现代化思潮》,贵州人民出版社

1991 年版。

86. ［美］杰拉尔德·霍尔顿:《科学与反科学》,江西教育出版社 1999 年版。

87. ［美］依曼纽尔·沃勒斯坦:《现代世界体系》(第 1—3 册),高等教育出版社 2000 年版。

88. ［英］胡格维尔特:《发展社会学》,四川人民出版社 1987 年版。

89. ［英］艾瑞克·霍布斯鲍姆:《革命时代:1789—1848》,江苏人民出版社 1999 年版。

90. ［德］马克斯·韦伯:《新教伦理与资本主义精神》,(北京)三联书店 1987 年版。

91. ［德］马克斯·韦伯:《中国的宗教》,台北远流出版社 1996 年版。

92. ［德］P. 鲍尔:《关于发展问题的争论》,(伦敦)韦登非尔德出版公司 1976 年版。

93. ［意］弗朗索瓦·佩鲁:《新发展观》,华夏出版社 1987 年版。

94. ［以］埃森斯塔德:《现代化:抗拒与变迁》,中国人民大学出版社 1989 年版。

95. ［埃及］萨米尔·阿明:《不平等的发展:论外国资本主义的社会形态》,商务印书馆 2000 年版。

96. ［日］依田熹家:《中日两国现代化比较》,北京大学出版社 1997 年版。

97. ［美］费正清:《剑桥中国晚清史》(上、下册),中国社会科学出版社 1985—1993 年版。

98. ［美］费正清:《剑桥中华民国史》(上、下册),中国社会科学出版社 1998 年版。

99. ［美］费正清:《剑桥中华人民共和国史》,上海人民出版社 1990 年版。

100. ［美］费正清:《东亚文明:传统与变革》,江苏人民出版社 1992 年版。

101. ［美］费正清:《美国与中国》,商务印书馆 1971 年版。

102. 罗荣渠:《现代化新论》,北京大学出版社 1993 年版。

103. 罗荣渠:《现代化新论续篇》,北京大学出版社 1997 年版。

104. 罗荣渠:《各国现代化比较研究》,陕西人民出版社 1993 年版。

105. 罗荣渠:《中国现代化历程的探索》,北京大学出版社 1993 年版。

106. 罗荣渠:《东亚现代化:新探索与新经验》,北京大学出版社 1992 年版。

107. 许纪霖:《中国现代化史》,上海三联书店 1995 年版。

108. 尹保云:《什么是现代化:概念与范式的探讨》,人民出版社 2001 年版。

109. 宁骚:《现代化与政治发展》,北京大学出版社 1998 年版。

110. 孙立平:《传统与变迁——国外现代化与中国现代化问题研究》,黑龙江人民出版社 1992 年版。

111. 王怀超:《社会发展理论研究》,中共中央党校出版社 2002 年版。

112. 陈鸿瑜:《政治发展理论》,台湾桂冠图书股份有限公司 1987 年版。

113. 萧新煌:《低度发展与发展》,台湾巨流图书公司 1985 年版。

114. 宋书伟:《现代社会发展研究》,新华出版社 1987 年版。

115. 蔡文辉:《社会学》,台北三民书局股份有限公司 1986 年版。

116. 林福民:《中国现代化的历史进程》,安徽人民出版社 1994 年版。

117. 沈嘉荣:《中国现代化的百年探索》,南京出版社 1998 年版。

118. 陈勤:《中国现代化史纲》(上、下册),广西人民出版社 1998 年版。

119. 马仲良:《世界现代化进程中的中国社会主义》,南京出版社 1998 年版。

120. 周积明:《最初的纪元:中国早期现代化研究》,高等教育出版社 1996 年版。

121. 张开源:《比较中审视:中国早期现代化研究》,浙江人民出版社 1993 年版。

122. 陆仰渊:《民国社会经济史》,中国经济出版社 1991 年版。

123. 《中国近代经济史》上册,人民出版社 1976 年版。

124. 严中平:《中国近代经济史统计资料选辑》,科学出版社 1955 年版。

125. 许涤明:《中国资本主义发展史》第 3 卷,人民出版社 1993 年版。

126. 《近代中国资产阶级研究》,复旦大学出版社 1984 年版。

127. 《全国银行年鉴:民国二十六年》,台北文海出版社 1987 年版。

128. 《中国近代国民经济史稿》,武汉大学出版社 1957 年版。

129. 《上海钱庄史料》,上海人民出版社 1960 年版。

130. 《中国近代经济研究史资料》第 4 册,上海社会科学院出版社

1985 年版。

131. 《江南制造厂厂史》,江苏人民出版社 1983 年版。

132. 孙疏棠:《中国近代工业史资料》第 1 辑下册,科学出版社 1957 年版。

133. 彭泽益:《中国近代工业史资料(1840—1949)》,三联书店 1957 年版。

134. 孙键:《中国经济史——近代部分》,中国人民大学出版社 1989 年版。

135. 陈真:《现代工业史资料》第 1 辑,三联书店 1961 年版。

136. 丁日初:《近代中国的现代化与资本家阶级》,云南人民出版社 1994 年版。

137. 杨帆、林娅:《中国直面大国挑战》,石油工业出版社 2001 年版。

138. 杨雪冬:《全球化:西方理论前沿》,社会科学文献出版社 2002 年版。

139. 俞可平:《全球化时代的社会主义》,中央编译出版社 1998 年版。

140. 王列:《全球化与世界》,中央编译出版社 1998 年版。

141. 刘克明:《苏联政治经济体制七十年》,中国社会科学出版社 1990 年版。

142. 邢广程:《苏联高层决策 70 年》,世界知识出版社 1998 年版。

143. 徐秉让:《斯大林与苏联社会主义建设》,四川人民出版社 1992 年版。

144. 俞吾金:《科学发展观》,重庆出版社 2008 年版。

145. 本书编写组:《科学发展观学习教程》,中央文献出版社 2008

年版。

146. 李兴山:《落实科学发展观与构建和谐社会》,中共中央党校出版社 2005 年版。

147.《求是》杂志评论部编著:《党员干部关心的 25 个科学发展观问题》,红旗出版社 2004 年版。

二、英文参考书目

148. Tuma, Elias H. Twenty – six Centuries of Agrarian Reform：a comparative analysis. Berkeley ： University of California Press,1965.

149. Levy. M. J. Modernization and the Structure of Society：a setting for international affairs. Princeton, N J ： Princeton University Press,1966.

150. Black, C. E. The Dynamics of Modernization ：a study in comparative history. New York ：Harper & Row ,Publishers ,1966.

151. Eckstein, Alexander. Communist China's Economy Growth and Foreign Trade：implication for U. S policy. New York：McGraw – Hill Book Company,1966.

152. Schwartz, Benjamin. Chinese Communism and the Rise of Mao. New York：Harper Torchbook,1967.

153. Barnett, A. Doak. Cadres, Bureaucracy and Political Power in Communist China. New York：Columbia University Press,1967.

154. Tsou, Tang. etc. China in Crisis, Chicago：The University of Chicago Press,1968.

155. Rosenberg, Michel China：The Convulsive Society . New York：

the Foreign Policy Association, 1970.

156. Prybyla, Jan S. The Political Economy of Communist China. Scranton: International Textbook Company, 1970.

157. Rosenberg, Michel. China's Development Experience. New York: Pager Publishers, 1973.

158. Cleve. Y. Thomas. Dependence and Transformation: the economics of the transformation to socialism , New York : Monthly Review Press, 1974.

159. Massound K. Industrialization and Agricultural Surplus: a comparative study of economic development in Asia. Oxford (England): Oxford University Press, 1975.

160. Eckstein, Alexander. China's Economy Development: the interplay of scarcity and ideology. Michigan: the University of Michigan Press, 1975.

161. Perkins, Dwight, and ed. China's Modern Economy in Historical Perspective. California: Stanford University Press, 1975.

162. Germani, Gonzales Casconova and Candoso. Modernization , Exploitation and Dependency in Latin America , N. J: Transaction Books , c1976.

163. Wilson, Dick, ed. Mao Tse – tung in the Scales of History. London: Cambridge University Press, 1977.

图书在版编目(CIP)数据

中国现代化道路探索的历史考察/谭来兴 著.
-北京:人民出版社,2008.12
马克思主义与当代研究
ISBN 978 - 7 - 01 - 007500 - 6

Ⅰ. 中⋯ Ⅱ. 谭⋯ Ⅲ. 现代化建设-研究-中国 Ⅳ. D614

中国版本图书馆 CIP 数据核字(2008)第 177319 号

中国现代化道路探索的历史考察
ZHONGGUO XIANDAIHUA DAOLU TANSUO DE LISHI KAOCHA

谭来兴 著

人民出版社 出版发行
(100706 北京朝阳门内大街 166 号)

北京瑞古冠中印刷厂印刷 新华书店经销

2008 年 12 月第 1 版 2008 年 12 月北京第 1 次印刷
开本:880 毫米×1230 毫米 1/32 印张:10.125
字数:245 千字

ISBN 978 - 7 - 01 - 007500 - 6 定价:20.00 元

邮购地址 100706 北京朝阳门内大街 166 号
人民东方图书销售中心 电话 (010)65250042 65289539